Daniel Kammer

Ma Guerre de Troie

Postface de Denis Kambouchner

Les Impressions Nouvelles

Premier cahier

I

Un curieux cadeau

Je vais vous expliquer ce qui m'est arrivé, parce que ce sont des choses rares et extraordinaires, que j'ai beaucoup appris et que sûrement vous apprendrez aussi. J'ai mis un peu de temps à comprendre que je n'étais pas tout seul, que des choses pareilles étaient arrivées à d'autres, et pourquoi eux sont restés si discrets ; mais si vous voulez bien, nous en reparlerons quand j'aurai fini.

Tout a commencé avec un cadeau que ma grand-mère m'a fait : une boule de cristal, pour mes treize ans, vous parlez d'une idée ! Un jour, trois ans avant peut-être, j'avais dû dire que je voulais faire de la magie, et maintenant elle m'apportait cette boule qu'elle avait retrouvée dans son grenier à Bougival, une boule que quelqu'un avait donnée à sa mère à elle, il y avait très, très longtemps !

Il faut vous dire qu'il y a très longtemps, je crois avant la deuxième guerre mondiale, le père de ma grand-mère – mon arrière-grand-père – s'occupait d'un cinéma. Le cinéma était à lui, et c'était paraît-il un vrai palais, où on donnait, avant les films, de vrais spectacles avec des chanteurs, des magiciens, des clowns... Eh bien, c'est un magicien dans ce genre-là, un habitué des cinémas, qui avait laissé la boule à la mère de ma grand-mère, en lui promettant qu'il reviendrait la chercher. Il s'appelait Monsieur Nestor. Ma grand-mère n'en savait pas plus, à part qu'il n'était jamais revenu. Et donc, en retrouvant cette boule un jour dans son grenier, elle s'était dit qu'elle pourrait me servir pour la magie, comme si moi j'étais encore à penser à la magie, et comme si une boule de cristal, pour la magie, c'était capital !

Donc j'étais là avec cette boule qui était assez lourde, un genre à vous écraser le pied si vous étiez distrait, et je ne voyais vraiment pas quoi en faire. J'ai quand même fini par l'emporter dans ma chambre et l'ai posée sur mon bureau, devant l'ordinateur. Et puis, juste pour voir, j'ai fait quelques mouvements autour, un peu comme les voyantes dans les dessins animés, et ça m'a donné un léger vertige, mais évidemment après une minute ou deux il ne s'était rien passé.

Qu'est-ce que c'était que ce cadeau ? Et ma grand-mère, qu'est-ce qui lui était passé par la tête ? « *Comme j'étais contente de retrouver ça !* » avait-elle dit. « *J'ai tout de suite pensé : ce sera pour mon Léo. Et tu sais, Léo, c'est une chose très précieuse que tu as là !* »

Une chose précieuse, je voulais bien, mais elle n'avait l'air de servir à rien du tout. J'étais quand même un peu déçu. Et puis j'ai eu l'idée que sur Internet je trouverais quelque chose.

Quelques secondes après je tapais « boule de cristal ». Là-dessus il y avait je ne sais pas combien de pages, mais une avec une drôle d'adresse :

http ://magikosviellos.org/glyph/sortius

Et en dessous :

« *Pour voyager dans le temps comme vous voulez, il suffit d'une boule de cristal et de quelques enchantements. Mais pas de n'importe quelle boule...* »

Je cliquai pour avoir la suite :

« *Les meilleures boules, véritables tapis volants, les Stradivarius du genre* (les Stradivarius : de vieux violons très précieux)*, sont de la marque Viellos. Elles ont été fabriquées à Corfou entre 1900 et 1928. Nous vendons et achetons boules Viellos de toutes provenances. Boutique : 323, rue Alexandre-le-Grand, dans le XIIème arrondissement. Ouvert tous les jours, dimanche inclus, de 12 h à 22 h.* »

Vous voyez ça, des voyages dans le temps ! On vous en promettait, des choses !

Sur le site on trouvait un fond d'écran assez ténébreux, des photos de boules qui ne donnaient pas grand-chose, et une collection d'articles de vieux journaux sur des événements bizarres : bateaux disparus, animaux retrouvés après des années, gens frappés d'amnésie, accidents qu'on avait prédits, objets maléfiques, etc. Je ne voyais pas bien le rapport. Mais en soulevant la boule de son socle pour l'examiner, je vis que sur le socle était écrit en toutes petites lettres grecques : VIELLOS, KERKYRA. Et « Kerkyra », c'est le nom grec pour Corfou. J'étais bien placé pour le savoir, parce que tous les étés ou presque, pour les vacances, on allait par là, dans les îles grecques.

Une Viellos, un « véritable tapis volant » : ça devenait intéressant…

Le problème, c'est que cette Viellos avait l'air complètement éteinte. Un jour, il faudrait la porter à cette boutique où ils étaient des spécialistes. Et pourquoi pas là, maintenant, puisqu'il restait un moment avant le dîner ? Je n'aurais qu'à dire à ma mère que je passais chez Cyrus, mon meilleur ami qui habitait à côté.

Je m'en souviens, il était sept heures et quart. Ma mère me dit de rentrer pour huit heures. Mais en fait me voilà, boule sous le bras, prenant le bus pour la rue Alexandre-le-Grand : c'était plus loin que le collège, mais j'y passais de temps en temps pour aller chez l'orthodontiste. Si la boutique était ouverte, comme ils l'annonçaient sur le site, on me donnerait sûrement de bons conseils.

II

La boutique sans nom

Dans le bus je tombai sur trois-quatre gros lourds de quinze-seize ans qui riaient très fort de tout le monde, on avait envie de s'enfuir. En descendant à l'arrêt « Alexandre-le-Grand », je crus être arrivé. Seulement j'avais mal calculé : j'étais au 137, et j'allais au 323 ! Est-ce que je devais rebrousser chemin et rentrer ? C'était trop bête. En courant, j'y serais dans cinq minutes. Pourtant je n'avais jamais vu une rue aussi longue : la boutique en question était pour ainsi dire au bout du monde, et même si la rue descendait, la Viellos que je serrais contre moi était de plus en plus dure à porter.

Enfin j'arrivai au 323 ; il était 19 h 50. Déjà, j'étais essoufflé et plutôt inquiet à cause de l'heure. Et qu'est-ce qu'il y avait au 323 ? Rien. Ce qui s'appelle rien. Un vague immeuble, avec une vague boutique sans nom ni enseigne, du papier d'emballage collé à l'intérieur de la vitrine, et qui avait l'air fermée depuis des âges.

Finalement je poussai la porte, et elle s'ouvrit ! Et à l'intérieur, il y avait trois hommes avec des blouses : un debout derrière un comptoir, les deux autres assis à une table couverte de figurines en terre cuite. D'abord aucun ne me regarda ; puis celui qui était au comptoir leva les yeux vers moi et dit avec un drôle d'air :

– Le jeune monsieur désire ?

Il était poli, c'était clair, mais à ce moment-là, vous auriez été à ma place, vous auriez sûrement eu envie de rentrer chez vous. Je rassemblai mon courage :

– Bonsoir, j'ai trouvé votre site, alors je viens pour ma Viellos qui ne marche pas.

– Oh oh ! fit-il, Monsieur s'y connaît en sites, et avec ça il nous vient avec une Viellos ! Savez-vous bien, mon jeune garçon, que c'est une chose très précieuse que vous avez là ?

Maintenant il parlait comme ma grand-mère.

– Faites-moi donc voir, ajouta-t-il.

Et il me désigna l'arrière-boutique en m'invitant à y passer. Je me méfiais un peu. Les deux autres étaient tellement occupés à manipuler leurs figurines qu'ils ne levèrent même pas la tête quand je passai avec l'homme du comptoir à vingt centimètres d'eux. Dans cette boutique, je l'ai senti tout de suite, on aurait dit qu'on était en dehors du temps.

L'arrière-boutique était derrière un rideau violet aussi usé que le reste, et là, par terre ou sur des étagères, il y avait un trésor, vous n'auriez jamais cru : des armes anciennes, du genre lances, poignards, haches, épées impossibles à porter, avec des boucliers et des casques, et même un trident ; et puis des tissus, des miroirs, de la vaisselle peinte ; de vieux livres, des cartes et des pièces de monnaie ; des petits tableaux de chevaux ; des trompettes, une harpe avec plusieurs cordes en moins, et encore d'autres choses ; de vieilles télévisions, un ordinateur débranché, et puis, sur une étagère plus haute que les autres, cinq ou six boules qui brillaient.

– Regardez, jeune homme, dit le type du comptoir, vous apportez leur petite sœur !

Il me fit signe de poser ma boule sur une petite table ronde – je crois qu'on appelle ça un guéridon.

– Alors mignonne, dit-il à la boule, on ne veut pas livrer ses secrets ?

Et il se mit à faire toute une série de gestes compliqués, mais lui aussi avait l'air de trouver que la boule ne répondait pas.

– Normal, finit-il par dire, il y a longtemps qu'on n'a pas servi, on est toute poussiéreuse à l'intérieur.

Il se tourna vers moi et ajouta :

– Cette petite dort, il faut la réveiller.

– Ça va être long ?

– Ne vous inquiétez pas, j'ai ce qu'il faut.

Et il alla vers le fond de la pièce, où j'eus l'impression qu'il disparaissait tellement on n'y voyait rien, pour revenir une minute après avec un morceau de tissu. C'était un petit carré de rien du tout, plutôt chiffonné, qui perdait des fils, mais pour la couleur, je n'avais jamais rien vu de pareil : d'abord marron, mais l'instant d'après plutôt bleu ; et puis plus pâle, et encore marron, avec toutes sortes de reflets.

– Génial, ce tissu, lui dis-je.

Il ne répondit rien. Il s'était mis à astiquer la boule en frottant très fort et très lentement par endroits. Et tout d'un coup il y eut une sorte d'éclair, et j'eus l'impression que quelque chose avait bougé à l'intérieur de la boule, mais je n'aurais pas su dire quoi.

– Voilà, me dit-il, elle est prête.

– Mais comment est-ce qu'on s'en sert ?

– Tu verras, ça viendra tout seul.

À ce moment-là je me rendis compte que je n'avais rien pour payer la mise en service, à part un peu de monnaie qui me restait de mon goûter. J'y allai prudemment :

– Est-ce que je vous dois quelque chose ?

– Mais non, mais non, pas cette fois-ci, penses-tu.

Il chercha dans un autre coin un sac en plastique où il mit la boule, et me le tendit.

– Voilà, jeune homme. Bon retour ! Et revenez nous voir !

Nous sommes repassés derrière le rideau. Les deux autres étaient toujours à leur table, et toujours dans leurs figurines. Je bredouillai :

– Merci beaucoup monsieur, au revoir !

Une fois sorti je regardai ma montre : elle marquait huit heures passées. Le temps de rentrer, il serait neuf heures moins le quart. Mes parents n'étaient pas sévères, mais quand même ils allaient crier. Et puis c'était très bien d'avoir une boule en état de marche, mais toute la rue Alexandre-le-Grand à remonter avec ce sac si lourd, pour attraper un bus qu'il faudrait attendre un quart d'heure parce qu'on était déjà le soir, on aurait pu rêver plus gai.

Heureusement on était début juin, et il faisait beau.

III

Le jour du grand saut

Eh bien, rien ne se passa comme prévu. À quelques pas de la boutique il y avait un coin de rue : un bus arrivait qui prit le tournant. Je courus pour le rejoindre à l'arrêt et demandai par où il allait. Il remontait toute la rue et passait derrière mon collège. Il était vide. Cinq minutes après j'étais au collège. Encore cent mètres à pied, jusqu'à mon arrêt habituel, et un autre bus arriva qui me déposa en deux minutes à deux pas de la maison. Avec ça il était tout de même 8 h 20, enfin c'est ce que je croyais. Mais remonté chez moi, comme je n'osais pas sonner et que j'ouvrais la porte avec ma clé, ma mère qui passait dans le couloir me dit :

– Tiens, déjà rentré ? Ton copain n'était pas là ?

Je regardai la pendule au mur : elle marquait 19 h 30.

– Excuse-moi maman, lui dis-je, j'ai un léger problème, quelle heure est-il ?

– Tu vois bien, il est sept heures et demie. Puisque tu es là on va bientôt dîner. Tu aurais dû téléphoner à Cyrus, ça t'aurait évité d'y aller pour rien.

Cyrus, je sais bien, c'est un drôle de nom, mais son père est américain, et là-bas ils donnent des noms aussi spéciaux que chez nous.

Enfin avec cette histoire d'heure j'étais ahuri. C'était un peu comme quand vous avez l'impression d'avoir déjà vécu le moment où vous êtes. Mais là, il y avait toute cette course qui devenait comme un rêve, sauf que je rapportais un sac que je n'avais pas au départ.

Mon père était rentré, je suis allé lui dire bonsoir, puis j'ai déposé la boule dans ma chambre en la laissant dans le sac. On est passés à table, il y avait du saumon, et je n'aime pas du tout le saumon ; et puis des brocolis, et je n'aime pas non plus les brocolis. Finalement je dis à ma mère :

– Maman, qu'est-ce qui se passe encore ? Tu as oublié que je détestais tout ça !

– Je suis désolée, mon chéri, je crois toujours qu'en grandissant ton goût va changer.

Cette réponse non plus, je n'ai pas aimé. Et pour cette histoire de boule, j'avais bien fait un effort, mais finalement elle ne me disait rien du tout. Je suis retourné dans ma chambre à peine mon dessert avalé. Je me sentais comme si j'avais traîné un boulet toute la journée ou travaillé une semaine dans une mine à ciel ouvert. J'ai voulu lire trois pages des *Aventures d'Arthur Gordon Pym*, un livre dont je vous reparlerai, mais quand mes parents sont venus me dire bonne nuit, j'étais en train de m'endormir tout habillé.

Le lendemain matin, j'avais tout oublié. Je pris le bus comme d'habitude pour aller au collège, où je retrouvai Cyrus, Nicolas, Pierre et Karim. Je me souviens d'un cours de sciences à propos des vents, et ensuite de deux heures avec Émile, notre professeur de français, un professeur extraordinaire : comme lui, on n'en avait jamais eu.

De son vrai nom, Émile s'appelle Bachir Touré. Il est originaire du Sénégal, et il doit avoir plus de cinquante ans. Émile, c'est son second prénom, et c'est celui qu'il a choisi comme « nom de professeur », je n'ai jamais bien compris. Émile nous faisait deux cours, un cours de grammaire et un autre de littérature (mais souvent on parlait de littérature en grammaire et vice versa). Dans le cours de littérature, on lisait une pièce ou un roman tout haut pendant une heure, mais en s'arrêtant chaque fois qu'il y avait une chose à expliquer, ou quelque chose qu'il voulait nous faire retenir parce qu'il trouvait ça vraiment beau. Ensuite on passait à la rédaction de textes et à la préparation de spectacles. Émile nous a fait étudier comme ça pas mal de choses : *l'Iliade* et *l'Odyssée*, du Molière, du George Sand, du Dickens, des histoires chinoises, et maintenant on était dans *Les Aventures de Télémaque*, un roman du dix-septième siècle, d'un nommé Fénelon. Là aussi c'étaient des histoires de Grecs, et je dois vous en dire un mot, vous verrez pourquoi tout à l'heure.

Télémaque, c'est le fils d'Ulysse, le héros de la guerre de Troie, celui qui a eu l'idée du grand cheval de bois où les Grecs se sont cachés. Et vous savez qu'Ulysse, une fois que la guerre a été finie, a eu beaucoup de mal à rentrer chez lui, à cause des dieux qui étaient contre lui : il a mis dix ans et a perdu tous ses compagnons. Donc, Télémaque, qui était tout enfant quand son père est parti à la guerre, a fini par partir lui-même à sa recherche, et le roman qu'on lisait racontait ses aventures entre le moment où il part et celui où ils finissent par se retrouver. Bien sûr il y avait des passages ennuyeux, mais d'autres qui faisaient pas mal d'effet, comme quand Télémaque descend aux Enfers, et quand ce qu'on lisait était moins intéressant, on n'hésitait pas à sauter. Et puis, des phrases du genre : « *Pendant que je me consumais en regrets inutiles, j'aperçus comme une forêt de mâts de vaisseaux…* », au début vous n'y comprenez rien, mais à force ça fait une sorte de musique qui se met à habiter votre tête.

Seulement ce jour-là, pendant qu'on lisait, cette histoire de boule me revenait, et ce que j'entendais dans ma tête, c'était : « *Viellos, Kerkyra, Viellos, Kerkyra… Cette petite dort, il faut la réveiller…* »

Sur la journée je ne peux pas vous dire grand-chose de plus. À la cantine je me souviens de la saumonette pommes vapeur, qui est encore pire que le saumon. L'après-midi,

EPS, anglais et technologie. Et puis au retour, dans le bus, je tombai sur les mêmes idiots que la veille au soir. « *Alors Hercule* », lançaient-ils, « *t'as plus ton boulet ?* » « *On n'aime plus les épinards ?* » « *Et le cirque, il a déménagé ?* » Et ouaf ouaf ouaf et ouaf ouaf ouaf ! Souvent je me demande – peut-être vous aussi – comment font les gens pour rire avec des choses qu'ils ne trouveraient même pas drôles s'ils étaient tout seuls.

À la maison, en attendant Cyrus qui devait venir passer un moment, je ressortis ma Viellos de son sac et la posai sur le bureau.

On était vendredi. La semaine de collège était finie. Pour le lundi, Émile nous avait demandé de relire un épisode de *l'Iliade*, comme on voulait. Et moi, j'en avais lu pas mal, parce que ça m'intéressait, tous ces personnages, les dieux, l'atmosphère, et que je ne trouvais pas ça trop dur, pas du tout : du moment qu'on avait les images en tête, ça allait tout seul. Alors je pensais au moment où Ménélas, le roi de Sparte, se bat avec Pâris en combat singulier (Pâris qui lui a pris sa femme Hélène, celle que les Grecs sont venus rechercher). Le combat commence devant les deux armées des Grecs et des Troyens, et tout d'un coup, plus de Pâris ! Il s'est volatilisé ! La déesse Aphrodite, qui avait peur pour lui, l'a enlevé, et il se retrouve sur son lit à Troie !

Enfin, tout ça pouvait attendre. Je verrais en rentrant de chez ma grand-mère qui nous invitait à passer le week-end dans son jardin. Un week-end à Bougival, encore un...

Et puis surtout, devant moi il y avait cette boule, et le fait est qu'elle brillait bien plus après la manière dont on l'avait astiquée. Elle brillait vraiment très fort.

Et là il se passa à nouveau quelque chose, vous me croirez ou pas, comme vous voudrez. En m'approchant de la boule, je vis qu'elle ne reflétait plus grand-chose. Par contre, à l'intérieur, il y avait un reflet bleu, et le bizarre, c'était qu'autour, sur le bureau, sur le mur, sur moi, par la fenêtre, il n'y avait rien de bleu. Et quand je m'approchai encore, le bleu devint plus vaste et plus profond, c'était maintenant une grande mer scintillante et limpide que je surplombais à peine, et quand je voulus m'en approcher encore davantage, d'un coup je perdis l'équilibre, et je fus dedans.

IV

Le héros dans la pénombre

Je vous assure, je n'ai pas du tout perdu connaissance. Et même, cette mer où j'étais plongé tout d'un coup, je n'ai pas mis deux secondes à la reconnaître : elle était claire et tiède comme chaque été. Seulement, ce n'est pas tous les jours que la mer où vous allez l'été vient à vous.

Et puis il y eut quelque chose d'encore plus bizarre. Quand je mis la tête hors de l'eau (je n'avais pas plongé très profond), je vis d'abord le soleil au-dessus de l'horizon ; et ensuite, en tournant la tête, dans une lumière dorée comme il y en a le soir, la côte à portée de nage, avec de grands rochers, un bois derrière, et sur ma droite un genre de promontoire qui m'empêchait de voir plus loin. Vous direz : c'était une côte en Méditerranée, tout le monde connaît ça. Mais non, il y avait autre chose, et la première chose, c'était l'air, qui était si plein de parfums, si fort que vous saviez aussi dans la seconde que ce n'était pas tout à fait le même genre d'été.

Il avait dû faire très chaud. Pas le moindre vent. Je n'avais aucune idée de ce qui allait se passer. Ce qui était sûr, c'est que j'étais déjà très loin de la rue Marat où j'habitais, du collège et des idiots du bus. Mais je n'avais pas peur, quelque chose dans l'air me disait que je ne risquais rien. J'étais seulement très intrigué.

Je cherchais des yeux un endroit pour rejoindre la côte. Il fallait contourner le promontoire : ça prit peut-être cinq minutes, et là, le paysage changea. Il y avait toute une anse avec une grande plage, et devant la plage et même à sec, sur le sable, maintenus d'aplomb par des pierres et par des poutres, toute une forêt de bateaux. De longs bateaux noirs, dans le genre ancien, assez hauts à l'avant comme à l'arrière, avec une quantité de rames et un seul mât, l'avant face à la mer, mais les voiles repliées.

Vous avez peut-être déjà compris. On n'était pas au pays des Vikings, ni dans les Antilles, ni en mer de Chine. C'étaient des bateaux grecs, ou quelque chose comme ça.

Je nageais sans fatigue. J'aurais pu continuer longtemps, passer les bateaux, et ensuite trouver un coin désert où j'aurais débarqué ni vu ni connu. Ce qui n'était pas agréable, c'étaient mes habits qui me collaient à la peau et dont je n'osais pas me débarrasser. Aussi je finis par me dire : « *ici ou plus loin, qu'est-ce que ça peut faire ? de toute manière je vais dans l'inconnu* ». Et donc, j'ai obliqué vers les bateaux, qui avaient l'air déserts, et suis passé entre deux pour atteindre la plage.

Et là, il y avait de nombreux soldats, je ne sais pas, peut-être cent.

Je dis que c'étaient des soldats parce qu'ils formaient de petits groupes avec à côté d'eux des tas de casques et de cuirasses, et que plusieurs étaient occupés à tirer avec des lances ou de grands arcs sur des troncs d'arbres qui servaient de cibles. À part ça, ils portaient juste des tuniques, et en approchant je les ai trouvés très bruns de peau et très baraqués mais pas grands du tout. Pas tellement petits, remarquez, mais enfin, pas de la même taille que nous.

Et je pense que quand ils m'ont vu – et ils ont été plusieurs à me voir sortir de l'eau – c'est ça qui a dû les frapper aussi, je veux dire comme eux et moi on était faits différemment. Car moi j'étais grand et maigre, mais vraiment grand pour mon âge, genre 1 m 70, et dans ma famille on se demandait où j'allais m'arrêter. « Léo l'asperge », c'est comme ça qu'on m'appelait chez mon oncle. Et bien sûr j'étais tout blanc, avec des cheveux châtains plutôt en bataille.

Donc plusieurs m'ont vu en même temps, et ils ont crié quelque chose aux autres, et ceux qui étaient occupés à tirer se sont retournés aussi. Je suis resté au bord de l'eau, pendant qu'eux s'avançaient vers moi et m'entouraient.

D'abord ils m'ont regardé sans rien dire, et puis l'un d'eux s'est approché, le plus vieux, avec un peu l'air d'un pirate. Il a passé le doigt sur la bordure de ma chemise en s'intéressant surtout aux boutons, et puis sur ma ceinture avec sa boucle argentée, et même sur la fermeture-éclair de ma braguette. Forcément, il n'avait jamais rien vu de pareil ! Et le voilà qui me pose une question, et puis une autre, en parlant très vite une langue remplie de i et de o. Je n'y comprenais rien, et quand je lui demandai en français où on était, il n'y comprit rien non plus. Puis il a reculé et ils se sont mis à parler entre eux dans la même langue rugueuse et rapide, et dans leurs paroles j'entendis un nom qui revenait, c'était « *Arrhilléous* », ou quelque chose comme ça.

Ils discutèrent bien une ou deux minutes, et pour finir le pirate fit signe qu'on ne devait pas rester là. Donc nous voilà partis, lui devant, et moi entouré d'une dizaine de soldats, et je compris vite qu'on allait vers leur campement.

C'était tout près, en arrière de la plage. Il fallait encore passer des rangées de bateaux qu'on avait hissés jusque sur l'herbe (il y en avait même assez loin du rivage, on les avait rangés comme ça par ordre d'arrivée) ; et alors, on trouvait ce qu'on appelle un camp, mais à la manière dont ils avaient fait les choses on aurait dit une vraie ville avec des rues déjà assez larges, et comme maisons des sortes de grandes tentes avec des charpentes de bois, quelques-unes séparées de la rue par un enclos avec une porte.

La tente où ils me conduisaient n'était pas loin. En entrant je trouvai qu'il faisait vraiment sombre, mais à l'intérieur il y avait deux pièces, celle du fond plus grande que l'autre, et dans celle-là, à un endroit, la toile de tente, qui avait l'air très épaisse, laissait passer un peu de jour. Mais comme la lumière dehors était restée forte, j'ai mis un moment à distinguer ce qu'il y avait dedans : peaux de bêtes, grands vases peints, armes, vaisselle d'argent. Et ce que j'ai vu en dernier, ç'a été l'homme assis à l'écart, sur un siège tout simple en forme de X, et qui me regardait.

Aussitôt j'ai su qui c'était. C'était Achille. Et le plus fort, c'est que *lui aussi savait qui j'étais*.

V

La conversation d'Achille

Je ne sais pas si vous vous êtes trouvés un jour en face d'un personnage de ce genre-là, un héros de légende, quelqu'un d'un peu divin. Pour moi ç'a été grâce à ma Viellos, mais j'ai su depuis qu'il y avait d'autres moyens. En tout cas c'est difficile à décrire.

À propos d'Achille, il y a une chose très connue, c'est qu'il était formidablement beau. Tout le monde a entendu parler de ses longs cheveux blonds bouclés, de ses yeux qui étincelaient, de son grand nez droit et de sa stature d'athlète. Il faut dire qu'il était fils de déesse, et que quand il était enfant, le centaure qui s'occupait de lui, un nommé Chiron, célèbre pour sa sagesse (et vous savez ce que c'est qu'un centaure : un homme avec des jambes de cheval) lui donnait tous les jours à déjeuner des cervelles de tigre et de lion. C'est ce régime-là qui l'avait gardé si mince et qui en même temps l'avait fait si fort et si agile, avec bien sûr une quantité de sport en plus. Et donc, quand il était assis, il avait déjà une allure incroyable. Mais debout, c'était un champion comme vous n'en avez jamais vu, quelqu'un qu'il fallait être un vrai fou pour défier.

Enfin moi, dans la pénombre où je l'ai aperçu, ce qui m'a frappé d'abord, c'était son visage, avec ses traits tellement fins et tellement puissants, et son teint si mat à cause de sa peau parfaite. Mais quand vous l'approchiez, il y avait une autre chose qui se passait. Un jour mon père s'était fait faire des lunettes trop fortes, et il s'était mis à tout voir trop en relief, trop découpé. Eh bien, avec Achille c'était un peu pareil : il était *trop là* – ça veut dire aussi séparé du reste, avec toujours un filet d'ombre autour de lui. Dans la pénombre il se détachait, mais dans la lumière aussi. Il avait sa lumière à lui. Je ne peux pas vous trouver d'autres mots.

Et avec tout ça, quand il ouvrit la bouche et parla, je le compris. Pourtant il parlait dans sa langue, mais pour moi c'était une langue sans mystère. Ou plutôt non : c'était une langue pleine de mystères, *mais je les apercevais*.

– Ce jeune homme a voyagé, dit-il aux soldats qui m'avaient conduit. Je sais d'où il vient. Je dois lui parler. Qu'on nous laisse.

Les soldats sortirent sans rien dire, et tout d'un coup je fus seul avec lui.

– Je sais d'où tu viens, répéta-t-il doucement. Tu viens de l'âge du silicium, n'est-il pas vrai ?

Le silicium, vous savez, c'est la substance qui sert pour les circuits d'ordinateurs.

Ébahi, je hochai la tête.

– Quel est ton nom ? continua-t-il du même ton.

– Léo. Léo Cerzanne.

– Et sais-tu qui je suis ?

– Je crois que vous êtes Achille, dis-je timidement.

– Sans doute. Et que sais-tu d'Achille ?

Je me souvins du cours d'Émile et lui ressortis ce qu'on y avait appris :

– Je sais que vous êtes un grand héros. Votre père s'appelle Pélée et votre mère Thétis. Lui est un roi et elle une déesse qui vit dans la mer. On vous a donné un centaure comme professeur, et quand vous étiez petit on vous a plongé dans le Styx pour vous rendre invulnérable.

– Ce n'est pas mal répondu, dit-il en s'animant, sauf que par exemple le Styx n'appartient pas à cette légende-ci.

– Je croyais…

– Non. Dans une autre légende, à ma naissance, ma mère m'a pris par les talons pour me plonger dans le fleuve. Mais pas dans celle-ci. Quand sera venu le moment fixé, un guerrier troyen m'atteindra d'un trait, et ce trait me blessera ; mais ce ne sera pas au talon.

– Vous le savez déjà ?

– Je le sais déjà.

Ici sa voix devenait plus grave.

– Et pour là d'où je viens, balbutiai-je, comment savez-vous ?

– Que crois-tu ? je sais toute l'histoire jusqu'à la fin.

– Mais je ne fais pas partie de l'histoire !

– Peut-être pas de celle que tu connais toi-même, mais malgré tout tu es là.

– Et donc, vous connaissez mon époque, les ordinateurs, tout ça ?

– Que crois-tu ? que si toi tu as fait un chemin, je ne pourrais pas, moi, faire le chemin inverse ? Nous sommes ici tous les deux dans une perpendiculaire du temps. Je ne vivrai jamais à ton époque, mais je crois savoir à quoi elle ressemble.

« *Dans une perpendiculaire du temps* », c'est comme ça qu'il avait dit.

Ses phrases faisaient l'effet des flèches d'un grand archer.

Perpendiculaire ou pas, j'avais un peu le vertige, mais je voulais surtout comprendre. Et comme il avait plutôt l'air d'aimer discuter, j'insistai.

– C'est pour ça que je comprends quand vous parlez, et pas les autres ?

– Oui, mais il y en a d'autres que tu comprendras. Ne te fais pas de souci. Ne cherche pas trop. Tu dois être heureux d'être là. Cela te changera des machines que vous avez dans vos maisons. D'ailleurs tu me seras utile par tes pensées.

Il vit que cette fois j'étais tout à fait perdu.

– Je t'expliquerai plusieurs choses, ajouta-t-il, mais plus tard. D'abord tu dois t'habituer à l'air qu'il y a ici. Pour les heures qui viennent, reste à l'intérieur. De toute manière il ne faut pas qu'on te voie. Tu ne te montreras à personne, sauf à moi et à ceux que je te dirai. Les chefs des Achéens (*c'était un des mots pour désigner les Grecs ; on disait aussi les Panachéens, ou les Argiens, ou les Danaens*) ne doivent être avertis de rien. Les hommes qui t'ont vu savent ce que c'est qu'un secret. Il y aura demain une bataille – ne pense pas que ce soit la mienne. Tu la verras. Tout à l'heure tu me parleras de toi. Maintenant tu dois être fatigué. Va dans l'autre pièce. Tu y trouveras de l'eau et des fruits, et tu pourras te reposer.

Je fis selon son conseil.

Dans l'autre pièce il y avait un genre de divan couvert de peaux de bêtes. Je m'y allongeai à demi. Près du divan, sur une petite table, je trouvai un grand pot à eau, deux coupelles et une assiette remplie de figues. Je bus peut-être la moitié de l'eau, tant j'avais soif. D'ordinaire je n'aimais pas trop les figues, mais j'en goûtai, et celles-là n'auraient pas été meilleures si elles étaient venues du paradis.

Toutes les dix secondes à peu près, je regardais vers l'autre pièce, mais Achille avait quitté son fauteuil et on aurait dit qu'il n'était plus là.

À un moment une servante entra, une jeune, vêtue d'une tunique blanche. Elle portait un panier de linge et ne fit pas attention à moi. Elle déposa son panier vers le fond et ressortit presque aussitôt.

Dehors on entendait des cris d'hommes, des bruits de chevaux, et aussi un chien qui aboyait.

Rue Marat, ça devait être l'heure du coucher. Mais ici, avec toutes ces choses qui étaient arrivées, et avec ce que m'avait dit Achille, je me demande comment j'aurais dormi. Je restai là, moulu mais hyper-excité, à me demander comment j'avais fait et ce qui allait se passer.

D'ailleurs j'avais encore faim, et puis plus ou moins rendez-vous.

VI

Des explications

Quand vous tombez tout d'un coup dans un autre temps, bien sûr vous vous demandez ce que vous faites là, mais ce n'est pas ça qui est le plus gros souci. C'est plutôt : qu'est-ce que vont faire vos parents, vos amis, vos professeurs, etc., quand ils verront que vous avez disparu ? Et puis : comment est-ce que vous allez faire, vous, quand vous voudrez rentrer chez vous ?

Je vous ai dit que je n'étais pas vraiment inquiet, mais là, sur le divan d'Achille, j'ai dû remuer ces questions dans ma tête. Pourtant, dès le départ, j'ai eu l'impression de tenir la solution. Et c'était à cause des paroles d'Achille, quand il avait parlé d'une « perpendiculaire du temps ». Bien sûr l'expression n'était pas très claire, mais si on faisait bien attention, il y avait une idée qui ressortait : c'était que *le temps qui passait ici n'était pas le même qui passait là-bas,* je veux dire chez nous ou ailleurs. *L'un des deux pouvait passer, et pas l'autre.* Et donc, je pouvais rester, supposons, un mois ici, au siège de Troie – parce que c'est là qu'on était, au siège de Troie –, et ensuite me retrouver à la maison juste au moment où je l'avais quittée, le soir de ce même vendredi qui n'était pas encore fini, et qui avait commencé par un cours de sciences à propos des vents. D'ailleurs c'est bien ce qui s'était passé la veille, avec ma visite au réparateur de boules : le temps n'avait pas passé comme il aurait dû.

Tout ça se tenait. Comment ? Je n'en savais rien, mais ça se tenait. Quant au retour, j'avais l'idée qu'il serait encore plus facile que l'aller. Parce que cette fois, on serait pour ainsi dire dans le sens du temps. Il n'y aurait qu'à se laisser glisser.

Pour ça, vous verrez plus tard si j'avais raison.

Enfin, pendant que je réfléchissais à ces choses et à d'autres, le soir descendait sur le camp. Et il faisait presque nuit quand Patrocle arriva.

Je ne vous présente pas Patrocle : avec Achille on sait bien qu'ils étaient inséparables, depuis qu'ils étaient allés à l'école du centaure, qui était le professeur des héros et des dieux. Patrocle aussi était le fils d'un roi, mais sa mère à lui n'était pas une déesse. Et donc, dans leur système à eux, il était juste un peu moins noble qu'Achille, ce qui fait qu'il était un peu à son service. Mais lui aussi, c'était un athlète magnifique, à la peau dorée, plus brun de cheveux et de barbe, avec un regard bleu dont on avait du mal à se détacher.

Il a fait comme la servante, il est passé sans me voir, et j'ai commencé à m'étonner qu'on ne me remarque pas plus que ça. Achille était à nouveau dans la pièce du fond, et rien qu'à sa voix on sentait qu'il était très content que Patrocle soit revenu. Je n'entendais pas bien ce qu'ils disaient, mais malgré ça, en les écoutant, j'ai saisi le moment de l'histoire où j'étais tombé.

Vous savez qu'au moment où commence *l'Iliade*, ça fait déjà neuf ans que les Grecs sont arrivés avec leurs bateaux et qu'ils ont planté leurs tentes en face de Troie. Et neuf ans, c'est vraiment très long, surtout si on pense à ce qu'ils étaient venus faire, je veux dire rechercher la femme de Ménélas, Hélène, qui était partie avec Pâris ; parce qu'en principe ce n'est pas neuf ans après que ces choses-là s'arrangent. Pour avoir tenu tout ce temps – sauf si l'auteur exagère, ce serait ce qu'Émile appelle une « amplification poétique » – il fallait bien qu'ils aient pris ça terriblement à cœur. Et le fait est qu'à l'époque, les affaires d'honneur dans ce genre-là étaient bien plus importantes qu'aujourd'hui. Et puis, cette Hélène n'était pas n'importe qui : c'était, comme ils disaient, « la plus belle des mortelles ». Et puis aussi, la ville de Troie (on disait aussi *Ilion*, ce qui vous explique le titre : *l'Iliade*) était pleine de trésors sur lesquels on pouvait mettre la main. Et puis, il faut savoir que tout ça venait d'une dispute entre dieux, ou plutôt entre déesses, avec d'un côté Aphrodite, la déesse de l'amour, qui aimait beaucoup Pâris, et de l'autre Héra, la femme de Zeus, qui le détestait – mais si vous voulez bien, j'attendrai un peu pour vous en parler.

Enfin là, au bout de neuf ans qu'ils avaient passés sur cette côte, tantôt à se battre, tantôt à ne rien faire, les Grecs étaient tous assez nerveux. Et le plus nerveux, c'était Agamemnon, le frère de Ménélas, donc le beau-frère de l'Hélène qui était partie. C'est lui, Agamemnon, le roi d'Argos et de Mycènes, qui avait décidé l'expédition, et donc c'est lui qui commandait, y compris aux autres rois (car en Grèce il y avait beaucoup de rois qui régnaient chacun sur un bout du pays). C'était un grand guerrier, mais pour le reste il n'avait pas toujours la manière. Par exemple, dans ses captives (des filles de Troyens et d'alliés de Troie qu'on avait faites prisonnières), il y en avait une qui s'appelait Chryséis et qui était la fille d'un prêtre d'Apollon. Et un jour, le père, le grand prêtre, Chrysès, était venu pour la réclamer, mais Agamemnon n'avait rien voulu savoir. Alors le prêtre et le dieu s'étaient vengés en envoyant aux Grecs la peste, qui était une maladie horrible et terriblement contagieuse. Et quand le prêtre était revenu, Agamemnon avait bien été obligé de céder. Il avait rendu la fille, mais à une condition : qu'un des chefs grecs lui cède une autre fille pour remplacer celle qu'il perdait. Et justement, comme Achille protestait, il avait voulu la captive d'Achille qui s'appelait Briséis.

C'est ce que raconte le début de *l'Iliade*, c'est très connu. La suite aussi : Achille était entré dans une colère affreuse, il avait traité Agamemnon de tous les noms devant tous les chefs grecs, et il avait juré qu'il ne retournerait pas se battre avant que l'offense qu'on lui faisait ait été réparée. Seulement, le lendemain, les soldats d'Agamemnon étaient venus chercher la fille, et il avait bien été obligé de la laisser partir. Et pourtant, il tenait à elle énormément.

Eh bien, tout ça s'était passé exactement douze jours avant le soir où j'ai débarqué. Je vais vous dire pourquoi j'en suis sûr.

Dans l'histoire, on dit qu'après le passage des hommes d'Agamemnon, Achille était allé s'asseoir au bord de la mer, un peu à l'écart, vers les rochers, et qu'il s'était mis à pleurer (chez les Grecs, même les plus grands héros pleuraient de temps en temps). Il pleurait parce qu'on venait de lui prendre Briséis, et dans ses larmes il parlait à sa mère Thétis, la déesse qui vivait dans la mer. Alors Thétis était sortie de la mer, elle s'était assise près de son fils et lui avait pris les mains en lui demandant ce qui n'allait pas. Et là, il lui avait raconté toute l'histoire, en lui demandant d'aller voir Zeus, le père des dieux, pour que Zeus le venge en donnant la victoire aux Troyens. Ça fait voir à quel point il était en colère.

Mais Zeus n'était pas comme d'habitude sur le mont Olympe : il était parti pour un banquet avec d'autres dieux de l'autre côté de la mer, vers l'Éthiopie. Et donc, Thétis disait à Achille :

« Dans douze jours il retournera sur l'Olympe. Alors j'irai vers son palais au seuil de bronze, je toucherai ses genoux et je pense qu'il m'écoutera. »

Pour Achille, ça voulait dire douze jours à s'ennuyer dans sa tente. Et pour ses soldats, qu'on appelle les Myrmidons (du nom du peuple dont il est roi), douze jours à tuer le temps sur la plage, au lancer de disque et au tir à l'arc.

Mais maintenant, Achille racontait à Patrocle que sa mère était revenue. Le matin, elle était montée dans l'Olympe. Elle avait trouvé Zeus et lui avait parlé. Et Zeus lui avait répondu qu'il était très embarrassé. Il ne voulait pas se fâcher avec sa femme, Héra, qui détestait Pâris et protégeait les Grecs. Mais faire quelque chose pour venger Achille, il voulait bien : par exemple, envoyer à Agamemnon le Songe trompeur, pour l'attirer dans un piège, lui et son armée.

Et donc, ce soir-là, c'est le Songe qu'on attendait. Le Songe, c'est-à-dire le dieu des rêves, qui devait visiter Agamemnon dans son sommeil.

Et c'est pour ça qu'Achille était si calme, presque gai.

VII

L'attente du Songe

J'étais toujours sur mon divan dans l'antichambre, et je commençais à trouver le temps vraiment long. D'ailleurs un plat de figues, même excellentes, ça ne faisait pas un dîner. Mais à un moment Achille se tut, et il y eut du mouvement dans la pièce comme si on mettait la table. Et juste après, j'entendis Achille m'appeler : « *Néania ! Néé Léou !* » (c'est-à-dire : « *Jeune homme ! Jeune Léo !* »).

Je me levai et passai dans l'autre pièce.

– Chez nous, me dit-il, comme chez toi sans doute, on se baigne avant dîner, et certainement tu en as besoin. Là-derrière, tu trouveras une servante qui t'aidera et qui te donnera de quoi te vêtir.

Il me montrait un rideau derrière lui. Le rideau donnait sur une espèce de cour à l'arrière de l'enclos. C'était l'endroit qui servait pour la toilette, avec une vasque en pierre large comme une baignoire, qui était déjà remplie d'eau. Et là, une servante m'attendait, et c'était la même jeune qui était passée un peu avant avec son panier. Elle inclina la tête en me disant un mot tout bas. Et donc, en me tournant pour ne pas trop me faire voir (chez les Grecs les garçons faisaient leur gymnastique tout nus, mais moi je n'étais pas encore un Grec !), j'ôtai mes vieux vêtements et m'assis dans la vasque.

L'eau était froide, mais c'était bon. Et quand la servante revint avec un morceau de pierre argileuse qui devait servir de savon, et de l'eau encore qu'elle me versa doucement sur la tête, je la laissai faire sans rien dire. Je restai là un peu à barboter, et puis je vis qu'à côté, sur un tabouret, elle avait déposé un drap et un genre de chemise, tous les deux blancs. Je sortis du bain et m'essuyai avec le drap, puis enfilai la chemise qui en fait était une tunique courte, avec sur les bords une broderie violette. C'était bien mieux que ces vêtements humides et tout collants à cause du sel !

Je rentrai dans la tente, et là, Achille me fit signe de m'asseoir à une table basse. Sur la table, il y avait des viandes grillées, du pain, des olives, de la purée de lentilles, du fromage frais.

Patrocle était déjà installé. Il leva vers moi son regard bleu, et puis, comme Achille lui disait un mot à voix basse, il inclina la tête en signe de salut.

– Voici notre repas, m'a dit Achille. J'espère qu'il te conviendra. Nous n'avons rien de meilleur ici.

J'ai pris place, mais je ne sais pas pourquoi, j'étais encore bien plus intimidé que tout à l'heure devant Achille tout seul. Lui comme Patrocle s'étaient assis en travers de leur siège, et donc à moitié allongés : c'était comme ça qu'on se tenait dans les banquets, mais je ne me voyais pas faire comme eux. En plus, il n'y avait ni couteaux ni fourchettes ; on était obligé de se servir directement dans le plat, avec du pain ou avec les doigts. Quand vous n'avez pas l'habitude et que vous ne connaissez pas bien les gens, il ne faut pas croire que ce soit facile : vous manquez toujours d'en mettre partout.

Mais ce qui m'a fait le plus rougir, je m'en souviens, c'est quand Achille s'est aperçu que je ne buvais pas de vin. Patrocle et lui s'en servaient, mélangé avec de l'eau, dans de belles coupes de métal sculptées. Or moi je ne buvais que de l'eau pure, et quand Achille s'en est aperçu, il s'est levé et est allé lui-même chercher la cruche dans l'antichambre. Vous voyez ça : vous n'avez rien fait dans la vie, vous êtes un garçon comme un autre, et un Achille commence à se mettre en quatre pour vous !

Le dîner était délicieux, et un peu comme tout ce qu'il y avait là : si frais, si parfumé que c'était presque trop fort. Mais j'ai à peine eu le temps de manger, parce que dès qu'on a été installés, Achille et Patrocle ont commencé à m'interroger. Surtout Achille : Patrocle était beaucoup plus réservé, il posait seulement une question de temps en temps. Mais c'était extraordinaire comme ils étaient tous les deux attentifs.

D'abord Achille m'a demandé où j'habitais et où j'en étais dans la vie, si j'allais à l'école et ce que je faisais comme gymnastique ; si je savais lancer le disque et le javelot ; si je jouais de la flûte ou de la cithare, et si je savais de longs poèmes par cœur. Ensuite il m'a demandé qui étaient les dieux de chez moi, et ce qu'on faisait pour leur plaire, comment on s'y prenait pour connaître l'avenir, et si on était souvent à la guerre. Et puis ce qu'il y avait dans ma maison, et si nous avions beaucoup de gens à notre service, et comment on mariait les filles et si en général les gens mariés étaient heureux. Je dis ça pour vous donner une idée, parce qu'il y avait encore d'autres sujets, je n'ai pas tout retenu. Il posait ses questions très calmement, l'une après l'autre.

À certains moments j'étais bien embarrassé, mais j'ai répondu de mon mieux. Tous les deux ont eu l'air de trouver qu'on ne faisait pas du tout assez de sport ni de musique. À propos des dieux, ils ont demandé si on connaissait ceux des Grecs – Zeus, Héra, Apollon, Aphrodite, Arès, le dieu de la guerre, et tous les autres –, et ils avaient l'air de dire qu'un seul dieu, ça devait être bien compliqué. Ils ont eu des expressions étonnées quand je leur ai parlé des filles qui se cherchaient des fiancés, et des parents qui divorçaient quand ils se disputaient trop : chez les Grecs ce n'était pas du tout comme ça, mais au fond ils ne paraissaient pas contre. Autrement, la radio, la télévision, les ordinateurs, les téléphones portables et même le wifi, tout ça les a énormément intéressés : même si Achille avait parlé tout à l'heure des machines, ni lui ni Patrocle n'imaginaient des choses pareilles.

Mais je vais vous dire une autre chose : au fond du fond, je crois qu'ils n'étaient pas si étonnés. Il y avait une quantité de détails qu'ils n'avaient pas, mais en même temps ils m'écoutaient comme des gens qui savent en gros à quoi s'en tenir, et qui font parler les autres par politesse, ou parce qu'ils veulent vérifier ça ou ça. Et dans l'ensemble, j'ai eu l'impression que la manière dont on vit chez nous ne leur disait pas trop. Ils nous trouvaient trop renfermés, ou bien attachés à trop de choses qui n'avaient pas beaucoup d'importance, et ils avaient l'air de dire que même si on était souvent mécontents, on se contentait de trop peu.

D'ailleurs je crois qu'à un moment ils en ont eu assez, parce qu'ils se sont remis à parler entre eux exactement comme s'ils étaient tout seuls. C'est parti de ces commentaires sur les gens qui vivent trop en dedans : de là ils sont passés à des histoires de batailles, aux armes qu'ils avaient maniées, à ce que les dieux avaient fait à tel ou tel moment. Et puis il y a eu un silence, et Patrocle s'est mis à reparler de Briséis, et de là ils en sont venus aux femmes qu'ils avaient connues... Il y en avait une dont Achille avait eu un fils, je ne savais pas, et j'aurais voulu en savoir plus, mais ils n'ont parlé que des femmes, de leur caractère et de leur beauté... À la fin je n'écoutais plus : je luttais contre le sommeil.

Je me souviens seulement qu'à un moment, il était vraiment tard, une sorte de vent s'est levé qui venait de l'extérieur de la tente, et tout d'un coup il y a eu à nos pieds, sur le tapis, une quantité de fleurs pâles et fines, presque sèches. Ce que ces fleurs faisaient là, je n'ai jamais su, ni pourquoi Achille, en se penchant pour en prendre une, a dit à Patrocle :

– Voilà, il est passé.

Mais j'ai bien compris qu'il parlait du Songe qu'on attendait. Et pourtant, quand il l'a dit, je dormais presque déjà, et pour ce qu'il y a eu après, je ne m'en souviens pas, à part – mais alors, très vaguement – qu'un grand héros se penchait vers moi et me soulevait comme un enfant pour me porter jusqu'à mon lit.

VIII

Un nouveau départ

En me réveillant, pendant une seconde je pensai qu'il fallait que j'aille au collège où on avait contrôle d'histoire, mais juste après je me dis que non, parce qu'on était samedi. Et puis encore une seconde et je n'ai plus trop su quel jour on était, parce que tout près de moi se tenait Achille, et il me secouait gentiment le bras : « *Néé Léou ! Néé Léou !* »

Je me réveillai pour de bon. J'étais sur le divan dans l'antichambre. Le rideau de l'entrée était en partie levé, et dehors, le soleil était éblouissant.

– Tu as beaucoup dormi, me dit Achille. Il fait grand jour, et jusqu'ici tu n'as presque rien vu.

Je me levai d'un bond, et je vais vous dire, je m'étais rarement senti aussi en forme. J'avais l'impression d'avoir dormi toute une journée. Il fallait seulement que je me rafraîchisse un peu, donc je suis allé à la vasque, et comme Achille pensait à tout, il y avait sur le tabouret une autre tunique avec une paire de sandales à longs lacets, à peu près à ma taille, presque neuves. J'ai enfilé la tunique et lacé les sandales, et cette fois, pour de vrai, je me suis senti un peu grec, même si j'avais la peau trop blanche et les cheveux trop courts.

Je rentrai dans la tente et retrouvai Achille. Il avait l'air pensif et pas du tout pressé de sortir. Sur ses genoux, il tenait un genre de cithare qui donnait des sons doux et profonds. Comme je n'avais pas déjeuné, il me désigna dans un coin du pain, du fromage et un pot de miel. Ce que j'attendais maintenant, c'était de savoir ce qu'on allait faire, mais il promenait ses doigts sur les cordes sans rien dire. Et pourtant, dehors, il y avait de plus en plus de bruit, comme si le camp tout entier s'était ébranlé.

Tout de même il finit par me parler.

– Tu as bien compris, jeune Léo. Les gens de ma sorte préfèrent la guerre à la paix. Nous sommes des êtres de vigueur. Nous ne craignons pas les morsures du fer. Nous trouvons beau de vaincre des adversaires de valeur, et presque autant d'être vaincus par eux. Tout le jour, quand il y a bataille, nous combattons sous le regard des dieux. Ils jouent avec nous, et nous sentons quand ils nous assistent et quand ils nous laissent. Le soir, nous aimons la musique, les festins, le repos près de nos compagnes ; mais pas avant que notre vigueur se soit dépensée.

« À présent, tu entends les Achéens qui se préparent à s'assembler, et sans doute ce sera jour de bataille. Et cependant je n'irai pas. Je dois me contraindre moi-même à l'inaction pour ne pas laisser sans suite l'offense d'Agamemnon, qui m'a ôté par une double injustice ma compagne et ma « part d'honneur ». Ce jour doit être un jour de malheur pour les Achéens, et ce malheur que je pourrais combattre, je ne le combattrai pas. Dans un certain sens il m'est dû. Et pourtant, Zeus sait à quel point il me tarde de reprendre les armes.

« Mais toi, tu peux aller. Tu ne sais pas ce qu'est la guerre. Tu n'as pas l'idée du choc des épées ni du trajet des flèches à travers les cuirasses. Tu verras jaillir le sang et se propager la fièvre. Tu t'instruiras de la science qui précède la science. Mais toi-même, tu ne risques rien. Va dans l'après-midi contempler la plaine que le fleuve Scamandre partage en deux côtés. Va vérifier en vue des murs de Troie combien sont âpres les passions des chefs. Va ce matin, tout à l'heure, au rassemblement de l'armée, écouter les paroles captieuses d'Agamemnon. Tu me rapporteras ce que tu auras vu, et les paroles qui auront été échangées.

Voilà ce que me dit Achille, et quand il se tut je restai tout étourdi. Et ça, parce que ses mots n'étaient pas des mots, c'étaient des vibrations qui vous traversaient le corps. Mais juste après, j'ai pu revenir sur la chose qui m'intriguait le plus :

– Vous dites que je ne risque rien ?

– Tu as ici les droits du voyageur. Tu ne peux pas être blessé, et si tu ne veux pas qu'on te voie tu resteras invisible.

– Invisible ? Mais comment est-ce que je dois faire ?

– Tu n'auras rien à faire. Il te suffira d'une pensée. Quand tu le voudras, tu te feras voir. Si tu préfères te cacher, personne ne te verra, sauf ceux qui sauront ta présence. Il en a été ainsi depuis ton arrivée.

C'était plus fort que tout, et je comprenais pourquoi la veille, quand je me reposais dans l'antichambre, Patrocle et la servante n'avaient pas fait attention à moi.

– Mais ceux qui savent que je suis là me voient ?

– Oui. Et toi-même, tu continues de te voir. Car, sache-le bien, personne ne peut se rendre invisible à ses propres yeux.

Maintenant que j'avais compris, j'étais impatient d'essayer. Mais dans la minute, ça n'aurait servi à rien. De toute façon, devant quelqu'un comme Achille, ça n'avait aucun sens de vouloir se cacher.

– Maintenant que tu es instruit de tes pouvoirs, tu peux aller voir à quoi ressemble l'armée des Achéens. Malgré tout, prends tes précautions. Souviens-toi bien de ne pas te montrer. Prends garde aux ruses des dieux. N'apparais pas d'un coup, sans vraiment le vouloir, pour disparaître peu après. Évite de heurter et de piétiner les hommes que tu croiseras. Va maintenant. Et si par hasard tu aperçois Briséis au doux profil, qu'Agamemnon doit garder dans sa tente, tu lui porteras mes pensées.

À ce moment-là il me prit la main, y glissa un objet et la referma dans la sienne. Je pensai que c'était un talisman. Je gardai ma main fermée.

C'était l'heure de sortir. Je me levai. La seule chose, c'était que je devais revenir avant la nuit. Comment j'allais réussir à passer inaperçu, je n'en avais pas la moindre idée. J'avais à nouveau un peu le vertige. Enfin, je saluai Achille, et puis, le cœur battant, je pris mon élan pour franchir le seuil.

IX

Le rassemblement

Et tout de suite, dehors, ç'a été une cavalcade insensée. Des gens partout dans un grand tintamarre, des chevaux, des chars qui transportaient les chefs, et surtout des soldats, plein de soldats, les uns en armes, d'autres pas, qui se criaient des choses avec plein d'accents différents ; et sur le côté, essayant de remonter le flot, des femmes avec des corbeilles ou des hommes plus vieux tirant des charrettes de ravitaillement.

Je me souviens d'abord de ma panique, parce que tous ces gens passaient à dix centimètres des tentes, et je dus m'arrêter net pour ne pas être piétiné. Parce qu'être invisible, ça n'est pas le tout : il faut encore avoir un peu d'espace, sinon les gens vous rentrent vite dedans, et même si Achille m'avait dit que je ne risquais rien, je ne voyais pas comment ça pouvait faire du bien. Je me disais plutôt : si on vous rentre dedans, de deux choses l'une, ou vous vous refaites voir, ou vous mourez (et supposez qu'au premier choc vous tombiez dans les pommes, alors vous mourez invisible). Et là, il n'y avait vraiment aucun espace, donc j'ai préféré attendre une minute ou deux pour me glisser dans le flot, au premier moment qui m'a offert pour ainsi dire une place libre.

C'était à côté de quatre ou cinq soldats déjà assez âgés et qui parlaient entre eux ; mais avec ça ils marchaient très vite, ils couraient presque, et dans la seconde j'ai dû me mettre à leur rythme, sinon ceux qui suivaient m'auraient rattrapé.

Ce qui m'a tout de suite rassuré, c'est qu'ils ne se sont aperçus de rien. Ce n'était pas comme la veille avec les soldats d'Achille en comité d'accueil. Mais c'est à moi que ça faisait un effet vraiment drôle, de me trouver à courir de front avec eux, des hommes d'il y a trois mille ans, et pas un plus grand que moi... Enfin je n'étais pas tranquille : n'importe quand, quelqu'un pouvait débouler par derrière, à pied ou sur un char, et de plus il fallait que je fasse attention à ceux qui remontaient sur les côtés. Et comme je voyais bien dans quel sens on allait, je guettai le premier croisement, et après deux, trois cents mètres à courir à côté des vieux soldats, je m'échappai sur la gauche dans une autre rue qui s'ouvrait entre deux tentes.

Et là, personne du tout : un peu comme chez nous les jours de fête ou de manif, avec une place ou un boulevard noir de monde, alors que par derrière tout est désert comme un dimanche à l'heure du déjeuner.

Je repris mon souffle. La tête me tournait un peu. Il faisait déjà très chaud. À un moment je vis arriver un chien boiteux qui avait l'air de chercher à manger et qui furetait d'une tente à l'autre. Je le suivis des yeux le temps qu'il disparaisse. Mais en restant là j'allais manquer l'assemblée. Aussi, je me remis en route en passant par l'arrière des tentes, où je devais seulement faire attention à ne pas trébucher sur une pierre ou sur un piquet.

J'allais le plus vite que je pouvais, mais pas bien vite, parce que c'était une espèce de labyrinthe, et j'étais toujours sur mes gardes, avec un peu l'impression d'être dans la peau d'un voleur. D'ailleurs tous ces endroits n'étaient pas vraiment déserts. Je dus croiser trois ou quatre servantes occupées à la lessive, et puis tombai sur deux garçons de mon âge, tout bronzés, tout bouclés, plutôt costauds, chacun en train de brosser un beau cheval gris. Je m'arrêtai, mon cœur battait très fort, j'avais envie de me montrer pour leur parler, mais l'instant d'après j'imaginai les ennuis. Finalement, je passai sur le côté avec le moins de bruit possible (de toute manière le tintamarre de la rue couvrait tout).

Enfin, au bout d'à peu près dix minutes j'arrivai à l'extrémité du camp. Et là, il y avait toute une étendue de sable et d'herbe jaune, un peu en pente, qui se terminait à la plage. Et c'est là que toutes les armées des Grecs étaient en train de finir de se rassembler.

Je dis « toutes les armées », parce qu'en Grèce il n'y avait pas un roi et un seul, un État et un seul. Il y avait une quantité de petits pays avec chacun son roi, son peuple et son armée ; mais comme ils parlaient la même langue et qu'ils avaient les mêmes dieux, ils se considéraient comme des alliés, sauf bien sûr quand ils se faisaient la guerre entre eux. Et dans *l'Iliade*, on trouve leurs noms sur des pages et des pages : les Béotiens, les Phocidiens, les gens d'Athènes, d'Argos, de Mycènes, de Sparte, de Pylos, d'Arcadie, et puis aussi les Étoliens, les Crétois, les Rhodiens, et ainsi de suite. Et on vous donne le nombre de bateaux sur lesquels ils étaient arrivés : pour les Béotiens, 50 nefs noires ; pour les Phocidiens, 40 ; pour Athènes, 50 aussi ; pour Argos et Tyrinthe, 80, etc., etc. Le record était pour Mycènes et Corinthe : 100 nefs noires, avec à leur tête Agamemnon.

Eh bien, c'est sûr, ils étaient très nombreux, ces Grecs, ils étaient des milliers à se rassembler là, au bout du camp. Mais quand même, ils n'étaient pas aussi nombreux qu'on l'a dit. Il y a des régions qui n'avaient pas dû envoyer, disons, plus de cinquante hommes. Et donc, Homère qui a écrit *l'Iliade* exagère un peu avec son compte de vaisseaux. Sûrement il voulait faire plaisir à tout le monde en n'oubliant pas une seule ville, mais en fait tout le monde n'était pas là.

Enfin il y avait toutes sortes de soldats avec des tuniques blanches et noires et d'autres couleurs, tous assis sauf ceux qui venaient d'arriver. Et tout à coup, plusieurs crièrent un ordre, et tous les autres arrêtèrent leur vacarme. Alors je trouvai où étaient les chefs. Ils étaient tout au fond, sur une petite butte, avec derrière eux la plage et les bateaux amarrés. Et comme le terrain descendait, ça faisait un genre de scène de théâtre, et tout le monde pouvait les voir, eux et les gardes qui les entouraient. Mais de là où j'étais, c'étaient tout juste des silhouettes : il fallait que j'arrive à m'approcher.

Pour ça il n'y avait qu'un moyen : passer entre les soldats assis, en essayant de ne pas les toucher. À première vue c'était mission impossible, aussi j'ai commencé très doucement, et il y avait des groupes entiers que j'étais obligé de contourner. Mais peu à peu j'ai trouvé la manière, et rien ne s'est passé, sauf que deux ou trois fois ma jambe a heurté un coude ou un dos – mais à chaque fois l'homme a cru que c'était son voisin et j'ai été quitte pour la frayeur. Pourtant, plus j'approchais, plus j'étais excité, parce que je voyais bien qu'ils étaient tous là, tous les chefs, tous les héros (sauf Achille bien sûr), et jamais je n'oublierai ce spectacle-là.

X

Les trois chefs

J'étais arrivé à cinq ou six mètres d'eux. Plus près, c'était vraiment impossible, parce qu'on tombait sur des chars avec des chevaux et beaucoup de gens debout tout autour. Donc je m'assis au premier endroit libre et ouvris grands mes yeux.

Il y en avait un qui parlait, et déjà de loin j'en avais reconnu trois. Celui qui parlait, avec un sceptre entre les mains, c'était Ulysse, et les deux à côté, c'étaient Agamemnon et son frère Ménélas. Juste derrière, il y avait aussi un vieil homme, je vous en parlerai tout à l'heure.

Ils n'étaient pas plus grands que nous de taille, mais plus carrés, oui, nettement. Pas seulement plus musclés, plus solides, plus nerveux, avec un air de taureaux ; pas seulement ça, parce qu'en même temps ils faisaient penser à des statues, et ce qui était vraiment impressionnant, c'était à quel point ils étaient à la fois violents et tranquilles, comme si à l'intérieur ils étaient faits d'une masse de choses qui aurait dû finir par exploser, sauf que pour contenir ces choses-là ils avaient une peau ultra-solide, à toute épreuve.

Et puis leur tête. De corps ils avaient un côté statues, mais leurs têtes étaient comme des masques. Grosses et larges, avec pour chacun une expression vraiment particulière, et c'est cette expression qu'on voyait en premier : elle frappait même d'assez loin.

Le plus bizarre des trois, c'était Ulysse, avec sa tignasse rouge et sa barbiche pareille, son nez sans fin et ses yeux verts qui paraissaient loucher vers le dedans. Celui-là avait un air de défi qui ne m'a pas vraiment plu, même si c'était clair qu'il savait combien tout était compliqué, surtout avec les dieux qui se mêlaient de tout, et qu'il fallait faire attention à tout. Il le savait, mais en même temps il avait une folie à lui, comme quelqu'un qui pense que de toute manière c'est lui qui gagnera.

Après, il y avait Agamemnon : très noir de cheveux et de barbe, mais pas si brun de peau, avec les pommettes assez hautes, de très grands yeux et des lèvres très minces. Lui, il avait un fond de méchanceté. Ce n'est pas qu'il faisait exprès, il était du genre sérieux, il voulait que les choses se fassent en temps et heure et il savait ce que c'était que commander, mais on sentait chez lui une espèce de mépris, il prenait les gens de haut, et quand il était seul, pas mal de choses devaient le tourmenter.

Son frère Ménélas, c'était différent : il était blond et il avait l'air d'un brave homme. Farouche, un vrai guerrier, prêt à descendre de son char pour se battre à la lance ou à l'épée, et pour ça on voyait bien qu'il était très fort, mais derrière on sentait quelqu'un de triste et d'accablé, quelqu'un qui était occupé à faire face. Autant Agamemnon avait l'air sûr de lui et décidé à emmener tout le monde, autant lui, Ménélas, on aurait dit qu'il restait étonné de toute cette guerre qui s'était déclenchée à partir des choses arrivées dans sa maison, et qu'il portait ça comme un poids.

D'ailleurs je vais vous dire ce qui se passait avec ces trois-là : on lisait leur histoire sur leur visage. C'est difficile à expliquer. C'était peut-être à cause de leurs yeux qui brillaient tellement. En tous les cas, quand vous regardiez Ménélas, aussitôt vous étiez à son mariage avec Hélène, « la plus belle des mortelles » ; et puis vous voyiez Pâris, qui était un des fils de Priam, le roi de Troie, arrivant pour un genre d'ambassade, et Ménélas le recevant avec plein de cadeaux et d'honneurs. Et ça parce qu'il ne savait pas ce qu'Aphrodite, la déesse de l'amour, avait promis à Pâris s'il lui donnait le prix de beauté, à elle et pas aux deux autres déesses (Héra, la femme de Zeus, et Athéna, sa fille). Cette affaire entre les déesses, c'est ce qu'on appelle le « jugement de Pâris », vous connaissez peut-être. Pourquoi elles l'avaient voulu comme juge pour leur prix, je vous dirai après. En tous les cas, Aphrodite avait dit à Pâris quelque chose comme ça : « *Si tu déclares que je suis la plus belle des déesses, toi, tu auras la plus belle des mortelles* ». Et donc, quand Pâris était arrivé en ambassade chez Ménélas à Sparte, il était tombé fou amoureux d'Hélène, et elle de lui. Et quand Ménélas avait dû s'absenter pour une affaire, ils s'étaient retrouvés ensemble et ils avaient décidé de s'enfuir. Eh bien, ce qu'on lisait sur le visage de Ménélas, c'était la fureur et l'accablement de son retour, quand il avait trouvé sa chambre vide et sa femme vraiment divine envolée vers Troie.

Les deux autres, leur visage montrait plutôt des choses du futur : pour Ulysse, les dix ans – oui, dix ! – qu'il mettrait à rentrer depuis Troie jusqu'à son île d'Ithaque. Et pour Agamemnon, quelque chose d'encore plus affreux, puisqu'en retournant chez lui à Mycènes, il devait être assassiné par sa femme Clytemnestre, et par l'homme qui entre-temps avait pris sa place.

Mais c'était encore assez loin, et je reviens à la scène d'aujourd'hui.

XI

Le regard fixe

Donc Ulysse parlait, avec entre les mains un beau sceptre d'or, comme si pour l'instant c'était lui qui commandait. J'avais dû manquer quelque chose, car juste en dessous de lui, tout près des chars, il y avait un petit homme chauve et bossu qui gémissait en se tenant la tête. En fait c'était un genre de bouffon nommé Thersite. Tous les Grecs le connaissaient. Il s'en était pris à Agamemnon en le traitant de voleur, alors Ulysse l'avait attrapé pour lui casser le dos à coups de sceptre. Maintenant il pleurnichait dans son coin, et les soldats assis tout autour le montraient du doigt en ricanant.

Ce qu'il faut dire quand même, c'est que lui, Thersite, n'était pas tout seul à dire du mal d'Agamemnon. Tous les soldats ou presque en avaient assez d'être là depuis neuf ans à attendre. En arrivant à l'assemblée, ils auraient bien voulu qu'on leur annonce que tout le monde allait plier bagage et rentrer chez soi.

C'est bien pour ça qu'Ulysse leur expliquait que ce n'était pas le moment d'abandonner. Et il leur disait de se souvenir d'une prédiction qui avait été faite neuf ans avant, juste au début de la guerre. Un jour, les Grecs étaient en train d'offrir un sacrifice à Zeus quand un serpent énorme avait surgi de dessous l'autel (la grande table en pierre qui sert aux sacrifices). À côté, il y avait une famille d'oiseaux, la mère et les huit petits. En un éclair, le serpent les avait dévorés tous les neuf, et juste après, il s'était changé en pierre. Les Grecs avaient pris peur, mais le fameux devin Calchas avait déchiffré le présage : « *Nous devrons rester à faire la guerre autant d'années* (c'est-à-dire neuf) ; *puis, la dixième, nous prendrons la vaste cité* ».

Et donc, neuf ans après, Ulysse, avec une drôle de voix, un peu aiguë mais vraiment forte, était en train de dire aux Grecs :

« Voici que pour nous s'achève la neuvième année où nous attendons ici. Je ne peux m'indigner si les Achéens s'impatientent près de leurs nefs recourbées. Et pourtant, après une si longue attente, quelle honte si nous rentrions les mains vides ! Prenez donc courage, amis, et restez un peu de temps encore, le temps que nous sachions si, oui ou non, les prophéties de Calchas sont véridiques... C'est maintenant que tout va s'accomplir. Allons ! demeurez tous, jusqu'au jour où nous prendrons la grande cité de Priam. »

Il avait dû avoir raison de leur parler comme ça, parce qu'à peine il avait fini, tous les soldats se sont mis à l'acclamer en tapant dans leurs mains, et ça a fait comme une grande vague à travers l'assemblée. Pourtant, on sentait bien qu'ils n'étaient pas encore gagnés. Et d'ailleurs, juste après, j'ai vu Ulysse se tourner et tendre le sceptre au vieil homme derrière lui, et le vieil homme a commencé un discours du même genre, en parlant du tonnerre que Zeus avait déclenché un jour dans la partie droite du ciel – un très bon signe pour les Grecs. Et il leur disait : « *Que nul ne se hâte de rentrer chez lui ! Que chacun attende d'avoir couché avec la femme d'un Troyen, et ainsi vengé le départ et les sanglots d'Hélène !* »

Quand il a dit ça, plusieurs soldats autour ont hoché la tête et approuvé bruyamment. C'était une chose qui leur plaisait, bien sûr : pas seulement qu'Hélène ait été enlevée de force, mais surtout qu'on leur promette des Troyennes ! Je n'étais pas sûr de trouver ça très joli. Mais il faut dire que ce vieil homme qui parlait était très beau, avec une voix grave magnifique. Je me demandais qui c'était. Et je l'ai su quand il a fini lui aussi, et qu'il a remis le sceptre à Agamemnon, parce qu'Agamemnon, qui s'était gardé le dernier discours, l'a remercié en lui disant : « *Noble Nestor, si j'avais parmi les Achéens dix conseillers pareils à toi, la ville de Priam serait bientôt prise !* »

Voilà, c'était Nestor, le plus vieux des chefs grecs, et celui qu'on respectait le plus ! Quel homme, vous auriez vu ! La majesté ! Il se tenait très droit, mais pas raide, avec des gestes sans pareils ! Et tout d'un coup, je n'ai pas pu m'empêcher de penser à l'autre, au Nestor de ma famille, au magicien qui avait laissé la Viellos à mon arrière-grand-mère Agathe. S'il était aussi beau que ce vieux Grec-là, c'était normal qu'elle ne l'ait pas oublié. Et donc, en regardant le vieux Grec, je voyais un peu le Nestor de la famille, au moins de visage, parce qu'il aurait fallu changer sa longue robe brodée contre un habit noir, et ses cheveux blancs frisés pour une raie dans le genre de cette époque-là.

Et tout d'un coup, ce dont j'avais envie par-dessus tout, c'était de faire sa connaissance, comme la veille j'avais fait celle d'Achille. Seulement je réfléchis que ça avait peu de chances d'arriver, parce que pour ça il aurait fallu que je me rende visible, et c'était très dangereux.

Mais juste à ce moment-là, il se passa quelque chose qui me troubla énormément. Pendant qu'Agamemnon parlait, je regardais Nestor, et puis à un moment je regardai un peu à côté, juste derrière lui. Et là, il y avait un autre homme que je n'avais pas remarqué, peut-être qu'il n'était pas là l'instant d'avant, et je ne voyais que sa tête. Lui aussi était assez âgé, mais chauve, avec sur le crâne un genre de longue cicatrice, un visage rond et sans sourcils, un air sévère, et je vais vous dire quoi, pas moyen d'y échapper : *il me regardait fixement.*

XII

La mission

C'était sûr, il me regardait. Les autres, que ce soit les chefs ou les soldats, ne faisaient aucune attention à moi, mais lui, cet homme, il gardait les yeux fixés juste dans ma direction. À un moment, je voulus vérifier : je me levai et me déplaçai, toujours très doucement, de deux ou trois mètres vers la droite. Eh bien, *son regard me suivait.*

Alors je commençai à avoir peur, parce que déjà à certains moments je me sentais un peu comme un voleur, mais là, quelqu'un m'avait découvert, et à coup sûr on allait m'attraper.

Est-ce que j'avais tort ? Vous vous souvenez de ce qu'Achille m'avait dit : « *Tu as ici les droits du voyageur… Tu ne peux pas être blessé… Quand tu le voudras, tu te feras voir… Sinon personne ne te verra…* » Seulement, il avait ajouté : « *Personne, SAUF CEUX QUI SAURONT TA PRÉSENCE* ». Et c'est là qu'il y avait un vrai problème. Lui, Achille, et Patrocle son ami, et aussi sa servante et ses soldats, ils m'avaient vu bien sûr puisque que je m'étais montré. Mais peut-être qu'il y avait d'autres gens qui avaient reçu des informations ou je ne sais quoi, et qui avaient le pouvoir de me voir même si je ne voulais pas. Et avec ceux-là, comment est-ce que j'allais faire ?

Mais juste à ce moment-là, j'ai eu une autre surprise.

Vous vous souvenez qu'au moment où j'allais sortir, Achille m'avait mis quelque chose dans la main. J'avais pensé que c'était une chose pour me protéger, ce qu'on appelle un talisman. Et donc, depuis peut-être une heure que j'étais sorti, je n'avais pas desserré le poing. J'avais gardé ma main serrée sur le talisman d'Achille, et de toute façon j'avais été trop occupé pour regarder. Mais là, comme j'avais besoin de me rassurer, j'y ai tout d'un coup repensé, et j'ai ouvert la main.

Ce n'était pas un talisman. Ou si c'en était un, il n'était pas pour moi. C'était une broche en or, toute sculptée, une merveille (sauf que l'agrafe au revers m'était un peu rentrée dans la paume). Une broche ovale, quatre centimètres sur trois, avec un petit filet tout autour, et au milieu tout un tableau où on voyait deux amoureux étendus sous un arbre, près d'une source. Et c'était sculpté ou plutôt moulé d'une manière tellement fine qu'on pouvait voir la main de l'homme sur l'épaule de la femme qu'il tenait dans ses bras ; et dans un coin, un agneau qui les observait.

Qu'est-ce que j'avais à faire avec cette broche ? Je repensai aux paroles d'Achille, et je compris. « *Tu lui porteras mes pensées* », avait-il dit, et il parlait de Briséis, la fille qu'Agamemnon lui avait ôtée. « *Si tu aperçois Briséis au doux profil, tu lui porteras mes pensées* ». C'était bien clair. Avec le fait que j'étais invisible, je pouvais aller trouver Briséis pour lui apporter la broche de sa part. C'était ce qu'il voulait. C'était ma mission.

J'aurais pu y penser plus tôt ! Pourtant, ça n'aurait rien changé. Je n'avais pas perdu mon temps. D'ailleurs, qui m'avait dit d'aller à l'assemblée ? C'était Achille.

Seulement, avec cet homme qui m'avait repéré, cette affaire de mission ne tombait pas trop bien.

Et d'ailleurs, comment est-ce que j'allais faire ? Je savais que Briséis était chez Agamemnon, mais le camp était vraiment grand, je n'avais pas de plan, et comment trouver la bonne tente au milieu de toutes ces ruelles, je n'en avais aucune idée.

J'essayais de réfléchir, en tournant et en retournant la broche comme si elle pouvait me donner la solution.

Pendant ce temps, Agamemnon finissait son discours. Et justement, il disait aux Grecs de se préparer pour la bataille : la nuit d'avant, le Songe était venu l'assurer que c'était le moment et que la victoire était proche. Et donc, disait-il, « *pour l'instant, allez tous à votre repas. Après, nous engagerons la bataille. Que chacun aiguise bien sa javeline, mette en état son bouclier, donne bien à manger à ses chevaux rapides, et vérifie son char en songeant au combat. Car désormais, pas le moindre répit, jusqu'à l'heure où la nuit viendra séparer les guerriers.* »

Quand il eut dit ça, il y eut de nouveau une grande clameur et tous les soldats se levèrent. Et tout d'un coup, l'homme qui m'observait avait disparu ! J'avais beau regarder le groupe des chefs, je voyais bien Ulysse qui discutait avec Nestor, et Ménélas tout pensif, et d'autres guerriers que je reconnaîtrais plus tard, comme Diomède et les deux Ajax (ce n'étaient pas deux frères, mais deux hommes avec le même nom), et puis aussi, un peu plus bas, du côté des chars, Thersite qui continuait à faire le fou ; mais de l'homme sans sourcils, pas trace.

Est-ce que je m'étais inquiété pour rien ? En tous les cas je respirais. Et quand je vis Agamemnon donner des ordres à un des soldats de sa garde, avec des gestes qui montraient qu'il l'envoyait chercher quelque chose, je me dis que j'avais une chose à faire, c'était de suivre ce soldat. Je verrais bien où il allait. S'il allait à la tente d'Agamemnon, j'aurais gagné, et Achille serait très content. S'il allait autre part, j'aurais tenté ma chance, et je connaîtrais un peu mieux le camp.

Mais il fallait que je fasse vite, car l'assemblée était finie, et il allait encore y avoir une grande bousculade, le temps que tous reviennent à leur campement. Et ensuite, comment avoir la paix ?

XIII

Le gardien de l'histoire

J'avais gagné sur une chose : l'homme de la garde allait bien chez Agamemnon. En fait, Agamemnon lui avait à peine donné l'ordre, il partit à grandes enjambées.

Et là, je n'ai pas eu le choix : pour ne pas le perdre de vue, j'ai dû me frayer un chemin en bousculant un peu tout le monde. Achille m'avait dit que c'était dangereux, et c'était vrai : il aurait suffi qu'un des soldats ait le réflexe de m'attraper par le bras, ça aurait fait un beau scandale. Mais là, pendant qu'ils se mettaient en marche, en faisant un peu attention, j'ai pu sortir de la foule et partir en avant d'eux.

Et donc, me voilà dans les ruelles encore presque vides, à courir après cet homme qui semblait très excité, parce qu'à chaque fois qu'il croisait quelqu'un, il criait la même chose, quelque chose comme : *tarrha i marrhi : tarrha i marrhi !* Ça devait vouloir dire : « *bientôt la bataille ! bientôt la bataille !* » Et moi, j'ai fini par le rattraper et par me coller presque à lui, à la fois pour ne pas rentrer dans d'autres gens et pour qu'on ne remarque pas trop le bruit de mes pas dans les siens.

La tente où il allait n'était pas loin : un peu en arrière de l'allée principale du camp, dans un coin où on remarquait d'autres belles tentes qui devaient abriter les chefs. Elle avait l'air assez grande, mais de l'extérieur, sans rien de spécial. D'ailleurs, à ma surprise, la porte de l'enclos était ouverte, et devant, personne pour la garder. Je pensai que tout le monde se faisait confiance, comme lorsqu'en vacances à la mer on laisse toute la journée les portes ouvertes, et qu'ici, chez les Grecs, il n'y avait jamais aucun vol.

L'homme de la garde entra et je restai dehors. J'avais besoin de reprendre mon souffle. Ce que j'allais trouver à l'intérieur, je n'en savais rien. J'imaginais une foule de gens, des femmes, des aides, des serviteurs, et le mal que j'aurais à ne pas faire de bruit, et la simple idée de me retrouver devant Briséis, la belle amie d'Achille, me faisait un drôle d'effet. Et puis je me posais des questions compliquées, du genre : la broche que j'avais dans la main, est-ce que les autres la voyaient ? S'ils la voyaient, alors il voyaient un bijou en or se promener tout seul à un mètre du sol, ce n'était pas possible ; mais si elle était invisible, est-ce qu'elle redeviendrait visible au moment où je la donnerais ? et comment est-ce que je ferais ? est-ce que je devrais me faire voir ? et si Briséis me voyait, est-ce que les autres me verraient aussi ?

Je ne savais pas trop. En fait, je tremblais comme une feuille. Et j'ai continué à trembler quand le garde fut ressorti, ce qu'il fit en très peu de temps, à peine une ou deux minutes. Alors je vis ce qu'il était venu chercher : c'était une grande coupe argentée avec deux anses, d'une forme spéciale, évasée ; et je me suis dis que c'était pour que les chefs boivent ensemble avant la bataille (c'est un genre de cérémonie qu'on appelle des libations), ou bien Agamemnon avait quelqu'un à qui en faire cadeau. Et donc le voilà reparti avec sa coupe qu'il serrait contre lui, et tout d'un coup il avait arrêté ses cris, tandis que moi, planté devant la tente, invisible mais mort de peur, j'attendais un genre de signal pour me risquer.

Mais le temps pressait et je finis par me dire : « *vas-y, franchis le seuil, tu verras bien, si quelque chose ne va pas comme tu veux tu reviendras, Achille n'a pas fixé d'heure* ». Et j'y allai, en soulevant le lourd rideau de toile, plus lourd encore que chez Achille.

Eh bien, à l'intérieur, personne non plus, pas une ombre.

Et pourtant, je n'en croyais pas mes yeux : l'intérieur était immense, un palais. Sombre comme chez Achille, mais une fois qu'on s'était fait à la pénombre, on découvrait de vastes salles aux murs couverts de tapisseries, avec des divans, de la vaisselle, des miroirs, etc. D'ailleurs on aurait dit qu'Agamemnon avait prévu tout un festin, car dans la plus grande salle, on trouvait une quantité de corbeilles de pain, des montagnes de figues, et contre les parois, des outres remplies de vin, et puis au milieu, sur un tournebroche, un mouton entier déjà rôti.

Mais à part ça, personne, et c'était vraiment étrange. En allant de pièce en pièce, à pas de loup comme on dit, je m'aperçus que je tournais en rond et que je revenais dans l'entrée (je crois qu'on dit plutôt le vestibule). Est-ce qu'il n'y avait pas d'ouverture vers une arrière-cour comme chez Achille ? Arrivé là, je décidai de tout reparcourir en sens inverse. Rien à faire : la maison paraissait déserte.

En un sens, j'étais soulagé. Et comme pour l'instant la broche ne me servait à rien, je l'accrochai sur l'envers de ma tunique pour ne pas la perdre. Et puis, en repassant par la grande salle, impossible de résister : je pris dans les plats un petit pain carré et quelques figues, et même, avec un couteau que je trouvai là, je découpai un petit morceau de mouton que je mis dans le pain. Et alors je me mis à mâchonner, en regardant bien si quelqu'un n'allait pas surgir de derrière une tapisserie.

Personne ne surgit. Mais en revenant dans le vestibule, je sentis un frisson glacé me traverser le corps, parce que quelqu'un m'attendait qui me barrait la route avec un long bâton, genre berger, sorcier ou prophète.

C'était l'homme sans sourcils.

Il faisait un autre effet de près que de loin. D'abord il était plus large et plus grand que je ne pensais. Et puis, de loin on ne voyait que ses yeux, l'absence de sourcils et la cicatrice ;

mais de près, il y avait aussi sa bouche un peu de travers qui lui faisait un sourire impossible à définir ; et cette face de lune qui n'allait pas du tout avec son corps.

Pour ses yeux, si on les voyait tellement de loin, c'est qu'ils étaient incroyablement clairs, presque blancs. Et tout d'un coup, je me demandai : peut-être que je m'étais trompé, et qu'il était aveugle !

Pourtant, il réagissait au moindre de mes mouvements.

Il n'était pas menaçant. Il faisait peur sans menacer.

Que faire ? D'abord je tentai de le contourner, mais il ouvrit les bras en inclinant la tête. Alors j'attendis – peut-être quinze secondes, autant dire une éternité, avant qu'il ouvre la bouche pour dire un mot, un seul, un mot rugi plutôt que prononcé, car c'était *ou !*, c'est-à-dire : *non !*

Puis à nouveau un grand silence. Je me demandais quand des gens se décideraient à arriver. Je n'avais plus peur d'être pris, j'avais plutôt l'idée que ce serait un bon moment pour m'échapper. Mais non, personne, seulement cet homme à moitié spectre, qui peut-être n'y voyait pas, mais à qui, c'était clair, on ne pouvait rien cacher.

Où donc étaient-ils tous ?

Les secondes passaient, le spectre me fixait toujours, et je me sentais de plus en plus mal, avec en plus de tout les mains embarrassées de mes figues et de mon sandwich. Alors, à la fin, moi aussi j'ouvris la bouche, mais sans du tout savoir quoi dire :

– Mais, Monsieur…

– Non, répéta-t-il.

Cette fois pourtant il continua :

– Non, la personne que tu cherches n'est pas ici. Et non, tu ne mettras pas la main sur elle.

– Mais, Monsieur, balbutiai-je encore, je veux seulement…

– Non. Je connais les gens de ton espèce. Vous abusez des droits du voyageur et croyez pouvoir tout changer. Mais tu dois bien te douter, jeune homme, que les dieux veillent, et aussi ceux qui les servent. Montre-moi ce bijou.

– Mais, Monsieur…

– Ne sais-tu rien dire d'autre ? Reprends ton « Monsieur », qui n'a pas cours chez nous. Nous disons : « Ô Zeus, ô Achille, ô vaillant Ajax, ô étranger… »

– Mais je ne…

– Tu ne sais pas qui je suis ? Tu l'apprendras. Retiens ceci : je suis le gardien de l'histoire. Montre-moi ce bijou.

– Mais vous…

– Montre-le moi. Que crois-tu ? Je ne vais pas te le prendre. Il appartient à Achille et tu le lui rendras. Quant à ces yeux que tu regardes, ils sont meilleurs que bien d'autres.

Qu'auriez-vous fait ? Je libérai une de mes mains (confiant à l'autre tout mon déjeuner, qui d'ailleurs n'avait pas l'air de l'intéresser), dégrafai la broche et la lui tendis.

Il ne posa pas les yeux sur elle. Il la pesa dans sa main, la palpa, parcourut tout son dessin de ses doigts interminables.

– Daphnis et Chloé, dit-il.

– Daphnis ?…

– Daphnis et Chloé. Les bergers amoureux, des adolescents, que le destin sépare et qui se retrouvent à la fin. « *Tandis qu'il jouait de la flûte vers l'heure de midi et que les troupeaux étaient couchés à l'ombre, Chloé céda au sommeil ; dès qu'il s'en aperçoit, Daphnis pose là ses pipeaux et la contemple toute, car alors il n'a plus de honte.* » Malheureusement…

J'attendis la suite.

– Malheureusement, ceci n'est pas digne d'Achille. D'ailleurs cette histoire est d'une autre époque : les dieux ne sont plus là. Et ce bijou, même chose : on n'en fabrique pas de tels par ici. Comment Achille se l'est-il procuré ? Et toi-même, es-tu sûr qu'il ne se joue pas de toi ?

Je protestai :

– Achille !…

Il remit la broche dans ma main.

– N'importe. Ce bijou n'ira pas à Briséis. Tu ne le lui remettras pas. Si tu le lui remets, je t'enverrai dans un endroit dont tu n'as pas l'idée. Et j'avertirai chez toi.

Voilà ce que me dit l'homme sans sourcils. Impossible de vous décrire sa voix, et l'effet que m'ont fait ces mots. En me parlant, il avait lentement tourné autour de moi, si bien que j'étais maintenant dos à l'entrée, et lui à l'intérieur. Quand il eut fini, il recula de quelques pas et disparut dans les profondeurs de la tente.

À ce moment-là j'entendis les soldats arriver.

XIV

Sur la grève

Je me suis abrité dans l'angle, juste derrière le rideau de toile, et de là j'ai pu voir ceux qui rentraient. Il y avait pas mal de monde : des chefs avec leurs beaux casques gravés, des gardes, des domestiques ; et puis Agamemnon et Ménélas qui passèrent à un mètre de moi, et qui étaient presque aussi impressionnants de dos que de face.

Sans doute est-ce que les chefs allaient boire et manger, et ç'aurait peut-être été intéressant à voir, mais je m'en moquais. Ce que je voulais, c'était m'enfuir, ou au moins trouver un endroit où personne ne me dérangerait. Et donc, dès que les gens d'Agamemnon furent entrés, dès qu'on n'entendit plus de bruit à l'extérieur (parce que les chefs avaient rejoint leurs belles tentes et les soldats leurs baraquements), je m'élançai hors de la tente et courus vers la plage.

Elle n'était pas du tout déserte. Tous les vingt mètres à peu près, devant les nefs noires, il y avait des soldats qui bivouaquaient (je crois que c'est comme ça qu'on dit) en faisant cuire des poissons directement dans du feu. Alors je dus marcher et encore marcher, en dépassant des dizaines et des dizaines de bateaux arrimés là sur le rivage, pour atteindre un endroit un peu tranquille.

À cet endroit la côte faisait une pointe avec un petit promontoire et des rochers devant. D'autres bateaux étaient rangés plus loin, mais seulement à cinquante ou cent mètres, et donc, l'espace qu'il y avait là, avec quelques arbres au milieu, personne ne l'avait occupé. Aussi, je passai les arbres et m'assis face à la mer, au-dessus des rochers, sur un vieux tronc. De là on ne pouvait rien voir du camp.

Je vais vous dire : je n'étais là que depuis la veille au soir, ça ne faisait même pas vingt heures en tout, et déjà je n'en pouvais plus. Évidemment c'était très beau, une chance incroyable, j'allais de découverte en découverte, c'était une vie sans comparaison. Mais autant j'avais été heureux chez Achille, autant tout le reste me terrifiait. Tout : la foule des soldats, le vacarme, la langue que je comprenais à certains moments et pas à d'autres, les chefs qui se croyaient invincibles et qui se détestaient sûrement entre eux, et l'histoire folle qui les possédait tous. Et par là-dessus, cet homme à tête de spectre – je ne savais même pas qui c'était, mais quelqu'un avec de grands pouvoirs, c'était sûr – qui ne voulait pas que je rende service à Achille et me promettait les pires choses au cas où je désobéirais.

Il m'avait dit : « *Je t'enverrai dans un endroit dont tu n'as même pas l'idée* ». À quoi pensait-il ? Peut-être à une horrible prison en Grèce, avec mauvais traitements, cachots et oubliettes. Ou alors au royaume des morts, aux Enfers, à « l'Hadès », comme on disait chez les Grecs à cause du dieu qui régnait là : un endroit bien sombre, pas trop violent, mais où les gens n'étaient plus que des ombres et s'ennuyaient terriblement, avec surtout le fait qu'on ne pouvait pas en sortir (il y a l'histoire d'Orphée et d'Eurydice qui tourne autour de ça). Ou peut-être que l'homme sans sourcils voulait m'envoyer encore plus loin, à une époque impossible, genre *la Guerre du feu* ou même Néandertal, avec personne à qui parler et encore plus de mal pour revenir… Et encore, tout cela, c'étaient des choses *dont j'avais l'idée !*

Il faut dire aussi qu'avec cette affaire de mission je n'étais pas à l'aise. « *Est-ce que tu es sûr qu'il ne se joue pas de toi ?* », m'avait demandé l'homme-spectre en parlant d'Achille. Eh bien, je n'en étais pas aussi sûr que j'aurais voulu. Achille était un grand héros, un géant dans son genre, et vu la manière dont il m'avait accueilli, j'étais prêt à faire tout ce qu'il me demanderait. Pourtant, est-ce qu'il n'aurait pas pu me laisser au moins une journée tranquille ? Et pour cette affaire de broche à remettre à Briséis, est-ce qu'il n'y avait pas d'autre moyen ? Est-ce qu'il était tellement amoureux que ç'avait été plus fort que lui, de se servir pour ça du premier voyageur venu ? Ou bien est-ce qu'avec cette mission il voulait me mettre à l'épreuve ? Et dans les deux cas, pourquoi ne m'en avait-il pas dit plus ?

D'abord, être choisi comme messager d'Achille, ça m'avait paru vraiment formidable, mais plus j'y pensais, plus j'étais embarrassé. Mon idée, pour finir, c'était qu'Achille n'aurait pas dû avoir besoin de moi, ou qu'il n'aurait pas dû m'imposer ça. Et donc, sur mon tronc d'arbre, avec mes figues et mon bout de sandwich, j'étais malheureux comme une pierre. Tout ce dont j'avais envie, c'était de me retrouver à la maison, avec mes parents, ma chambre, mes amis, mon ordinateur, mon collège, et d'avoir un chat pour remplacer le vieil Arsène qui était mort l'année d'avant. Tout ça me manquait terriblement, d'autant plus que je ne voyais pas bien quand j'allais pouvoir rentrer ni comment j'allais m'en sortir.

Vous auriez été à ma place, sûrement vous en auriez pleuré.

Mais là, il s'est encore passé une chose étrange.

J'étais en train de regarder la mer. Il y avait du vent et pas mal de vagues, et je rêvais à un bateau qui me ramènerait chez moi, très loin là-bas vers l'ouest. Et pourtant, si je débarquais là-bas, très loin vers l'ouest, ce ne serait pas dans le pays que je connaissais : je tomberais, disons, chez les

Gaulois, qui devaient être des gens assez durs aussi, encore plus même – et chez eux, pas de héros, à part Vercingétorix qui viendrait dans pas mal de siècles.

Donc je fixais l'horizon en déprimant grave quand tout d'un coup, dans le ciel, il y eut un oiseau. Il venait de la droite, et chez les Grecs – je l'avais compris encore tout à l'heure à l'assemblée avec Nestor – tout ce qui venait de la droite dans le ciel était bon signe, alors que du côté gauche c'était la catastrophe, allez savoir pourquoi.

Donc, un grand oiseau arrivait sur la droite, en vol plané, avec juste deux ou trois coups d'aile et des courbes majestueuses. À ses ailes on ne pouvait pas s'y tromper, c'était un aigle. Et plus il approchait, plus j'étais sûr qu'il allait fondre sur moi et m'attaquer, et un instant ç'a été la panique : je me suis levé dans l'idée d'aller m'abriter sous les arbres, et tout mon déjeuner est tombé par terre. Mais en fait, en une seconde, l'aigle s'est posé à trois ou quatre mètres de moi, sur une pierre, il a replié ses ailes et s'est mis à me regarder.

Apparemment, de lui non plus je ne pouvais pas me cacher.

Je n'étais pas encore rassuré, pas du tout. Lui, l'oiseau, était magnifique. La taille, le plumage tout noir et brillant, la forme de la tête, l'œil ultra-perçant, je ne sais pas comment on aurait trouvé plus beau. Eh bien, il se tenait là sur cette pierre qu'il tenait dans ses serres impressionnantes, et me regardait tranquillement, en hochant la tête et en clignant de l'œil de temps en temps, comme si lui aussi voulait me confier quelque chose.

Un peu rassuré quand même (je ne savais pas trop pourquoi, parce qu'il aurait pu se jeter sur moi à n'importe quel moment), je me rassis, en ramassant mon sandwich et mes figues. Et là, il donna un bref coup d'aile, et d'un mouvement incroyable, il se déplaça de deux mètres sur le côté, c'est-à-dire qu'il vint se poser juste à côté de moi, sur le tronc.

Il regardait mon sandwich.

Ou plutôt, il me regardait, et puis mon sandwich, et puis moi. (Les figues n'avaient pas l'air de l'intéresser ; je ne crois pas que les aigles aiment les figues.) Et donc à un moment, je lui ai tendu le sandwich, et avec son grand bec recourbé il en a déchiré un morceau, là dans ma main. Et moi, j'en ai pris un autre morceau, et lui encore, ce qui fait qu'on a partagé le sandwich, et je peux vous dire que partager un sandwich avec un aigle, c'est assez particulier. Ensuite il a incliné la tête vers moi, et moi j'ai avancé la main vers lui, et lui, comme un chat, mais alors comme un très grand chat, est venu frotter sa tête contre le dos de ma main. Puis il m'a jeté un dernier clin d'œil, a agité ses ailes pour m'écarter, et s'est envolé en tournoyant assez longtemps au-dessus du promontoire.

Je savais maintenant ce que c'était qu'un prodige. Pas seulement un présage, une chose qui arrive et qu'on prend pour un bon ou un mauvais signe par rapport à d'autres choses qui vont arriver. Mais un prodige, quelque chose d'extraordinaire qui ne peut venir que des dieux.

Et donc, dans ma tête, tout était changé.

Un moment avant, j'étais encore à vouloir que tout ça ne soit qu'un rêve, dont je me réveillerais bien vite dans mon lit rue Marat. Mais avec la visite de l'aigle, une sorte de voile protecteur était descendu sur moi, et je reprenais des forces. Évidemment il y avait l'homme sans sourcils et son chantage, et puis l'ambiance du camp ne me plaisait pas trop. Mais comme j'étais avec Achille et que l'aigle était avec moi (ou si vous voulez, sous l'apparence de l'aigle, une divinité très puissante), je n'avais pas trop à m'en faire. Je pouvais rester encore un moment.

Et donc, je terminai mon déjeuner avec les figues, qui étaient aussi délicieuses que celles d'Achille, avant de tourner le dos à la grève et de repartir vers le camp.

Deuxième cahier

XV

Les armées dans la plaine

J'avais dû rester face à la mer assez longtemps, plus que je ne pensais, car à mon retour sur la plage, les soldats avaient disparu, sauf quelques-uns qui étaient restés sur les nefs, et les feux allumés pour leur repas n'étaient plus que cendres. Dans les rues du camp, ce fut pareil : un grand silence, et tous les hommes déjà partis (sauf ceux d'Achille, les Myrmidons, qui étaient restés dans leur quartier). Quelques charrettes s'étaient attardées pour charger des armes et de l'eau. Je n'hésitai pas : je montai sur une qui m'amena en peu de temps de l'autre côté du camp. Il n'y avait pas de vrai mur, juste une palissade avec des ouvertures assez larges, et à chacune des ouvertures un vague poste de garde, et de là on débouchait dans la plaine.

C'était la plaine dont m'avait parlé Achille. À cause du fleuve qui coulait au milieu, on l'appelait la plaine du Scamandre. À un bout, on trouvait le camp grec et la mer, et à l'autre, la ville de Troie. Et donc, en débarquant dans cette plaine, où il y avait des cailloux et de la poussière, mais aussi beaucoup d'herbe et même des endroits ombragés, j'arrivai en vue des remparts de Troie.

Ça encore, j'aurai du mal à vous dire l'effet que ça faisait. Pensez que vous êtes en bateau et que vous arrivez sur Venise ou sur New York où vous n'êtes jamais allés, ça devrait être un peu pareil. Tout le monde le dit, il y a des villes, vous les apercevez, c'est le coup de foudre, comme si depuis que vous êtes né vous aviez attendu d'être là. Pour ça bien sûr il faut des villes qui soient très célèbres, et qui se détachent dans le paysage, avec des tours, des monuments, et des murs tout autour, ou bien de l'eau, parce que chez nous, quand on arrive sur une ville, souvent on ne voit que des autoroutes, des centres commerciaux et des barres HLM. Mais là, ces murailles couleur ocre avec leurs portes immenses, leurs tourelles, les toits des palais par-derrière et ceux des temples tout en haut, ça avait un côté miraculeux, et tout de suite, ce qui a commencé à m'occuper la tête, ç'a été d'entrer dans Troie, de connaître Troie avant qu'elle soit détruite.

Mais ce n'était pas pour tout de suite, parce que là, sous mes yeux, l'armée grecque se préparait pour la bataille. Et en face, dans un grand nuage de poussière, c'étaient les Troyens qui arrivaient.

On aurait dit que les deux camps, Grecs et Troyens, s'étaient donné rendez-vous. En fait c'étaient les dieux, ou plutôt c'est Zeus qui avait tout organisé. Vous vous souvenez qu'il avait envoyé le Songe visiter Agamemnon. Dans l'histoire, il envoie aussi la déesse Iris, qui est sa messagère, avertir Priam, le roi de Troie, et aussi Hector, son fils aîné, que les Grecs vont passer à l'attaque. Et donc, même avant que le premier soldat grec se soit avancé en dehors du camp, les Troyens étaient déjà prêts. En plus, vous pensez bien qu'ils avaient d'excellents guetteurs.

L'armée grecque avant la bataille, évidemment, c'était quelque chose. Des centaines d'archers, et des foules d'autres soldats à pied avec des massues, des haches et des frondes ; et puis les chefs montés sur leurs chars, tout harnachés, avec cuirasse, protections pour les jambes, boucliers épais, grands casques avec des sortes de crêtes (on appelle ça des cimiers), toutes ces choses en bronze ouvragé, et comme armes une ou deux lances, une épée très lourde et même un poignard, on se demandait comment ils pouvaient manier tout ça ; et avec eux, sur le char, un cocher, et tout autour, des nuées d'écuyers qui s'affairaient comme pour de grands champions. Chez les Troyens c'était à peu près pareil, juste avec plus de bruit et de couleurs, mais je n'ai pu les voir qu'après.

N'allez pas croire que tout était dans un ordre parfait. Cette armée, c'était une vraie forêt, au premier abord on n'y comprenait rien. Et la raison, je vous l'ai donnée tout à l'heure : c'est qu'elle était faite d'un tas de petites armées collées les unes avec les autres, chacune rassemblée autour de ses chefs. Dans *l'Iliade*, là où on fait le compte des bateaux, on donne aussi tous les noms des chefs : « *Les Locriens avaient pour guide le rapide Ajax, fils d'Oïlée... Ulysse conduisait les Céphalléniens magnanimes... Les Crétois, eux, suivaient le valeureux Idoménée...* » Et ça, je vous ai dit, sur des pages et des pages, avec toutes sortes de noms incroyables. Et du côté des Troyens, la même chose, parce que dans *l'Iliade* on s'intéresse à ceux d'en face – mais quand même en plus court, parce que c'étaient ceux d'en face, et pas des Grecs.

Quand je suis arrivé sur ma charrette, l'armée grecque ne bougeait pas. Mais à un moment, on a donné un signal, et tous les soldats se sont mis à avancer derrière les chars des chefs. On a fait peut-être deux, trois cents mètres, et c'était impressionnant parce que tout le monde se taisait, ce n'étaient pas du tout les cris de guerre que vous auriez pu croire, non, tout le monde se concentrait sur ce qui allait se passer. Par contre, en face, du côté des Troyens qui arrivaient, c'était un concert de hullulements, et même de l'endroit où je me trouvais, tout à fait à l'arrière, leurs cris d'oiseaux remplissaient l'air.

Et tout d'un coup, plus rien. D'abord plus de cris d'oiseaux, et ensuite on n'avançait plus. Après une minute, du côté des Grecs, il y eut un murmure dans les rangs : on se passait un mot. Et presque aussitôt, ceux qui étaient chargés d'annoncer les choses (on les appellait les hérauts) se sont mis à crier l'un après l'autre une phrase puis une autre, à travers toute l'armée. Et ces phrases, je les ai saisies et je vous les traduis :

« Fils des Achéens (*c'est ainsi que les Grecs s'appelaient entre eux*), Pâris Alexandre (*en fait il avait les deux noms*) et Ménélas aimé d'Arès (*Arès, le dieu de la guerre*) vont s'affronter en combat singulier. Celui qui vaincra emportera la femme (*Hélène*) et ses trésors. Quant aux autres (*ceux des deux camps*), les uns s'en iront habiter la Troade fertile (*la région autour de Troie*), les autres s'en retourneront dans Argos nourricière de chevaux (*Argos, en Grèce, la ville d'Agamemnon)*, et dans l'Achaïe (*le pays des Achéens, la Grèce*) où les femmes sont belles »

Et là, dans les rangs, à nouveau un grand murmure, comme un énorme soupir, parce que tout le monde pensait que la guerre allait s'arrêter. Un duel, et c'était réglé. Neuf ans pour arriver à un duel ! Agamemnon s'était trompé, Achille aussi : la grande bataille n'aurait pas lieu.

Enfin, c'est ce qu'ils ont tous cru à ce moment-là, et moi aussi, et pourtant je savais la suite.

Le duel final entre les maris d'Hélène, impossible de rater ça ! Et donc, pendant que les chefs descendaient des chars, et qu'ils déposaient leurs cuirasses, et que tous les hommes rangeaient leurs armes puisque la bataille était annulée, je descendis de ma charrette et me dépêchai d'avancer dans les lignes grecques pour arriver au premier rang, où on pouvait voir les Troyens en face.

XVI

Les deux frères

Celui qui avait eu l'idée d'un combat singulier à la place de la bataille, c'était Hector. Hector, c'est comme Achille, tout le monde le connaît. C'était l'aîné des fils du roi de Troie, Priam, et de la reine Hécube, et donc le grand frère de Pâris, et avec ça le plus grand des guerriers troyens.

Il avait une femme, Andromaque, et un tout petit garçon, Astyanax, et on peut dire qu'il les adorait tous les deux. D'ailleurs, dans *l'Iliade*, il y a un passage où Hector cherche sa femme partout dans Troie, et puis la trouve sur les remparts avec son fils et sa nourrice. C'est vers le soir du jour où on était. Elle est venue là parce qu'elle s'inquiète de la bataille qui dure déjà depuis un bon moment, et qui ne tourne pas très bien pour les Troyens. Et celui qu'elle craint le plus, c'est Achille, parce qu'Achille est terrible à la guerre : en un seul jour, dans une autre bataille, il a tué son père à elle et ses sept frères, et maintenant elle se demande s'il ne va pas lui ôter aussi son mari.

Donc elle supplie Hector de quitter le combat : il ne faut pas qu'il la laisse veuve et son fils orphelin. Hector lui répond qu'il s'inquiète aussi, mais qu'il ne peut pas rester comme un lâche à l'écart de la bataille. Il sait bien qu'un jour Troie sera détruite et que lui sera mort, et il voit déjà Andromaque emmenée chez un roi grec pour être à son service. Mais lui, Hector, il n'a pas le choix. Et donc, il dit à Andromaque :

« Que ton cœur ne s'afflige pas trop ! Car nul mortel ne peut, avant l'heure fixée, m'envoyer chez Hadès (*c'est-à-dire chez les morts*). Mais je te le dis : il n'y a pas d'homme, brave ou lâche, qui, du jour où il est né, puisse échapper à son destin. »

Là, il enlève son grand casque à panache, le pose par terre, prend son fils dans ses bras et l'embrasse et le berce, Andromaque sourit et Hector aussi. Ensuite il lui rend le bébé en lui disant de rentrer chez elle et de laisser aux hommes le souci de la guerre. Il remet son casque et retourne à la bataille, et Andromaque le pleure déjà, parce qu'elle pense qu'il ne reviendra pas du combat, et c'est vrai, tout le monde le sait, il n'en reviendra pas.

Ça vous montre qu'Hector était un homme avec un grand cœur. Mais comme guerrier, il était terrifiant. C'est lui d'ailleurs qui était le général des Troyens, et jusqu'au moment où Achille rentrera dans la bataille, les Grecs auront très peur de lui.

Son frère Pâris, c'était autre chose. Un très bel homme, vous auriez dit beau comme un dieu, mais justement, on n'avait pas le droit d'être aussi beau.

D'ailleurs, il n'était pas encore né, ses parents savaient déjà qu'il y aurait un problème : sa mère avait rêvé qu'elle accouchait, pas d'un bébé, mais d'une espèce de torche qui allait mettre le feu à toute la ville. Et comme à l'époque on pensait que les rêves disaient la vérité, Priam et elle avaient pensé qu'il fallait se séparer du bébé, et ils l'avaient fait abandonner quelque part dans la montagne. Mais là, il n'était pas mort : des bergers l'avaient recueilli et l'avaient gardé avec eux jusqu'à ce qu'il devienne un jeune homme.

Alors un jour, Pâris avait débarqué à la cour de Priam où il y avait des « jeux funèbres », c'est-à-dire des concours sportifs en l'honneur de quelqu'un qui était mort. Et comme il était très doué, et qu'il s'était beaucoup exercé là-haut dans la montagne, il avait remporté tous les concours. Et c'est une de ses sœurs, Cassandre, celle qui avait reçu le don de prédire les choses, qui avait dit à son frère Déiphobe : « *ce beau berger, c'est Pâris, c'est notre frère qu'on a porté dans la montagne !* » Et comme il avait encore avec lui – comment ? mystère... – le linge dans lequel on l'avait abandonné, ses parents l'avaient reconnu, et il avait repris sa place parmi ses frères et sœurs, qui étaient incroyablement nombreux. Et c'est ensuite que les déesses, Héra, Athéna et Aphrodite, l'avaient choisi pour les départager, parce qu'elles n'auraient pas pu trouver plus beau, et elles n'allaient quand même pas se mettre nues devant n'importe qui.

Je l'ai vu, Pâris Alexandre, quand je suis arrivé au premier rang des Grecs. Il était là, tout près, avec son frère Hector. Hector dépassait tout le monde d'une tête, et ses épaules, c'était du jamais vu. Mais Pâris, qui avait ôté son casque, même à quelques mètres, on ne pouvait pas arrêter de le regarder tellement il était beau. Peut-être encore plus beau qu'Achille, parce qu'Achille, si on y faisait attention, avait peut-être le front un peu grand, et le bas du visage un peu fort.

Pour ça, on peut dire qu'il était fait pour aller avec Hélène, « la plus belle des mortelles ». Sauf qu'Hélène avait beau être une mortelle, c'était aussi la fille d'un dieu (elle avait un père officiel qui était un ancien roi de Sparte, mais son vrai père, c'était Zeus).

Le problème avec Pâris, c'est qu'il n'était pas très courageux. Ça ne veut pas dire qu'il s'enfuyait ou qu'il pâlissait chaque fois qu'il y avait à se battre. C'était un athlète et il avait l'habitude du combat. Mais ce qu'il préférait, c'était le tir à l'arc. Au combat, il avait des moments de faiblesse, comme si tout d'un coup il sentait qu'il n'était pas à sa place.

C'est ce qui s'était passé là, juste avant le duel. En débarquant sur le champ de bataille, Pâris avait commencé par lancer un défi à tous les Grecs qui voudraient se battre avec lui. Mais quand il a vu Ménélas s'avancer avec son allure de taureau furieux, il n'a plus eu envie du tout ! Il a reculé pour se cacher dans la foule des Troyens ! Et pour qu'il revienne devant Ménélas, il a fallu qu'Hector lui fasse tout un discours sur ce qu'il aurait mérité comme châtiment !

« Eh bien soit », avait dit Pâris, « que celui qui vaincra et sera le plus fort emmène la femme avec tous ses trésors ».

Ménélas avait été d'accord, et l'avait dit tout fort aux Grecs et aux Troyens : « Vous avez souffert trop de maux à cause de ma querelle et de Pâris Alexandre qui l'a commencée. Celui de nous deux dont la mort et la destinée sont préparées, qu'il périsse ! Mais que vous autres au moins soyez départagés bien vite ! »

XVII

Le nuage bleu

Voilà, eux tous, Grecs et Troyens, étaient d'accord. Mais pour sceller le pacte, comme on dit, c'était toute une cérémonie. Il a fallu avertir Priam qui est descendu de Troie sur un char magnifique et qui s'est arrêté au milieu des deux armées, juste devant Agamemnon. On a fait un sacrifice, et puis des libations avec le vin dans les coupes, et on a juré devant Zeus qu'on respecterait le pacte, et puis les préparatifs du combat ont commencé.

C'était comme dans les duels au pistolet, il fallait que quelqu'un tire en premier. Hector a mis des jetons dans son casque, il a secoué le casque, et le sort est tombé sur Pâris. Pendant ce temps, Pâris et Ménélas étaient en train de s'équiper : jambières, couvre-chevilles, cuirasse, casque à panache, lourde épée et longue pique – on dit aussi javeline. Et puis ils se sont mis face à face, l'un en avant des Troyens, l'autre en avant des Grecs. Tout le monde se taisait. Pâris s'est mis en position, il a levé sa javeline, il a pris juste un peu d'élan et l'a lancée sur Ménélas.

Et là, tout s'est passé en un rien de temps.

D'abord Ménélas a levé son bouclier, et la javeline de Pâris est arrivée dessus et a rebondi, et lui, Ménélas, n'a rien eu.

C'était à lui de tirer. Et lui était vraiment fort, parce que sa lance a traversé le bouclier de Pâris et s'est plantée dans sa cuirasse, mais bizarrement Pâris n'a pas été blessé.

Alors Ménélas a sorti sa grande épée, il a foncé sur Pâris et lui a donné un grand coup sur le casque, un coup qui aurait dû l'assommer complètement ou même lui ouvrir la tête en deux. Mais c'est l'épée qui s'est cassée en plusieurs morceaux.

Tout ça n'était pas naturel. Et sûrement Ménélas a commencé à se douter de quelque chose, et ça l'a rendu furieux. Il a agrippé des deux mains le casque de Pâris, l'a incliné vers lui et l'a tiré de toutes ses forces.

À ce moment-là, Pâris aurait dû être étranglé par la courroie du casque. Mais la courroie s'est rompue ! Et pourtant, les courroies pour leurs casques de bronze, on les fabriquait dans un cuir ultra-solide !

Et donc, tout d'un coup, Ménélas ne tenait plus rien que le casque : il l'a envoyé promener en l'air à travers les rangs des Grecs, qui l'ont gardé pour eux. Pâris était là à dix mètres, sain et sauf. Et dans tout ça il n'avait pas fait grand-chose, à part manquer Ménélas au premier lancer.

Alors Ménélas a repris sa javeline et s'est élancé à nouveau vers Pâris, mais là, plus personne ! Pâris s'était envolé !

Qu'est-ce qui s'était passé ? On avait vu un beau nuage bleu-violet comme un foulard se former tout d'un coup dans le ciel. Il a tournoyé une seconde au-dessus de Pâris, et puis a fondu sur lui, l'a enveloppé et aussitôt s'est dissipé. Personne n'a rien compris.

Ménélas regardait tout autour, l'air perdu. On lui avait volé son adversaire.

En fait, c'était encore un tour des dieux. C'était Aphrodite qui craignait trop que Pâris, son protégé, soit tué. Peut-être que c'est elle qui avait arrêté la pique de Ménélas : en tout cas, elle avait cassé la courroie du casque, et inventé ce tour avec le nuage bleu. Et avec ça, elle avait transporté Pâris jusqu'à son palais à Troie, jusqu'à sa chambre et même jusqu'à son lit.

Et si vous pensez qu'Hélène avait été contente, vous vous trompez. En fait, Hélène n'aimait plus trop Pâris. Elle regrettait d'être venue avec lui à Troie. C'est ce qu'elle disait à Priam sur le rempart, avant qu'il descende dans la plaine. Et donc, quand Aphrodite est venue la voir, sous l'apparence d'une vieille femme qu'elle connaissait, pour lui dire que Pâris était rentré et qu'elle le rejoigne, elle a commencé par dire non. Mais juste après, elle a reconnu Aphrodite qui l'a menacée de je ne sais quoi, et elle s'est laissée conduire sans rien dire jusqu'à la chambre. Seulement là, elle a dit à Pâris :

« Ah, te voilà revenu du combat. Comme tu aurais mieux fait d'y mourir sur place, sous les coups du puissant guerrier qui le premier m'a prise pour femme ! Tu te vantais de l'emporter sur Ménélas aimé d'Arès ? Eh bien va, défie-le encore, et cette fois, tiens-lui tête ! »

Mais Pâris avait envie d'autre chose. Il voulait aller au lit avec elle. Et comme Aphrodite était toujours là et qu'elle voulait qu'Hélène et Pâris aillent au lit ensemble, Hélène a fini par dire oui.

XVIII

La flèche fatale

Toute cette affaire, on la connaît quand on connaît l'histoire. Moi, pour l'instant, j'étais toujours là dans la plaine, au premier rang des Grecs, assez près de Ménélas et des autres chefs.

Ménélas s'est vite aperçu que Pâris avait disparu et que, voilà, le nuage l'avait emporté. Et comme eux tous, Grecs et Troyens, étaient un peu habitués aux prodiges, il ne s'est pas trop demandé comment ça s'était fait : il a seulement trouvé que ce n'était pas juste. Il y avait quand même une chose évidente, c'est que lui, Ménélas, avait eu le dessus, et que Pâris s'était tiré (si on peut parler comme ça) à un moment où ça allait très mal pour lui.

Agamemnon pensait pareil. Il s'est même imaginé qu'à partir de là tout était réglé. C'est ce qu'il a dit à tout le monde :

« Écoutez-moi, Troyens et alliés des Troyens ! La victoire appartient sans conteste à Ménélas aimé d'Arès. Rendez-nous donc Hélène d'Argos et ses trésors, et payez-nous une indemnité suffisante pour que les hommes qui viendront après nous s'en souviennent ! »

Bref, il voulait Hélène, plus tout ce qu'Hélène avait emporté à Troie ou reçu en cadeau, plus une grosse somme à se partager entre Grecs, en réparation de la peine et du temps perdu.

Évidemment les Grecs ont applaudi.

Pourtant on sentait bien qu'il manquait quelque chose. Ménélas avait eu le dessus, c'était clair, mais pour qu'il soit vraiment vainqueur, il aurait fallu que Pâris soit là par terre, avec une lance ou une épée dans la poitrine. Dans ces cas-là, c'est triste, mais on veut qu'il y ait du sang versé.

Et puis, supposez que dans la minute, le même nuage ait ramené Pâris, et qu'il se soit remis debout en face de Ménélas, il aurait fallu recommencer à zéro !

Du côté des Troyens, celui qui devait répondre à Agamemnon, c'était Hector. Et comme il ne savait pas trop quoi lui dire, il a voulu en discuter avec les autres chefs.

Seulement ils n'ont pas eu le temps. Tout d'un coup, on a vu une longue flèche partir d'un endroit du côté troyen. Elle a traversé l'air en un éclair, et elle est allée frapper en plein dans la cuirasse de Ménélas, qui est tombé.

Il n'était pas mort. Même pas gravement blessé. La flèche était tombée sur son ceinturon. Elle lui avait fait une belle entaille sur le ventre, à la jointure de la cuirasse. Ça saignait fort, mais comme blessure, c'était superficiel. Il s'en tirerait très bien avec un pansement.

N'empêche, les Grecs étaient sens dessus dessous. Même Agamemnon, penché sur son frère, avait d'abord eu très peur. Ils ont appelé le grand médecin qu'ils avaient chez eux et qui s'appelait Machaon. Quand il est arrivé, il a dégagé la blessure, il en a ôté la pointe de la flèche, il a sucé le sang qui sortait de la plaie, et il a mis sur la plaie une espèce de poudre qui venait de chez le centaure Chiron (le professeur d'Achille et de Patrocle : lui aussi était médecin, avec des tas de recettes secrètes). Et donc, avec Machaon et cette poudre comme remède, Ménélas a été tout de suite remis sur pied.

Mais voilà, les Troyens avaient rompu le pacte, un pacte qui était sacré.

Là aussi, ce qu'on a dit, c'est que les dieux étaient derrière tout ça. Au départ, Zeus était pour le pacte, mais sa femme Héra et sa fille Athéna, qui étaient du côté des Grecs, étaient arrivées à le faire changer d'avis. Maintenant il était d'accord pour que la bataille ait lieu, et même pour que Troie soit détruite. Seulement, il avait fallu machiner la rupture du pacte.

C'est Athéna qui s'en était chargée. Elle était descendue dans la plaine, du côté des Troyens. Elle avait pris l'apparence d'un de leurs guerriers, et elle était venue trouver un champion du tir à l'arc, qui s'appelait Pandaros, un Lycien (d'un peuple allié de Troie). Et comme ça, elle lui avait glissé à l'oreille :

« Si tu m'en croyais, valeureux Pandaros, tu oserais lancer sur Ménélas un de tes traits rapides ; ainsi tu gagnerais honneur et reconnaissance auprès de tous les Troyens. »

Et l'idiot l'a écoutée. Il a saisi son arc magnifique, s'est mis en position, et a choisi une flèche toute neuve dans son carquois. Il a dit aux hommes qui l'entouraient de le cacher avec leurs boucliers. Il a tendu son arc, et visé Ménélas qui discutait là-bas avec Agamemnon ; il a pris son temps et a tiré.

Ce qu'il faut dire aussi, c'est que les dieux n'avaient rien contre Ménélas. Ce qu'ils voulaient, c'était que les Grecs se sentent trahis et que la bataille commence. Et donc, juste après, Athéna est venue tout près de Ménélas (mais sans se faire voir), et au dernier moment, elle a fait glisser la flèche pour que Ménélas ne soit pas trop blessé. Il fallait seulement qu'on voie son sang couler.

Voilà, le pacte était rompu. On allait se battre pour de vrai. Et pendant que les Grecs reprenaient leurs armes et que le ciel se couvrait de nuages, Agamemnon parcourait l'armée à toute allure, en criant :

« Argiens (*il préférait dire Argiens plutôt qu'Achéens à cause d'Argos, sa patrie*), ne laissez pas mollir votre vaillance ! Zeus Père n'ira pas se mettre du côté des félons. Ce sont eux les premiers qui ont violé le pacte par un mauvais coup. Croyez-moi, les vautours mangeront leur chair tendre. »

Et dans tout ça, que faisait Hector ?

Et si, en voyant Ménélas blessé, Hector avait pris la parole pour dire aux Grecs : « *Ô Achéens, c'est un homme bien mal inspiré qui a lancé cette flèche ; par bonheur Ménélas est sauf, et nous autres, nous voulons que notre pacte soit respecté* », est-ce que ça aurait changé quelque chose ?

Pour moi la réponse est non.

D'abord, Hector ne pouvait pas dire ça : ça n'aurait pas plu aux Lyciens, les amis de Pandaros, or il avait besoin d'eux comme alliés. Et puis, ça voulait dire reconnaître que Pâris, son frère, était le perdant, et même si Hector le savait très bien, pour lui c'était très difficile.

De toute façon ça n'aurait rien changé. Les Grecs étaient tellement en colère qu'ils n'auraient rien voulu entendre. Et pour les dieux, ça aurait peut-être un peu compliqué les choses, mais quand ils ont décidé une chose, elle finit toujours par arriver.

XIX

La mêlée terrible

Ce qui s'est passé après, c'est plus dur à raconter. Déjà, quand les Grecs ont commencé à ramasser leurs armes, je n'ai pas été trop rassuré. Vous me direz, quand j'étais arrivé, ils les avaient sur eux, alors quelle différence ? C'est que tout à l'heure ils venaient rencontrer les Troyens, et que maintenant ils allaient se battre pour de bon. Et quand vous n'avez jamais vu la guerre, ça vous fait un très gros effet. Il y a comme un grondement qui sort de partout, et puis tout d'un coup vous sentez la mort planer.

Il y a eu juste un temps d'attente, le temps qu'Agamemnon finisse son tour de l'armée. Il allait voir les plus grands chefs : Nestor, Ulysse, les deux Ajax (le grand Ajax et Ajax le rapide), et puis Diomède, et le Crétois Idoménée. Mais dès qu'il a eu fini, les Grecs se sont mis à marcher contre les Troyens, et ç'a été ce qu'ils appelaient « la mêlée terrible ».

C'est une chose, même quand on l'a vue on ne peut pas encore l'imaginer.

Quand on vous raconte des batailles qui se sont passées plus tard, vous avez des soldats rangés en plusieurs groupes, qui font tout un front avec un centre et des ailes, un peu comme au foot. Et ce qu'on veut dans ces batailles-là, c'est que l'ennemi soit encerclé, ou bien qu'on le fasse reculer dans un endroit impossible. Mais là, ce n'était pas du tout comme ça. Les Grecs se sont lancés sur les Troyens, les deux armées sont rentrées l'une dans l'autre, et ils se sont mis à se battre à un ou deux contre un, les hommes à pied contre les hommes à pied, les chefs contre les chefs. Même les archers n'étaient pas en groupe pour tirer sur le camp d'en face : ils tiraient du milieu de la bataille, chacun de son côté, sur ceux qu'ils voulaient abattre.

J'étais en plein milieu, et c'était effrayant. Le sang s'est mis à couler partout. Les hommes poussaient des cris terribles, aussi bien ceux qui frappaient que ceux qui étaient frappés. Il y avait des chevaux le ventre ouvert, des chars renversés, et puis des bras et même des têtes qui volaient.

Et moi au milieu, j'ai pensé mourir.

Vous me direz encore que j'avais tort, je n'avais qu'à penser à ce que m'avait dit Achille : « *Tu ne risques rien, tu ne peux pas être blessé* ». Ah oui, mais vous n'y étiez pas. Parce que si vous y aviez été, vous vous seriez rendu compte que ne pas être blessé, c'était impossible.

On était blessé rien qu'en regardant.

D'ailleurs, à un moment, j'ai reçu un vrai coup. Pas une flèche, pas un coup d'épée ou de lance, non, un coup de hache. On n'était pas loin du début de la bataille. Il y avait deux hommes qui se battaient à la hache : un des deux a paré un coup qui a dévié vers moi. Mon sang à moi n'a pas coulé (sûrement le sang des voyageurs ne coule pas), mais j'ai quand même eu droit au choc, un genre de choc sourd qui est parti du bras et qui s'est répandu dans tout mon corps. Je n'ai pas eu vraiment mal, mais j'ai senti. Et ça ne faisait pas du bien.

Aussi, comme il y avait quelques arbres pas loin, je me suis dit que le mieux, c'était de me réfugier dans un arbre, et je n'en ai plus bougé avant un grand moment.

Mais ç'a été horriblement long.

Dans *l'Iliade*, on vous raconte en détail qui a tué ou blessé qui, et comment ça s'est passé. On ne vous parle pas des gens à pied, des simples soldats, seulement des chefs, des vrais guerriers, mais ça suffit pour remplir des pages et des pages. Et à chaque fois, on apprend leur histoire et on se dit : « *quelle pitié, ces hommes pleins de force et de valeur, fauchés dans la bataille aveugle* », ou quelque chose dans ce genre-là.

Mais moi, je ne peux pas vous dire. Ce n'est pas que je n'aie rien vu. Tout au milieu, et ensuite dans mon arbre, j'ai vu une quantité de choses. Mais d'abord, c'est le genre de choses qu'on préfère oublier, et ensuite je n'avais pas les noms. J'ai vu tous ces guerriers avec leurs chars en bronze, leurs belles armures et leurs casques à crinière, ils lançaient leurs piques de toutes leurs forces, et quand ils étaient atteints, ils roulaient dans la poussière avec des blessures atroces. Mais pour moi ils étaient des inconnus. Et dans tout ce massacre, je n'ai rien saisi, à part que c'était Troyens et alliés contre Grecs. C'était du bruit et de la fureur, du sang, des corps partout, rien d'autre. Sauf peut-être qu'ils savaient tous très bien se battre, qu'ils faisaient comme si la mort n'existait pas, qu'ils étaient seulement très tristes quand ils la sentaient venir sur eux, et qu'il y avait dans tout ça une sorte d'éclat qu'ils devaient être nombreux à aimer.

XX

Les dieux dans la bataille

Ce qui est sûr aussi, c'est que les dieux s'en sont mêlés. Pas Zeus qui regardait sans rien faire, mais Athéna, Arès, Apollon, Aphrodite : on dit qu'ils étaient là en plein milieu, et qu'ils se faisaient la guerre en se servant des mortels.

Chez les mortels, on avait Pandaros, l'archer qui avait tiré sur Ménélas ; et Diomède, le grand guerrier grec : c'est lui qu'Athéna a choisi pour être son héros, et elle a fait briller ses armes comme un soleil. Et puis Énée, le cousin d'Hector et de Pâris : sa mère, en fait, c'était Aphrodite. Et donc, du côté des Troyens, Aphrodite ne protégeait pas seulement Pâris, elle protégeait aussi son fils.

D'abord Diomède, poussé par Athéna, est parti à l'attaque, et Pandaros l'a touché d'une flèche à l'épaule, mais Diomède lui a planté sa lance en pleine gorge. Et voilà, la blessure de Ménélas était vengée.

Ensuite, Diomède a lancé sur Énée une pierre énorme. Énée s'est évanoui sous la douleur, et quand Aphrodite est venue chercher son fils, Diomède l'a poursuivie et il l'a blessée au poignet ! Le sang d'Aphrodite a commencé à couler, un sang divin, et en même temps, sa main est devenue toute noire. Alors elle a appelé ses demi-frères, Arès et Apollon. Arès l'a aidée à remonter dans l'Olympe, pendant qu'Apollon emportait Énée vers Troie. Là, d'autres dieux les ont soignés tous les deux.

Enfin ceux-là, Aphrodite, Arès, Apollon, étaient furieux contre Diomède. Aussi, Arès est allé voir Hector, et avec Énée qu'on avait guéri et qui était vite revenu, ils ont marché contre les Grecs. Arès avait une énorme lance à la main. Ils ont fait des morts partout.

Mais Athéna s'est inquiétée. Elle est allée voir Diomède qui commençait à fatiguer, elle lui a redonné des forces, et même elle l'a fait monter à son côté sur un char, et ensemble ils ont foncé vers Arès.

Quand Arès les a vus, il a lancé sur Diomède son énorme pique. Mais Athéna a dévié la pique, et c'est celle de Diomède qui a touché Arès au bas du ventre. Ça faisait encore un dieu blessé !

Arès a poussé un cri, dix mille hommes n'auraient pas crié plus fort. Toute la plaine en a tremblé. Et puis, dans un grand nuage, il est remonté vers l'Olympe. Là, il est allé se plaindre à Zeus qui lui a fait tout un sermon (« *Écervelé, tu m'es le plus odieux parmi les Olympiens. Ton plaisir, toujours, c'est la querelle, la guerre, les combats !* »). Mais comme Arès était quand même son fils, il a fait venir le médecin des dieux qui a guéri la blessure. Et puis Athéna aussi est rentrée de la bataille. Leur guerre à eux était finie pour la journée.

C'est ce qu'on raconte dans *l'Iliade*.

Moi, de loin, j'ai d'abord vu Diomède : il était sûrement le matin à l'assemblée, mais j'avais eu du mal à le repérer. Par contre, là, impossible de le manquer tellement son casque et son bouclier brillaient : un casque avec une crinière argentée, comme ses chevaux magnifiques (je crois les mêmes que j'avais aperçus le matin en passant derrière les tentes). Diomède, ce n'était pas un guerrier, c'était une traînée de feu.

Après, dans une espèce d'éclair, j'ai vu une femme très belle avec des boucles blondes, enveloppée dans un voile blanc : elle avait l'air de voler au-dessus du sol et s'enfuyait avec une main toute noire.

Encore après, quand les Grecs ont reculé, j'ai vu un guerrier immense, tout en noir, marcher à côté d'Hector, et je pense que c'était Arès. Et à un moment, j'ai entendu une chose inouïe qui a tout ébranlé, c'était sûrement le cri d'Arès blessé.

Mais c'était tout, je veux dire pas assez pour y comprendre quelque chose. D'ailleurs, en dehors des dieux, qui est-ce qui aurait compris ?

XXI

Entre bons guerriers

Maintenant, je ne savais pas trop quelle heure il était. Les nuages avaient disparu, et dans le ciel le soleil n'était plus si haut. Mais là, chez les hommes, la bataille continuait.

Depuis qu'Arès était parti, c'étaient les Grecs qui avaient l'avantage, et ils gagnaient sans arrêt du terrain. Ulysse, Ménélas et les autres, surtout Diomède, tous ils faisaient un massacre chez les Troyens.

Alors Hector s'est dit qu'il fallait qu'il remonte à Troie pour faire faire un grand sacrifice à Athéna. Peut-être qu'Athéna comme ça cesserait d'en vouloir aux Troyens, et d'envoyer sur eux ce Diomède qu'on ne pouvait pas arrêter.

C'est là, à Troie, qu'Hector a retrouvé sa femme et son fils sur le rempart, je vous en ai parlé. Avant, il était allé voir son frère Pâris qui était toujours dans sa chambre avec Hélène. Hector lui a dit qu'on l'attendait au combat. Pâris a répondu qu'il se sentait en forme et qu'il allait s'armer. Hélène n'avait pas très confiance. Elle disait à Hector :

« Puisque les dieux m'ont destiné tous ces malheurs, pourquoi du moins n'ai-je pas été la femme d'un plus brave ? Celui-ci n'a pas aujourd'hui de fermeté dans l'âme et il n'en aura pas plus tard. Il récoltera les fruits qu'il mérite ! »

Pour le sacrifice à Athéna, il n'a rien donné : comme elle en voulait au Troyens, elle n'acceptait pas leurs offrandes. Mais ça, je crois qu'Hector ne l'a su que plus tard.

Ensuite, Hector est revenu dans la bataille, et comme Pâris l'avait rejoint, ça a redonné du cœur aux Troyens. Ils ont repris l'avantage et beaucoup de guerriers grecs ont été tués.

Il paraît qu'à ce moment-là, Athéna a changé d'avis. Elle est allée trouver Apollon qui était toujours à Troie, sur l'acropole (tout en haut de la ville) où il avait son temple. Ils se sont assis tous les deux près d'un grand chêne. Et là, Apollon a été d'accord pour faire cesser le massacre, et c'est lui qui a proposé l'idée : un nouveau combat singulier, bien dans les règles, entre Hector et celui des Grecs qui voudrait l'affronter.

C'est l'idée qu'ils ont fait passer à Hector par un autre frère à lui, Hélénos, qui était un peu devin. Hélénos est venu trouver Hector :

« Hector qui rivalises en sagesse avec Zeus, voudrais-tu bien me croire ? Fais asseoir les autres Troyens ainsi que tous les Achéens, et provoque le plus brave des Achéens à lutter face à face avec toi dans un combat terrible. Ton destin n'est pas encore de mourir, j'en ai pour garants les dieux immortels dont je viens d'entendre la voix. »

Hector l'a écouté. En mettant juste sa pique à l'horizontale, il a arrêté tous les Troyens. Agamemnon aussi a fait un signe aux Grecs. Ils se sont tous assis, et Hector a commencé à leur parler. Et moi, en faisant toujours bien attention, je suis descendu de mon chêne et me suis approché pour écouter.

« Voici ma proposition », disait Hector, « et que Zeus soit notre témoin ! Si le champion des Panachéens (*encore un nom pour les Grecs*) triomphe de moi avec le bronze à la pointe effilée, qu'il me dépouille de mes armes (*c'est ce qu'ils faisaient des deux côtés*) et qu'il les emporte aux nefs creuses, mais qu'il renvoie mon corps chez nous, afin que les Troyens et les femmes des Troyens accordent au mort que je serai les flammes du bûcher.

« Si c'est moi qui triomphe de lui, si Apollon m'en donne la gloire, je prendrai ses armes et je les emporterai dans la sainte Ilion, où je les suspendrai au mur du sanctuaire de l'archer Apollon. Son corps, je le renverrai vers les nefs bien charpentées, pour que les Achéens l'ensevelissent avec honneur, sous un tertre, près du rivage. Ainsi un jour, en naviguant sur la mer couleur de vin, quelqu'un des hommes qui viendront après nous dira : "*Voici le tombeau d'un guerrier tombé jadis, d'un vrai brave que tua l'illustre Hector*". »

D'abord les Grecs ont écouté Hector sans rien dire. Le problème, c'était lequel parmi eux irait l'affronter. Hector était vraiment très fort, aucun n'osait.

Finalement Ménélas s'est proposé : puisque personne ne voulait, c'était lui qui irait, et tant pis si les dieux ne lui donnaient pas la victoire. Mais son frère Agamemnon l'a retenu :

« Ménélas issu de Zeus, tu déraisonnes (*il dit "issu de Zeus" parce leur père Atrée, qui était mort depuis longtemps, avait Zeus comme arrière-grand-père*). Renonce à combattre, pour relever un défi, un guerrier qui est plus fort que toi et que même Achille redoute d'affronter ! »

Là-dessus, Nestor s'est levé pour faire des reproches aux chefs grecs :

« Ah, si j'avais encore la vigueur de ma jeunesse, Hector au casque étincelant devrait sans retard affronter le combat ! Tandis que vous, les plus braves de tous les Achéens, vous ne brûlez pas de relever son défi ! »

Alors ils ont été une dizaine à dire qu'ils étaient prêts à y aller : Agamemnon, Diomède, les deux Ajax, Ulysse, et encore quatre autres que je ne connaissais pas. Nestor a demandé qu'on tire au sort, et le sort a désigné le grand Ajax. Il était au moins de la taille d'Hector, un peu plus grand même, et c'était un guerrier formidable, très courageux, et bon camarade en plus.

Ajax et Hector ont repris leurs armes. Les Grecs et les Troyens se sont mis en cercle autour d'eux.

C'était déjà le soir, la lumière baissait.

Hector et Ajax ont échangé des paroles de salut, puis le combat a commencé. Avec leurs piques, l'un après l'autre, ils se portaient des coups terrifiants. Ajax avait un énorme bouclier recouvert de sept peaux de bœufs, et la pique d'Hector a pénétré jusqu'au bronze. À un autre moment, celle d'Ajax a traversé le bouclier d'Hector et lui a fait une blessure au cou. Ils ont continué avec des pierres, et la pierre d'Ajax, qui était la plus grosse, a brisé le bouclier d'Hector. Hector est tombé en arrière, mais grâce à un dieu il s'est tout de suite relevé.

Ils allaient continuer à coups d'épée. Seulement, la nuit tombait. Alors deux hérauts se sont approchés d'eux, un Grec et un Troyen. C'était pour leur dire d'arrêter leur combat :

« Tous deux », leur ont-ils dit, « vous êtes de bons guerriers, nous le savons tous. Mais la nuit aussi mérite d'être obéie. »

Ajax a répondu que c'était à Hector de décider puisqu'il avait lancé le défi. Et là, Hector a pris la parole :

« Puisqu'un dieu, ô Ajax, t'a donné la haute taille, la force et la sagesse, et qu'à la javeline tu l'emportes sur tous les Achéens, arrêtons pour aujourd'hui le combat et le carnage. Il va faire nuit, et comme il a été dit, la nuit aussi mérite d'être obéie. Maintenant, faisons-nous l'un à l'autre de glorieux présents, pour qu'on puisse dire, chez les Achéens comme chez les Troyens : "*Tous deux ont combattu pour la querelle qui dévore les cœurs, mais ils se sont aussi séparés unis dans l'amitié.*" »

Alors Hector a pris sa précieuse épée à la poignée garnie de clous d'argent, et il l'a tendue à Ajax, avec le fourreau et le baudrier. Et à son tour Ajax a défait son beau ceinturon violet, et il l'a donné à Hector.

Cette fois, ils avaient gagné tous les deux.

Et alors tous, Grecs et Troyens, ils se sont levés, les Troyens pour remonter dans leur ville, les Grecs pour revenir au camp.

XXII

Le second soir

Et moi, j'allais pouvoir rentrer chez Achille. Ce n'était pas du tout comme rentrer rue Marat, mais pour moi au moins c'était un ami.

Enfin, il fallait retrouver sa tente. À l'intérieur du camp, j'avais à peu près repéré le quartier des Myrmidons. Si je cherchais la plus belle tente, sûrement je la reconnaîtrais. Seulement, la nuit, les choses ne sont jamais pareilles.

Surtout, je ne peux pas vous dire comme j'étais épuisé. Pas seulement claqué, mais moulu, rompu, anéanti. Je tenais à peine sur mes jambes. Et puis, même s'il ne faisait plus du tout aussi chaud, j'étais dévoré par la soif.

Bien sûr, je n'avais pas passé tout l'après-midi à me battre. Pas de lance pointée sur moi, pas d'épée, même pas de flèche. Rien de tout ça, à part mon coup de hache : j'étais resté tranquille dans mon arbre. Pourtant, j'avais passé une après-midi à la guerre, où j'étais tout seul au milieu des hommes qui tombaient. Comme expérience, je trouve que c'était suffisant.

Malgré la soif j'ai attendu pour bouger, parce que je voulais rester un peu en arrière, puis je me suis mis en marche. Il y avait peut-être un gros kilomètre à faire, et ç'a été plutôt sinistre : la lumière du jour avait presque disparu, le ciel était devenu sombre et un peu rouge, et puis, pour quitter le champ de bataille, il a fallu faire attention à tous les corps qu'on avait laissés là jusqu'au lendemain. Déjà des oiseaux tournoyaient au-dessus d'eux.

Pourtant, les soldats en avant de moi avaient l'air plutôt réjouis.

Avec mes dernières forces, un peu comme une machine, j'ai fait le kilomètre en question, et je suis arrivé au camp. Dans les rues, il y avait une foule de gens qui allaient dans tous les sens à la lumière des torches. J'ai quand même pris la rue principale en tâchant d'aller vers chez Achille, et à nouveau je n'ai pas eu trop de mal, parce qu'à l'entrée d'une des tentes, il y avait Patrocle qui attendait.

– Nous avons craint que tu te sois perdu, me dit-il. Nous t'attendions pour dîner. Veux-tu te baigner ?

Je lui dis que je ne voulais pas qu'ils retardent leur dîner, mais qu'une petite douche me ferait du bien. J'allai directement dans la vasque, et bus presque la moitié de la cruche du bain. On m'avait préparé une tunique propre, aussi je pris la broche qui était dans la mienne et l'agrafai au même endroit sur la nouvelle.

Ça allait mieux. Mais justement, cette broche me donnait du souci. Qu'est-ce qu'il fallait que je dise à Achille ? Que j'avais essayé de la porter à Briséis, mais que je ne savais pas où elle habitait, et que j'avais manqué mon coup ? Ce n'était pas bien glorieux. Que j'étais tombé sur un personnage vraiment inquiétant, qui m'avait interdit et menacé ? Ça risquait d'ajouter à ses contrariétés. Mais le point principal, c'était toujours que lui, Achille, m'avait donné la broche sans rien me dire du tout (juste : « *tu lui porteras mes pensées* »). Et donc, si moi je lui disais quelque chose, j'allais sûrement tomber à côté. Je n'avais pas les mots pour ça. Il fallait que j'attende qu'il me pose la question.

Je rentrai dans la tente, et Achille était là avec Patrocle, comme le soir d'avant. Quand j'entrai, il me fit un petit signe. Sur la table, pour le dîner, on avait à peu près les mêmes choses que la veille, surtout du bœuf grillé qui sentait bon.

Je m'assis, mais je sentis tout de suite que quelque chose n'allait pas. Achille avait perdu sa bonne humeur. Il était soucieux et absent. Peut-être qu'il avait mal au cœur à l'idée que toute la journée, les Grecs s'étaient battus sans lui. En tous les cas, après ce signe en arrivant, je n'eus pas droit à une parole. Il se désintéressait de moi complètement.

D'ailleurs il ne parlait pas, ou très peu. De temps en temps, il lançait un nom à Patrocle, et Patrocle répondait. C'était du genre : « *Antiloque, fils de Nestor ? – Il s'est montré digne de son père. – Diorès ? – Tué par un Thrace ; mais Thoas l'Étolien l'a vengé. – Créthon, Orsiloque, les jumeaux ? – Tués par Énée. – Tous les deux ? – Oui, tous les deux. – Tlépolémos ? – Tué par Sarpédon égal aux dieux, mais il l'a lui-même sérieusementblessé. – Teuthras ? – TuéparHector. – Éionée ? – Pareil. – Iphinoos le Dexiade ? – Tué par Glaucos. – Périphas ? – Tué par Arès en personne. – Sthénélos ? – Il va bien. Athéna lui a emprunté son char.* »

On aurait dit que Patrocle avait assisté à la bataille, alors qu'en principe il était resté avec Achille, au camp. Il devait avoir de très bons informateurs.

Tout ça avait sûrement commencé avant que j'arrive, parce que sur les grands héros, Diomède, Ajax et les autres, Achille n'avait aucune question. En tout cas c'était vraiment déprimant, pas seulement monotone, mais triste, à cause de tous ces noms de guerriers morts. Et puis aussi, je pensais aux paroles d'Achille, la veille : « *Je connais toute l'histoire jusqu'à la fin* ». Alors, est-ce qu'il savait déjà qui était mort, ou blessé, ou bien vainqueur et sain et sauf ? En fait, toutes ces questions-réponses avaient un peu l'air d'une récitation.

Et donc là, en mangeant toutes ces bonnes choses, je ne pouvais pas être plus désespéré. Après cet après-midi horrible, la froideur d'Achille, c'était vraiment trop. Et puis je continuais à me faire du souci : est-ce qu'il était au courant pour la broche et qu'il m'en voulait ? est-ce que je l'avais déçu ? ou bien il était seulement contrarié ?

C'est encore Patrocle qui m'a tiré d'affaire. Comme Achille se taisait, il s'est tourné vers moi :

– Et donc, jeune Léo, tu as vu la bataille ?

– Je l'ai vue.

– Et qu'as-tu pensé ?

– Je ne sais pas trop… Beaucoup de choses…

Et là, je lui ai tout déballé : le grand fracas que j'avais toujours dans la tête. L'effet d'enfer que faisait toute cette foule en armes. L'impression que cette bataille n'était pas du tout organisée ; qu'il s'y passait des choses qu'on ne comprenait pas, et que sûrement les dieux étaient présents mais qu'il fallait pouvoir les reconnaître. Et puis, que presque tous les hommes étaient très courageux, mais leurs blessures souvent atroces ; que les grands chefs sur leur char, comme Diomède, étaient superbes, mais que le plus impressionnant, c'était qu'après s'être battus à mort avec leurs lances, ils puissent s'adresser la parole comme s'ils pouvaient encore être amis.

J'ai parlé un peu trop longtemps. Patrocle hochait la tête. Mais quand j'ai eu fini, Achille, qui m'avait à peine regardé de la soirée, a levé les yeux et m'a dit :

– Quoi d'autre ?

À nouveau j'étais épuisé. Pourtant, la soirée commençait.

XXIII

La chance à saisir

Quoi d'autre ? demandait Achille.

Que voulait-il savoir ? Je voulus vérifier et répondis :

– Quoi d'autre sur la bataille ?

– Non, quoi d'autre sur la journée ?

Je laissai passer un instant.

– Eh bien, d'abord je suis allé à l'assemblée. J'ai vu les chefs. J'ai vu soigner les chevaux de Diomède. Et puis j'ai fait deux rencontres, une bonne et une mauvaise.

– La bonne ?

– Un grand aigle noir, magnifique. J'avais du pain et même un peu de viande. Il est venu s'asseoir, je lui en ai donné. Si on veut, j'ai déjeuné avec lui.

– Chose rare en effet. La mauvaise ?

– Un homme que j'ai vu à l'assemblée, et ensuite devant chez Agamemnon (*je lui dis « devant » parce qu'autrement ç'aurait été trop compliqué*). Il m'a repéré. Lui et l'aigle, ils m'ont repéré. Mais l'aigle a été comme un ami, lui non.

– Comment cela ? Il t'a dit quelque chose ?

– Il m'a dit de ne rien déranger à l'histoire, et qu'autrement (*je m'étranglais rien qu'à lui raconter*), il m'enverrait dans un endroit dont je n'avais aucune idée, et qu'il avertirait chez moi.

– Ah bien. À quoi ressemblait-il ?

– Chauve, pas de sourcils, une tête de lune et une cicatrice sur le front. Des yeux presque blancs, je me suis demandé s'il n'était pas aveugle.

– Cela fait beaucoup. Mais je vois.

– Vous voulez dire que vous voyez qui c'est ?

– Je vois du moins sa laideur redoutable. Et son esprit, quel effet t'a fait son esprit ?

– En fait, il avait l'air de tout savoir. « *Je suis le gardien de l'histoire* », voilà ce qu'il m'a dit. Et dans ses paroles il a été très précis, sauf bien sûr pour les choses qu'il voulait me cacher.

– Et sa voix ?

– Je ne peux pas vous dire. Jamais je n'ai entendu une voix résonner comme ça.

Achille se tut. Il avait l'air de réfléchir. Et à la fin :

– Cet homme que tu as rencontré a l'aspect du devin Calchas. Seulement, Calchas n'a pas de marque sur le front, et il ne se promène pas dans le camp.

– Celui-ci n'avait pas l'air de se promener.

– Peu importe. Calchas ne vient que lorsqu'on l'appelle. Autrement, il reste chez lui dans la pénombre, ou alors près des autels.

– Et Calchas, est-ce qu'il est aveugle ?

– Non. D'autres devins ont été aveugles, lui non.

– Et donc, vous croyez…

– Je ne crois rien. Un dieu a pu prendre son aspect.

– Est-ce qu'on peut savoir lequel ?

– On le peut lorsqu'on le connaît. Tous les dieux ont leur voix qu'on reconnaît à travers d'autres voix. Ils ne se déguisent jamais entièrement. Mais si toi, tu ne reconnais pas un dieu lorsqu'il te parle, personne ne le reconnaîtra à ta place.

– Est-ce qu'il pouvait être un spectre, un fantôme ?

– Non. Pas de spectres parmi nous.

Je n'étais pas simplement intrigué. Achille me donnait toujours le vertige. En même temps, j'étais déçu et fâché de ce mystère qu'on n'arriverait pas à percer.

– Mais tout de même, ça doit être un des dieux qui protègent les Grecs ?

– Si c'est un dieu, sans doute. Ou une déesse, peut-être Athéna. Mais en même temps, qui parmi les dieux aurait dit : « *je suis le gardien de l'histoire* » ? C'est une expression très étrange, je n'ai jamais rien entendu de tel.

– Étrange ?

– Oui. Pour veiller sur le destin de chaque homme, nous avons les Moires, ou si tu préfères les Parques. Mais pour les histoires, personne en particulier.

– Et l'aigle ? qui donc est l'aigle ?

– L'aigle est toujours un envoyé de Zeus. Cela signifie que tu peux être tranquille.

Oui, que je puisse être tranquille, c'est ce que j'avais senti. Pour le reste, j'étais un peu surpris. À propos de l'homme sans sourcils, il me semblait qu'Achille aurait dû savoir à quoi s'en tenir. Et puis, du côté de l'aigle, Zeus se mettant en peine pour moi, je n'y croyais pas. Un autre dieu, d'accord, de ceux qui descendaient de l'Olympe à tout bout de champ pour jouer avec les hommes. Mais Zeus en personne, pour moi c'était trop.

À un moment, d'ailleurs, j'ai commencé à voir les choses par un autre bout. Achille savait les principales choses de l'histoire, ça, c'était sûr. Il savait ce qu'était un voyageur. Il avait un nombre astronomique de choses à m'apprendre, ou plutôt moi à apprendre chez lui. N'empêche que sur l'histoire, il ne pouvait pas être au courant de tout. Il y avait forcément des choses qui lui échappaient, et moi j'en connaissais peut-être quelques-unes. Et pour les choses qui m'arrivaient à moi, peut-être qu'elles lui échappaient en grande partie.

Mais pour en revenir aux choses du jour, il y avait un point qui me tourmentait.

– Mais vos dieux, demandai-je à Achille et aussi à Patrocle qui ne disait rien, est-ce qu'ils décident d'absolument tout ce qui arrive aux hommes ?

– Non bien sûr, répondit Patrocle, seulement de certaines choses d'importance.

– Au reste, ajouta Achille, Zeus lui-même ne saurait décider de tout. Pour plusieurs choses, les Moires l'ont précédé ; ce sont elles, Clotho, Lachésis, Atropos, qui tissent et qui coupent le fil des destins.

– Mais dans le destin de quelqu'un, qu'y a-t-il ?

– La naissance, la mort des parents, la descendance, l'honneur ou le déshonneur, la fin.

– Et les actions de tous les jours ?

– Non, pas cela, reprit Patrocle. Elles n'appartiennent pas au destin.

– Et donc, les dieux ?…

– Les dieux peuvent inspirer quelques actions d'importance, et en empêcher quelques autres.

– Et quand les dieux ont décidé une chose, dis-je, ça ne sert à rien d'aller contre ?

– Non, assurément non.

– Ils veillent sur tout ce qu'ils ont décidé ?

– Bien sûr.

– Et on ne peut jamais rien faire sans qu'ils le voient ? Ils sont là en permanence à veiller ?

– Il y a une heure, répondit Achille – et à ce moment il plissa le front –, il y a une heure de la nuit où, dit-on, les dieux cessent de veiller, car ils cèdent eux-mêmes au sommeil. C'est un bref moment où leur volonté peut être contrariée. On l'appelle « l'heure où les dieux sommeillent », ou bien « l'heure des audacieux ». Quelques-uns l'appellent « l'heure des hommes ».

– Et ce qu'on peut faire à ce moment-là ne fait pas partie du destin ?

– Tout dépend de l'action. Si c'est un crime qui déshonorera son auteur, ce crime, à coup sûr, fait partie de son destin. Il n'en va pas ainsi des choses de moindre importance.

Je risquai un mot de plus.

– Par exemple, apporter quelque chose à quelqu'un, si un dieu ne veut pas qu'on lui apporte ?

– Oui, cela fait partie des choses auxquelles « l'heure des audacieux » peut servir.

– Et le dieu s'en rendra compte ?

– On dit que non, et qu'une action accomplie pendant le sommeil des dieux ne sera jamais connue d'eux.

– Mais comment peut-on en être sûr ?

– Il n'y a pas moyen d'en être sûr. Mais ce sont des opinions anciennes, qu'aucun exemple n'est venu démentir, et qui ont été conservées par nos sages.

– Et donc, les dieux dorment tous en même temps ?

– Il y a un moment de la nuit où, semble-t-il, ils dorment tous.

– Mais on sait quel est ce moment ?

– On parle des deux tiers de la nuit.

– Quand la nuit entre dans son troisième tiers ?

– Exactement.

– Et sait-on de combien de temps on dispose ?

– Je te le dis, c'est un bref moment. Le temps, par exemple, d'une chanson accompagnée à la lyre. Ou de faire en courant le tour d'un stade.

Et là, Achille se leva, passa un instant dans l'autre pièce, et revint avec un instrument en terre cuite qui était fait de deux petits vases placés l'un au-dessus de l'autre, avec un petit tuyau entre les deux.

– Connais-tu ceci ? me demanda-t-il.

Je lui dis que non.

– C'est une clepsydre, avec laquelle nous mesurons le temps. Je crois qu'en dehors de vos horloges vous utilisez du sable. Nous utilisons de l'eau. Le principe est le même. L'un des deux vases est percé d'un trou minuscule. Lorsque toute l'eau qu'il contient sera passée dans l'autre, un certain temps se sera écoulé. Vois cet instrument-ci : « l'heure où les dieux sommeillent » dure, dit-on, le temps que son eau s'écoule.

J'avais quand même encore une question.

– Mais vous, demandai-je à Achille, cette « heure des audacieux », vous y croyez ?

– Je n'ai jamais eu à y recourir. Un de ces jours peut-être, mais cela m'étonnerait. Rien de tel ne paraît inscrit dans mon destin. Et ce n'est pas, je pense, que l'audace me fasse défaut.

– Mais d'autres peuvent le faire ?

– D'autres sont plus libres que moi.

Je regardais sa clepsydre, et réfléchissais.

Il me semblait que j'avais une chance à saisir.

XXIV

Le bouquet et deux autres rêves

Je ne sais pas si je dois vous parler des rêves que j'ai faits cette nuit-là. La nuit d'avant, j'avais dormi comme une souche. Mais là, ça n'a pas été la même chose. Au moment où j'ai rejoint mon divan, je titubais, et je n'ai pas mis deux secondes à m'endormir. Seulement, au milieu de la nuit, un chien qui aboyait m'a réveillé, et alors j'ai mis pas mal de temps à me rendormir. Je me demandais sans cesse : « *et là, est-ce qu'on est à l'heure où les dieux sommeillent ?* » Ça me maintenait éveillé. Enfin, je me suis senti à nouveau glisser dans le sommeil, mais ç'a été avec des rêves qui m'ont frappé.

J'ai rêvé que j'étais là dans le camp des Grecs et que ma mission était de porter un grand bouquet de fleurs à Hélène qui était à Troie. Pour ça, il fallait que j'aille chercher les fleurs dans une boutique qui était au bout du camp. J'arrivais à la boutique, et c'était la boutique sans nom, celle de la rue Alexandre-le-Grand. J'entrais, et elle était vide, il n'y avait de fleurs nulle part. Mais l'homme de la boutique me faisait passer son rideau, et je tombais sur un grand banquet où des gens que je ne connaissais pas, mais qui ressemblaient à des dieux, étaient en train de finir le mouton d'Agamemnon. Je reconnaissais quand même Aphrodite à cause de ses cheveux blonds et de sa main noire, et Aphrodite m'emmenait dans une autre pièce. Seulement ce n'était pas une pièce, c'était tout un champ où poussaient des fleurs de toutes sortes, et elle me disait d'en cueillir moi-même, mais j'en cueillais beaucoup trop, l'heure tournait, et j'étais de plus en plus ennuyé parce que ce bouquet, c'était très urgent. Le rêve s'arrêtait là.

Ensuite, j'ai rêvé de mon collège où il y avait un contrôle de français sur *l'Iliade* et *l'Odyssée*, mais j'avais changé de classe, et mon professeur de français n'était plus Émile, c'était l'homme sans sourcils ! J'étais là avec ma copie : impossible d'écrire un mot. Pourtant je connaissais toute l'histoire et j'avais des réponses pour toutes les questions. À un moment, il s'approchait de moi et commençait à me dicter des choses qui n'avaient rien à voir. Pourtant, c'était le professeur, et à cause de lui j'allais tout faire de travers ! D'ailleurs il dictait de plus en plus vite, je n'arrivais plus à écrire. Mais en levant les yeux, je m'apercevais que les autres élèves autour de moi avaient des têtes bizarres : en fait il y avait plusieurs des soldats que j'avais aperçus dans la bataille, et par la fenêtre, je voyais bien qu'on n'était pas réellement au collège – on voyait la plaine avec les bords du Scamandre et au fond les murs de Troie. Ensuite, tout devenait vague.

Le troisième rêve était avec Achille et Patrocle, qui avaient mon âge. Nous étions tous les trois à l'école du centaure, qui n'avait pas d'autres élèves. On nous annonçait que plusieurs dieux allaient venir en visite. Ils venaient voir les choses qu'on nous avait apprises, surtout à lancer des piques et à monter à cheval. Mais problème : il n'y avait que deux chevaux, les deux chevaux gris de Diomède, et Achille et Patrocle les gardaient pour eux. Le centaure me disait : « *C'est normal, ils sont plus âgés* ». Je protestais que ce n'était pas vrai. Et comme j'insistais, il me dénichait un âne. D'abord je ne voulais pas monter dessus, pensant que j'aurais l'air stupide en comparaison des deux autres sur leurs beaux chevaux. Mais à la fin je montais, et l'âne se mettait à courir de plus en plus vite, et au moment où les dieux arrivaient, il décollait, et là ce n'était plus un âne : c'était mon aigle, ou même c'était un petit avion à deux places avec lequel je traversais la mer, et je survolais le camp grec, et aussi la cité de Troie où j'apercevais, en tout petit, le grand chêne d'Apollon et d'Athéna, et dans une des maisons pas loin, un incendie, et la question était : *qui va éteindre l'incendie ?* Et je me réveillais.

XXV

Le jour de trêve

Quand je m'éveillai pour de bon (c'était mon second matin chez Achille, et donc le début de mon troisième jour), j'eus deux pensées qui étaient aussi des questions. L'une était : est-ce que la bataille de la veille allait reprendre ? Et l'autre : comment faire pour aller trouver Briséis à l'heure où les dieux sommeilleraient ?

Sur la bataille, je fus bientôt fixé.

Au moment où je me levai, Achille était sorti ; mais je trouvai Patrocle, qui me dit bonjour et resta avec moi pendant mon petit-déjeuner. Au départ, l'avant-veille, je l'avais trouvé plutôt froid, mais depuis la veille il paraissait m'avoir pris en amitié, tandis qu'Achille, on aurait dit, faisait un peu machine arrière.

Patrocle était à nouveau très bien informé. Lui aussi avait dû sortir ou recevoir quelqu'un, en tous les cas il avait les dernières nouvelles.

La veille au soir, après la bataille, les chefs grecs s'étaient retrouvés chez Agamemnon. Et là, Nestor avait recommandé qu'on arrête le combat pour une journée. D'abord il fallait s'occuper des morts, les ramener au camp pour les brûler (c'est ce que faisaient les Grecs avec les morts), et recueillir leurs cendres pour pouvoir les rapporter un jour dans leur patrie. Et puis, il fallait construire un grand mur autour du camp, parce qu'on avait bien vu qu'avec l'aide d'Arès les Troyens pouvaient prendre l'avantage, et que si leur ville était protégée par des remparts, le camp grec devrait l'être aussi.

Tous les rois avaient approuvé. Maintenant, comme la veille, il y avait une assemblée près des nefs. Patrocle me disait d'aller la voir. Il resterait là jusqu'à mon retour. Ainsi c'était moi qui pourrais l'informer.

Cette fois, je pris le chemin le plus court. J'avais l'habitude de me déplacer dans la foule, et tout était plus calme que la veille. Beaucoup de soldats avaient l'air d'avoir été tirés du lit. C'était curieux d'ailleurs, parce qu'à mon réveil j'avais pensé qu'il était déjà tard, alors que là, il faisait encore un peu sombre, et en fait le soleil était à peine levé.

À l'assemblée, Agamemnon était en train d'expliquer ce qu'on prévoyait pour la journée quand est arrivé quelqu'un qu'on n'attendait pas : c'était un messager de Troie, un héraut nommé Idaïos. On l'avait laissé traverser le camp, et là, on lui a donné la parole. Et voici ce qu'il a dit :

« Fils d'Atrée (*il voulait dire Agamemnon*), et vous autres qui êtes les meilleurs des Panachéens, Priam et les nobles Troyens m'ont chargé de vous dire ce que propose Pâris Alexandre qui a été cause de notre querelle. Les trésors qu'il a pu rapporter à Troie sur ses nefs creuses (que n'est-il mort avant !), il consent à les rendre, et même à en ajouter d'autres qu'il prendra sur ses propres biens. Mais l'épouse légitime du glorieux Ménélas, il déclare qu'il ne la rendra pas – et pourtant les Troyens l'y engagent !

« On me charge aussi de vous demander ceci : voulez-vous suspendre le cruel combat jusqu'au moment où nous aurons brûlé les morts ? Nous reprendrons plus tard, jusqu'à l'heure où un dieu nous départagera et accordera la victoire à l'une des deux armées. »

À la façon dont cet Idaïos avait parlé de Pâris, on comprenait que les Troyens avaient dû se disputer vraiment fort. Là-bas, ils auraient tous voulu laisser partir Hélène, mais Pâris ne voulait rien savoir, et comme ils ne pouvaient pas l'obliger, ils avaient dû envoyer le héraut pour juste proposer de rendre les trésors, en sachant très bien que ça n'irait pas.

Parce que ça n'allait pas. Tous les Grecs étaient assez gênés, mais c'est Diomède qui a rompu le silence, et il a parlé très fort :

« Que personne n'accepte à présent ni les trésors que nous offre Alexandre, ni Hélène ! Car chacun, et même le dernier des sots, sait maintenant que les Troyens sont arrivés au moment de leur perte ! »

Il voulait dire : *même si leur offre est honnête, ce n'est plus le moment de l'accepter, puisque nous les Grecs, nous savons que nous allons prendre leur ville*.

Il parlait comme quelqu'un à qui un dieu – ou une déesse : Athéna, son amie – vient de glisser quelque chose à l'oreille.

Quand il a dit ça, il y a eu un grand bruit d'approbation, et personne n'a levé la main pour présenter un autre avis. Aussi, Agamemnon s'est tourné vers Idaïos :

« Idaïos, tu entends toi-même la réponse des Achéens. Pour ma part, je suis du même avis. Pour ce qui concerne les morts, je ne refuse pas qu'on les brûle, car du moment qu'ils sont morts, on ne saurait refuser à leurs cadavres la paix qu'apporte le feu. Et que Zeus soit témoin de notre pacte ! »

Et voilà, l'assemblée était finie. Idaïos, le héraut, n'avait plus qu'à rentrer à Troie. Une partie des soldats sont descendus dans la plaine où ils ont ramassé les cadavres et les ont placés sur des chariots. Les Troyens s'étaient dépêchés de faire pareil, et donc eux tous, Grecs et Troyens, ils ont passé plusieurs heures côte à côte à s'occuper des morts, au matin d'une journée qui avait l'air de vouloir se passer toute à l'envers, parce que plus ça allait, moins on quittait la nuit.

Les autres soldats sont allés chercher du bois, de la terre et des pierres. Il y avait ce grand mur à construire, et vous me croirez si vous voulez : à la fin du même jour, le mur était fini. Et pourtant c'était un travail énorme.

Ils ont commencé par creuser profond la terre, en ligne presque droite, le long du camp sur au moins huit cents mètres. Là, ils ont planté deux rangées de troncs d'arbres qu'ils avaient d'abord coupés en deux dans la longueur. Ils ont attaché ensemble les troncs de chaque rangée avec des cordages bien serrés, et à l'intérieur, ils ont disposé des poutres pour les tenir droits. Ensuite, tout l'espace entre les deux rangées, ils l'ont rempli avec la terre, et à l'extérieur, des deux côtés, ils ont monté un mur de pierres qui faisait au moins huit ou dix mètres de haut. Évidemment ils n'ont pas oublié de laisser plusieurs passages pour lesquels ils ont confectionné des portes à deux battants, tout en bois, très solides. Sur le haut du mur, ils ont installé tous les vingt ou trente mètres des espèces de tourelles, en bois aussi, pour servir de postes d'observation. Ils ont enduit l'extérieur du mur avec de l'argile pour qu'on ne puisse pas l'escalader, et puis en contrebas, du côté de la plaine, ils ont creusé tout un fossé très profond, en y plantant des pieux bien aiguisés pour empêcher qu'on le franchisse. Devant chaque porte, ils avaient prévu un système un peu comme un pont-levis, pour laisser passer les chars et l'armée.

Vous me demanderez où ils étaient allés chercher tout ce bois, toute cette terre et toutes ces pierres, et comment ils ont pu construire tout ce mur en une journée. Eh bien, je n'ai pas la réponse. A priori, il a fallu qu'un dieu soit avec eux. Mais quel dieu, ou quelle déesse, impossible à dire.

Dans l'histoire, on dit seulement que depuis l'Olympe, les dieux regardaient les Grecs travailler, et qu'il y en avait un qui n'était pas content. C'était Poséidon, le dieu des mers, qu'on appelait aussi « l'Ébranleur de la terre », parce que c'est lui qui s'occupait de tous les changements à la surface du sol.

Quand vous vouliez creuser la terre pour faire un bâtiment, il fallait que vous demandiez l'autorisation à Poséidon, en lui faisant de beaux sacrifices. Mais justement, les Grecs avaient oublié. Alors Poséidon se plaignait à Zeus, et Zeus lui aurait répondu :

« Eh bien soit ! Attends que les Achéens soient retournés avec leurs nefs sur les rives de leur patrie, et alors, brise ce mur, fais-le tomber tout entier dans la mer, et recouvre ensuite le rivage de sable. »

Du côté des Grecs, tout ce qu'on peut dire, c'est que ç'a été une très longue journée, une journée qui, une fois que le soleil a été levé pour de bon, s'est étirée d'une manière incroyable. Et comme ça, ils ont pu abattre en un seul jour un travail qui aurait demandé beaucoup plus longtemps.

Vous me direz aussi qu'il fallait un architecte, quelqu'un pour diriger les opérations, parce que dans ces choses-là, s'il n'y a personne pour diriger, ça fait vite un désordre impossible et on risque des accidents très graves. Mais là non plus je n'en sais rien. C'était peut-être Ulysse, peut-être Agamemnon. Quand je suis allé faire un tour, deux fois dans la journée, j'ai vu des chefs commander à des soldats de faire ça et ça, mais quelqu'un pour diriger tout, je n'ai pas vu.

Vers le soir, alors que tout était presque fini, je suis monté pour voir sur ce rempart tout neuf. De là on découvrait la plaine entière avec les bords du fleuve, et on avait une vue sans pareille sur la ville en face. Et là en bas, du côté du fossé, j'ai aperçu les grands chefs, Agamemnon, Nestor, Ménélas et Ulysse, qui étaient en train d'inspecter le travail fait. Eh bien, avec eux, juste derrière eux, je vous en reparlerai, il y avait l'homme que je craignais.

XXVI

Je mets au point mon plan

Je reviens à la matinée. L'assemblée finie, je n'ai pas trop traîné. Je suis allé jeter un œil vers la plaine, à la fois pour voir où on en était avec les morts et pour bien regarder l'endroit avant que le mur soit monté. Mais après, je suis vite rentré à la tente, retrouver Patrocle. Je dis Patrocle, parce qu'Achille n'était toujours pas là, et même Patrocle ne savait pas où il était passé.

J'ai raconté l'assemblée à Patrocle, avec la visite du héraut, son message et ce qu'il avait eu comme réponse. Patrocle n'a pas eu l'air bien surpris. Pour lui c'était sûr : dès que le grand mur serait terminé, la bataille allait reprendre, et par rapport à ce qu'on verrait à ce moment-là, ce qui s'était passé la veille, ce n'était rien.

J'étais épouvanté d'avance. Mais avec ça, j'avais toujours dans ma tête l'affaire de la broche et de Briséis. Alors j'ai décidé d'en parler à Patrocle. Même avec l'idée que j'avais eue le soir, il me manquait pas mal d'informations que peut-être, ou sûrement, Patrocle avait. Et puis avec lui j'étais en confiance, et comme il était le meilleur ami d'Achille, qui est-ce qui aurait fait un meilleur conseiller ?

Je lui ai dit les choses comme elles s'étaient passées : la veille, au moment où j'allais sortir, Achille avait parlé de Briséis, et puis m'avait mis cette broche dans la main. Un peu après, j'avais compris ce qu'il voulait, j'étais allé à la tente d'Agamemnon qui était très vaste mais vide, et je n'y avais trouvé que l'homme sans sourcils qui m'avait menacé.

Patrocle n'était au courant de rien. Il a voulu voir la broche qu'il a trouvée très jolie, très délicate, et en même temps étrange : il n'avait jamais vu de bijoux dans ce style-là (c'est ce qu'avait dit l'homme sans sourcils : « *on n'en fabrique pas de tels par ici* »). Pour le reste, il ne s'étonnait pas trop : assez souvent, Achille demandait des choses comme ça, sans explication. En fait, Achille adorait les énigmes, et avec lui, il y avait toujours quelque chose que vous aviez à chercher. Et puis, c'était sûr, il passait ses journées à penser à Briséis, et si j'arrivais à remettre la broche, ça lui ferait vraiment plaisir.

J'ai répondu à Patrocle que j'étais bien décidé, si je pouvais éviter l'homme sans sourcils, qui me faisait très peur. Et comme il avait l'air d'être un dieu déguisé, je me servirais pour ça de « l'heure où les dieux sommeillent », si j'arrivais à la trouver. Mais la première chose, c'était que je sache où habitait Briséis et comment je la reconnaîtrais.

Là-dessus, il faut dire, dans la seconde j'ai eu ma réponse.

– Agamemnon, me dit Patrocle, a une maison pour ses captives.

– Une maison ?

– Oui, pas une tente, un petit bâtiment en bois, de forme allongée. Tu la trouveras tout au bout du camp, du côté du couchant (*c'est-à-dire de l'ouest*), face à la grève. C'est tout à l'opposé de l'endroit où se tiennent les assemblées. Et c'est la seule à cet endroit-là.

– Et pour Briséis ?

– Briséis est particulière par sa beauté, et tu verras son immense chevelure bouclée, mais le plus simple, pour la reconnaître, c'est son grain de beauté sur le front, juste au-dessus du sourcil droit.

– Et pour l'homme qui m'a menacé, celui qui ressemble au devin, est-ce que vous avez un conseil ?

– Si ce n'est pas un dieu, étant donné que tu as pour toi l'aigle de Zeus, je ne crois pas qu'il puisse te faire de mal.

Si c'est un dieu, tu as raison : il faut essayer la bonne heure. Mais d'abord tu risques de la manquer, faute d'avoir pu veiller jusque-là. Et puis, comment trouver cette heure, je ne suis pas certain de pouvoir te l'apprendre. Peut-être y faut-il une sorte d'inspiration, un signe d'après quoi le pouvoir des dieux serait suspendu. C'est là ce que plusieurs supposent. Tu verras bien. Quoi qu'il en soit, nous avons en toi un voyageur courageux.

Je peux vous dire qu'entendre ça de la part de Patrocle, ça m'a fait un plaisir immense. C'était un peu comme la rencontre avec l'aigle, ça donnait des ailes pour la journée. Et donc, une fois que Patrocle a été sorti, je me suis mis à réfléchir de toutes mes forces à la manière dont j'allais m'y prendre.

Une chose à faire, bien sûr, était d'aller repérer la maison au bout du camp. Mais d'y entrer avant l'heure, pas question : forcément j'allais tomber sur l'homme sans sourcils avec son regard foudroyant.

La première des choses, c'était plutôt de savoir comment trouver « l'heure où les dieux sommeillent », parce que sans ça je ne pourrais rien faire. Je n'allais pas attendre toute la nuit le signe dont Patrocle m'avait parlé : je ne savais même pas en quoi il consistait.

Seulement, pour savoir l'heure, je n'avais rien : pas de montre ni de réveil ni d'horloge, sans parler du téléphone. Ma montre, je l'avais laissée sur mon bureau rue Marat. D'ailleurs, si je l'avais eue sur moi, elle aurait pris l'eau, et si elle n'avait pas pris l'eau, ça aurait fait un cadeau pour Achille, et je n'aurais pas pu m'en servir. Peut-être que dans le camp, il y avait ce qu'on appelle un cadran solaire, mais il fallait le trouver et savoir le lire, et de toute façon c'était une chose pour le jour et pas pour la nuit. Quant à la clepsydre d'Achille, elle indiquait juste le temps qu'on mettait à faire quelque chose. L'heure exacte, ici, on n'avait pas l'air de la connaître, et on avait l'air de s'arranger sans. Mais alors, « les deux tiers de la nuit », qu'est-ce que ça voulait dire, et comment est-ce que j'allais les trouver ?

J'ai fini par avoir une idée. Au premier abord ça semblait compliqué, mais en fait il suffisait de deux-trois calculs. Et à part être là au coucher du soleil, je n'avais besoin que de trois choses : la clepsydre, mon corps, et la durée d'un jour avant celui-ci.

XXVII

Des mathématiques pour la nuit

À propos de « l'heure où les dieux sommeillent », je vais vous dire comment j'ai raisonné. Ça ne devrait pas être trop long.

D'abord, si je savais combien de temps durerait la nuit, et aussi combien de temps mettait l'eau pour s'écouler dans la clepsydre, il suffirait d'une division, et j'aurais le nombre de clepsydres (enfin, de vidages de clepsydre) qu'il faudrait pour terminer la nuit. Au cas où ça ne tomberait pas rond, à l'intérieur des vases il y avait de petites encoches pour indiquer quelle portion de l'eau s'était écoulée.

À partir de là, avec une règle de trois, j'aurais le nombre de clepsydres pour les deux tiers de la nuit. Et alors, si, juste au moment du coucher du soleil, je commençais à manipuler la clepsydre, en reversant l'eau dans le vase du haut dès qu'elle se serait écoulée, au bout du nombre de manipulations que j'avais trouvé, j'arriverais à l'heure en question.

Donc il n'y avait pas une foule de problèmes, seulement deux : comment mesurer le temps que l'eau mettait à s'écouler ? et puis, comment savoir la durée de la nuit prochaine ?

Eh bien, j'avais une solution pour tous les deux.

Pour le premier, j'avais mon pouls. Le pouls, c'est le nombre de battements de cœur en une minute. Un jour, avec mes amis on on avait mesuré notre pouls, et le mien était de 80 juste, 80 battements par minute. Bien sûr c'était chez nous, pas ici chez les Grecs, mais pourquoi mon pouls aurait changé avec le voyage, a priori je ne voyais pas.

Donc, je suis allé chercher la clepsydre qui était restée dans un coin, j'ai versé l'eau du vase du bas dans celui du haut, j'ai mis mes doigts sur mon cou et j'ai compté. Eh bien, je suis arrivé jusqu'à 508. 508 divisé par 80, j'ai fait trois fois le calcul de tête, ça donnait 6,35. Voilà, 6,35 minutes (c'est-à-dire pas la même chose que 6 minutes 35 secondes : plutôt 6 minutes et 21 secondes, si j'ai bien compté), c'était le temps qu'il fallait pour que l'eau s'écoule.

Il y avait encore l'autre affaire, qui était la durée de la nuit. Et là aussi, entre la rue Marat et le camp grec, il fallait que la durée des jours et des nuits soit pareille, autrement j'étais perdu. Mais ça paraissait raisonnable comme supposition, même si on était, comme disait Achille, « *dans une perpendiculaire du temps* », et même si le jour, par ici, avait une manière assez bizarre de passer.

En supposant donc que c'étaient les mêmes jours et les mêmes nuits, on était tout près du solstice d'été qui est le 21 juin, et ça voulait dire – on apprenait ça au collège – que les jours ne rallongeaient plus beaucoup : chaque jour une minute de soleil en plus. Et donc, en rajoutant trente secondes, une demi-minute à la durée du jour où on était (pour faire la moyenne avec le jour d'après), et ensuite en ôtant cette durée-là des 24 heures de la journée, j'aurais la durée de la nuit.

Maintenant, vous me demanderez comment je pouvais savoir la durée du jour où on était. Eh bien, je m'étais souvenu du « jour le plus rond ».

« Le jour le plus rond » : c'était un jeu de mots que mon père avait fait quelques jours avant, le lundi, qui était le

4 juin. Je dînais avec mes parents, on écoutait la météo, et là ils annonçaient que le lendemain, mardi 5 juin, le soleil se lèverait à 5 h 50 et se coucherait à 21 h 50. Ça m'était tombé dans l'oreille, et j'avais dit : « *Ah bon, ça fera un jour bien rond !* » (parce qu'il devait faire seize heures exactement). Et mon père avait répondu : « *Bien sûr ! c'est le jour le plus rond !* »

Je ne sais pas si je dois vous expliquer. Ça faisait penser au « jour le plus long », comme on appelle celui où les Alliés (les Anglais, les Américains, les Canadiens...) avaient débarqué en Normandie pour délivrer la France des armées d'Hitler en 1944 ; et le jour d'après, le 6 juin, était l'anniversaire de ce jour-là.

Ça n'était pas excellent comme jeu de mots, mais pas non plus désagréable.

Donc j'ai compté. Le « jour le plus rond », c'était le mardi 5. Le jeudi 7, j'avais eu mon anniversaire. Le vendredi 8, j'étais arrivé ici. La bataille, c'était hier, samedi 9. Et là, on était le dimanche 10 juin, au siège de Troie.

Cinq jours avaient passé. Et donc, pour savoir combien de temps ce dimanche allait durer, il fallait que je rajoute cinq minutes à un jour qui avait duré seize heures exactement.

Vous pouvez compter : la nuit allait durer 8 heures moins 5 minutes (une par jour écoulé), moins 30 secondes (à cause de la minute de plus du jour d'après) ; autrement dit 7 heures, 54 minutes, 30 secondes, ou si vous préférez 474 minutes, 30 secondes. Et pour les deux tiers de cette durée-là, la règle de trois donnait 316 minutes, 20 secondes (ou 316,33 minutes).

Ça faisait un peu plus de cinq heures après le coucher du soleil. Et donc, ce serait vers les trois heures du matin, si on gardait l'heure d'été.

Il restait à diviser la durée de la nuit par celle de la clepsydre, autrement dit 316,33 par 6,35. Mais cette opération-là, je ne pouvais pas la faire de tête. Je suis sorti de la tente, et j'ai cherché autour un bon endroit pour tracer des chiffres par terre avec le doigt. Là, j'ai posé ma division (la servante qui passait par là s'est demandé ce que je fabriquais), et ça a donné 49,81 et des poussières.

Ça voulait dire que théoriquement, si je commençais juste au coucher du soleil, il fallait que je verse cinquante fois (en comptant la mise en route) l'eau de la clepsydre dans le vase du haut, et quand cette eau serait presque écoulée, « l'heure des audacieux » serait arrivée.

Cinquante fois, c'était beaucoup, mais quand même pas la mer à boire.

Bien sûr ça ne pouvait pas tomber tout à fait juste, à cause du temps qu'il faudrait pour reverser l'eau, et aussi des gouttes qui pourraient tomber pendant la manipulation. Mais d'abord ça s'équilibrerait, et de toute manière, je ne pouvais pas être sûr à la minute près. Disons qu'arrivé vers la cinquantième clepsydre, je me mettrais à guetter le signal.

Je résume. Ce que j'avais à faire, c'était de partir en reconnaissance du côté de la maison des captives, et de revenir le soir à proximité. J'emporterais la clepsydre d'Achille, je m'installerais devant la mer à l'endroit le plus discret possible, et dès que le soleil disparaîtrait à l'horizon, je mettrais ma clepsydre en marche. Je compterais les manipulations jusqu'à cinquante, et ensuite j'attendrais le signal. Quand je l'aurais, je me dépêcherais d'aller à la maison et d'entrer. Après, je verrais bien. Ça ne pouvait pas être bien compliqué.

Vous me direz, la maison des captives était peut-être fermée à clé ? Mais non, dans ce pays, rien ne fermait à clé. On n'avait pas plus de clés que d'heure exacte. Et donc, pour les captives d'Agamemnon, sûrement elles étaient gardées, mais enfermées, je ne pensais pas.

XXVIII

En reconnaissance

Mes calculs m'avaient pris pas mal de temps, et c'était déjà l'heure du déjeuner. Comme ni Achille ni Patrocle n'étaient rentrés, la servante m'apporta un petit plateau avec de bonnes choses. Ç'a été un bon déjeuner, et ensuite je me suis dis qu'il était temps d'aller faire mon inspection.

Dans le camp, tout était calme. D'ailleurs, c'était un jour gris, et j'espérais bien que le ciel allait finir par se dégager, sans quoi mon coucher de soleil tomberait à l'eau. Tout était calme, sauf en allant vers la plaine, là où le mur était en construction. Parce que là, c'était presque le grand chantier du pharaon au début du film *Les Dix Commandements*, à part que c'étaient des soldats qui travaillaient, pas des gens qu'on avait réduits à l'esclavage – et ils travaillaient avec une espèce d'acharnement. Je suis resté là un moment à les regarder : au milieu d'un grand bruit de marteaux et de cris, le mur avançait à vue d'œil, et je me demandais si tout ça était possible sans qu'il y ait une force invisible pour tout surveiller.

En tous les cas, rien qu'en regardant le chantier, je m'étais un peu remis à trembler.

De là je suis allé voir la maison. C'était simple, elle était vraiment la dernière en allant vers l'ouest. Il fallait passer toutes les tentes et d'autres baraquements, et aussi une rangée de nefs qui étaient là en plein milieu, calées avec de grosses pierres. Et quand on passait tout ça, on trouvait un espace d'herbe et de sable où il n'y avait rien, sauf un puits ; et seulement après, deux ou trois arbres et des arbustes qui faisaient tout un enclos. La maison, enfin ce que Patrocle appelait une maison, une baraque en bois avec un toit presque plat, assez grande, toute rectangulaire – la maison était là sous les arbres, à l'intérieur de l'enclos. De loin, on n'en voyait à peu près que le toit. Enfin, de là où je m'étais arrêté, disons à vingt ou vingt-cinq mètres, on apercevait comme un passage dans la haie, sur la droite, et c'est là que devait être l'entrée, mais je ne voulais pas trop m'approcher, ça pouvait être dangereux.

À cet endroit-là, c'était silence total. Pas l'ombre d'un bruit du chantier. À un moment, j'ai bien cru entendre une ou deux voix de femmes, vives et chantantes, mais deux secondes après elles s'étaient tues. Et je suis resté là peut-être un quart d'heure, vingt minutes, eh bien, jamais personne en vue.

La mer était tout à côté. On n'aurait pas dit que la maison donnait sur la plage : elle lui tournait plutôt le dos, la plage était à une trentaine de mètres, et les arbres la masquaient. Je dis « la plage », ce n'est pas non plus le bon mot, il y avait des rochers partout. Mais enfin, du rivage à l'entrée dans la haie, c'était une affaire de secondes. Et donc, pour mesurer la nuit, ce ne serait pas très compliqué de trouver la bonne place.

D'ailleurs, comme tout paraissait calme, j'ai marché jusqu'au bord du rivage, et j'ai commencé à chercher un endroit. J'en ai trouvé un, au-delà du camp pour être tranquille, mais ni trop près ni trop loin de la maison : un genre de palier adossé à la terre entre deux gros rochers. Je m'y suis installé un instant. Et là, après peut-être cinq minutes, un aigle tout noir, comme la veille, est apparu dans le ciel, sur la droite. Je suis sûr que c'était le mien. Je pensais à lui justement. Mais cette fois, il n'est pas venu me voir : il a tracé quelques belles courbes sur fond de nuages avant de repartir.

N'empêche, pour moi, c'était suffisant : c'était une espèce de salut.

Pour le moment, je n'avais plus qu'à rentrer. J'étais à nouveau rassuré, mais quand même un peu fébrile.

Patrocle était toujours de sortie. Par contre, Achille était de retour. Et cette fois, il m'a accueilli avec un beau sourire :

– Ah, jeune Léo, salut, me dit-il ; tu te promenais ?

– J'ai fait le tour du camp, lui répondis-je. Le mur avance vite.

– Oui, c'est ainsi qu'Agamemnon croit se mettre en sûreté.

– Vous pensez qu'il a tort ?

– Chacun le sait, tout mur peut être abattu, et dans tout mur on peut ouvrir une brèche. Un mur n'est jamais ce qu'il y a de plus puissant. Au reste, les Achéens ont manqué aux sacrifices, et Poséidon doit être en colère.

– Est-ce lui qui décide ?

– Non sans doute, c'est Zeus. Mais précisément, rien ne se fera que ce que Zeus a décidé. Et même si Zeus veut bien que Troie soit détruite, Agamemnon, et avec lui les Achéens, sont bien loin d'être au bout de leurs épreuves. Mais dis-moi, pour toi, pas de nouvelle épreuve aujourd'hui ? Tu t'es reposé ?

Là, je me retrouvais dans l'embarras. En discutant, Patrocle et moi avions été d'accord : le mieux, dans l'affaire de la broche, c'était de ne rien dire du tout à Achille avant que je sache si ça avait marché. Et donc, sur la chose que j'allais tenter le soir, pas question de glisser un mot.

– Jusqu'ici, lui répondis-je, c'est une journée calme. Tout à l'heure je retournerai sur la grève, pour voir si j'aperçois l'aigle à nouveau.

– C'est une idée, dit-il. Et pour le double de Calchas, l'as-tu revu ?

– Pas encore aujourd'hui. J'espère que non.

– C'est bien. J'ai à faire à présent. Mais tu le sais, la maison est à toi.

Il disait « *la maison* » comme si on était dans une villa de plusieurs pièces. Mais c'était gentil, et ses manières d'aujourd'hui me réchauffaient le cœur, parce que la veille, et le matin encore, je m'étais vraiment inquiété.

La seule chose, c'est que dans l'instant je n'avais rien du tout à faire. Me retrouver au milieu des soldats, ça ne me disait pas trop. Aller dans la plaine, m'approcher de Troie, j'étais tenté, mais ça risquait d'être trop long. Jouer aux dés, ou aux osselets, ou au tric-trac (le jacquet de chez nous), j'aurais eu besoin de quelqu'un pour me montrer. Il fallait plutôt que je me repose, ou même que je fasse la sieste, parce que j'aurais une assez longue nuit.

Alors je me suis allongé en pensant à la maison sous les arbres. Je me demandais si Briséis sortait quelquefois, et ce qu'elle pouvait faire toute la journée. Elle faisait sans doute comme Pénélope, la femme d'Ulysse : elle tissait une toile, un tapis, un vêtement, un voile ou je ne sais quoi, en pensant à l'homme qu'elle aimait.

J'ai bien essayé comme ça de rester tranquille, mais en fait je ne tenais pas en place. Et d'abord j'aurais bien voulu que Patrocle revienne, parce que j'avais encore des détails à voir avec lui. Il fallait savoir ce qu'on dirait à Achille, et si je pouvais emporter des provisions et surtout une couverture, parce que la nuit risquait d'être fraîche ; et puis, comment transporter tout ça, et la clepsydre et de l'eau par-dessus le marché.

À propos, sûrement vous vous demandez encore : étant donné que j'étais invisible, est-ce que dans les rues les gens allaient voir une clepsydre et une couverture se déplacer toutes seules vers le soleil couchant ? Je n'ai peut-être pas été assez clair, en tout cas la réponse, c'est celle-ci : non seulement j'étais invisible, mais tout ce que j'emportais devenait invisible aussi. Ma tunique, mes sandales, la broche, et donc aussi la couverture et la clepsydre. C'est seulement quand je laissais une chose quelque part qu'on pouvait s'en apercevoir. Ç'aurait été invivable autrement.

Donc on était déjà pas loin du soir, et j'étais de plus en plus ennuyé que Patrocle ne soit pas là. Alors, à un moment, j'ai décidé de ressortir, pas bien longtemps, juste pour jeter un coup d'œil au mur. C'est là que j'ai vu le mur presque terminé, et que je suis monté par un des escaliers en bois qu'on avait construits du côté du camp, pour regarder le paysage autour.

La plaine était vide. Le ciel s'était dégagé. Sur la gauche, on voyait nettement les boucles du Scamandre avec leur bordure d'arbres, et au fond, peut-être à trois kilomètres, les murailles de Troie avec les portes Scées.

C'est à ce moment-là, sur le rempart tout neuf – alors que tout était en train de redevenir calme et que pas mal de soldats retournaient vers leur campement – que j'ai aperçu les quatre chefs avec toute leur suite ; et au milieu des gens qui les suivaient, celui que je ne pouvais pas voir sans trembler.

Mais cette fois-ci, je n'ai pas remarqué qu'il ait levé les yeux. Il aurait dû, parce que tout ce qu'il y avait à voir était vers le haut, mais il gardait les yeux baissés. C'était bizarre : est-ce que là, en marchant derrière Agamemnon, il continuait à penser à autre chose ? Est-ce qu'il n'avait pas les pouvoirs que j'avais cru ? Ou bien, est-ce que ce n'était pas vraiment lui ?

XXIX

La nuit sous la lune

En revenant à la « maison », j'ai trouvé tout un ballet de servantes : Achille avait invité ses meilleurs guerriers, les chefs des Myrmidons, et comme ils devaient bien être une vingtaine, on s'activait pour le banquet.

Ça tombait bien : Achille allait être occupé toute la soirée, et ce n'était pas du tout une soirée pour moi. Comme ça, pas besoin de m'excuser : je pourrais m'absenter comme je voudrais. Je lui ai seulement demandé si je pouvais dîner tout seul. Il a dit oui, et quand j'ai vu que la lumière dehors prenait la teinte rosée qu'elle a le soir, j'ai pensé qu'il était temps. J'ai pris de l'eau dans une gourde, un morceau de pain, la clepsydre et la couverture fine que Patrocle m'a fait chercher, et j'ai fourré tout ça dans un grand sac en peau. J'ai dit à Achille que j'allais voir le coucher du soleil (c'était vrai), et aussi retrouver mon aigle, et là-dessus j'ai quitté la tente.

Avant ça, j'avais pu parler un peu avec Patrocle, et je lui avais expliqué mon plan qu'il avait trouvé astucieux, surtout le calcul de l'heure avec la clepsydre. La seule chose, c'était qu'il ne voyait pas comment j'allais résister au sommeil. Je lui ai répondu que j'allais voir, et que si ça n'allait pas, je pourrais dormir beaucoup le lendemain et recommencer la nuit d'après.

En réalité j'étais trop content de mon calcul.

Je suis retourné du côté de la maison des captives, et suis allé m'installer sur la grève à l'endroit que j'avais trouvé.

J'avais bien fait de quitter Achille assez vite, parce que tout là-bas vers l'ouest, le soleil touchait déjà l'horizon. J'ai posé la clepsydre devant moi par terre, et j'ai pris dans ma main la gourde avec l'eau. Puis, quand j'ai vu que la dernière petite frange de soleil allait disparaître derrière la mer, j'ai commencé à verser l'eau dans le vase du haut jusqu'à la dernière encoche.

Voilà, c'était parti. J'avais maintenant quelques minutes à peu près libres, avant de m'occuper de l'eau qui gouttait dans le vase du bas. Mais en fait, je n'arrivais pas à en détacher mes yeux. L'idée de cette heure où on pouvait faire ce qu'on voulait, une heure qui viendrait là, cette nuit, ça avait quelque chose de fascinant, et je regardais la clepsydre comme si c'était l'heure elle-même qui allait apparaître là, au milieu, comme une grosse bulle de toutes les couleurs au bout du petit tuyau, prête à éclater.

L'eau s'est écoulée tout entière, et je l'ai remise dans le vase du haut en prononçant tout bas un grand : « *deux !* ». Et puis je me suis mis à attendre le « *trois* », et puis le « *quatre* », et puis le « *cinq* », et au « *cinq* », je me suis dit : « *déjà un dixième du travail, c'est bien, tout ira bien* ».

Mais entre-temps, la nuit était presque entièrement tombée, et je me retrouvais là tout seul au bord de la mer, à un endroit où personne ne pouvait me voir, sauf bien sûr la mère d'Achille si elle était sortie des flots, et sans rien pour m'éclairer que la lune, qui ce soir brillait très fort.

Je n'avais pas peur, c'était autre chose. Tout était clair, bizarrement clair, mais en même temps sans couleur et figé, avec seulement le va-et-vient des petites vagues sur le rivage, et derrière, dans les arbres, des cris d'oiseaux qui perçaient la nuit. Et donc, je quittais à peine des yeux mes deux vases, et je transvasais en comptant, mais plus la nuit s'approfondissait et plus j'étais pris dans quelque chose – je ne sais pas s'il faut dire torpeur ou hébétude. Les images dans ma tête se mettaient à danser, surtout celle de la maison tout près dans l'enclos, et c'était ça qui commençait à me faire peur, je veux dire d'être là, seul, sans personne, en pleine nuit, sous la lune, au bout du monde, en train de dérailler. Dans les histoires que j'avais lues, ça arrivait aux naufragés ; mais là, c'était moi qui avais choisi, et maintenant je comprenais que je n'avais pas tout bien imaginé.

Pourtant, je ne me voyais pas rentrer chez Achille en plein milieu de la soirée. Il fallait que je tienne le coup. Et si, un peu plus tard dans la nuit, Achille s'inquiétait, Patrocle saurait lui dire à peu près où j'étais passé.

En fait, bien sûr, plus ça allait et plus j'avais sommeil. Mes paupières se fermaient toutes seules. Au début, à chaque fois je sursautais et me remettais à surveiller l'eau. À un moment, même, j'ai eu l'impression que l'air était devenu plus frais, et je me suis levé pour prendre la couverture. Ça m'a réveillé pour peut-être une demi-heure. Mais après, le sommeil s'est remis à m'assaillir, et donc, je crois que je suis allé jusqu'à « vingt-sept » ou à « vingt-huit », mais là, ç'a été trop pour moi, je n'ai plus tenu : j'ai sombré.

Combien de temps j'ai dormi, je ne saurai jamais. Je sais seulement que je me suis réveillé en sursaut, comme si une sonnerie s'était déclenchée. La lune avait changé de place. Tout était encore plus calme. En bougeant dans mon sommeil, j'avais renversé la clepsydre. Heureusement les vases n'étaient pas cassés. Seulement j'étais honteux, avec une grosse angoisse : maintenant j'étais perdu dans la nuit. Ce réveil que j'avais entendu dans ma tête, est-ce qu'il sonnait pour « l'heure des audacieux », ou bien est-ce que ça faisait déjà longtemps que l'heure en question était dépassée ? Est-ce que je devais renoncer tout de suite, ramasser mes vases et rentrer, ou bien est-ce qu'il fallait encore attendre, au cas où le signal arriverait, celui dont Patrocle m'avait parlé ?

Et ce n'était pas seulement ça. Je veux dire, je n'étais pas perdu seulement dans la nuit : j'étais perdu dans toute l'histoire. Cette affaire de bijou, cette mission où je risquais tout, avec le « gardien » qui m'attendait peut-être à deux pas, et peut-être d'abord des loups qui viendraient visiter la plage, quel sens est-ce que ça avait ? Qu'avais-je fait pour être embarqué là-dedans ? Et comment est-ce que ça allait pouvoir se terminer ? Et toute cette guerre, ces batailles qui duraient des heures, ces coups de hache…

Eh bien, à un moment, tout ça s'est arrêté. Tout ça, je veux dire toutes ces pensées qui se bousculaient, ces gouffres qui s'ouvraient les uns après les autres. Assez près, j'ai entendu le bruit d'un oiseau qui s'envolait. Est-ce que c'était mon aigle ? Sans doute pas. Mais peu importe, tout d'un coup j'étais tout à fait tranquille et reposé. Je n'arrivais pas à y croire. Je me suis dit : « *Tiens, l'heure des audacieux, la voilà* ». J'étais délivré. Le ciel scintillait.

Alors, pour ne pas m'encombrer, j'ai laissé là le sac, la couverture, la clepsydre, la gourde, et je me suis dirigé vers la maison.

XXX

L'orage

Vous voulez peut-être savoir si l'homme sans sourcils m'attendait : la réponse est peut-être d'abord oui, mais l'instant d'après, elle est non.

Je vous ai dit que devant la maison des captives il y avait un puits. Eh bien, quand je suis arrivé là, il y avait un vieil homme assis près du puits, le haut du corps penché en avant, les avant-bras croisés sur le rebord, la tête contre les poignets. En s'approchant, on remarquait ses doigts interminables, et aussi, sur le crâne, entre ses mains en éventail, la courbure de sa cicatrice. Il n'avait pas changé d'habit. Son grand bâton traînait par terre.

Il dormait. Ou du moins il avait l'air de dormir. Je fis un essai. J'étais arrivé par l'arrière, donc je m'arrêtai sous un des arbres, je pris un caillou par terre et le lançai pas loin de lui. S'il avait seulement fait semblant, le bruit l'aurait fait réagir. Mais non, il ne bougea pas, rien du tout. D'ailleurs, ses ronflements s'entendaient à cent pas.

Sur l'homme sans sourcils, je m'étais posé une quantité de questions. Est-ce que c'était un dieu déguisé, et alors lequel ? Ou bien Calchas, mais qu'est-ce qu'il me voulait – et comment est-ce qu'il avait pu s'ouvrir le crâne sans que personne l'ait su ? « Le gardien de l'histoire », est-ce que ça pouvait être le poète, Homère en personne, qui, après tout, aurait pu décider de faire une apparition lui aussi ? Mais là, j'étais en train de me dire : « *J'ai cherché midi à quatorze heures, et sans doute Achille aussi. C'est un serviteur d'Agamemnon, son secrétaire, son homme à tout faire, le gardien de ses femmes. C'est pour ça qu'il était avec lui hier à l'assemblée, et tout à l'heure sous le rempart, et qu'hier il veillait sur sa maison. Sans doute il sait beaucoup de choses, mais quand on est un grand roi comme Agamemnon, c'est normal qu'on ait un grand serviteur.* »

Seulement, pour un grand serviteur, il était bien affalé. Et pourquoi est-ce qu'il s'était posté là au milieu ?

La maison aussi avait l'air de dormir. Pas une lumière. Je passai devant la haie et cherchai l'entrée. Dans la pénombre, à l'endroit où j'avais pensé, il y avait une porte sans serrure, un simple battant qui donnait sur un rideau. J'écartai doucement le rideau et me trouvai à l'intérieur.

Comme chez Agamemnon la veille, on n'aurait pas dit que c'était si grand. Mais comme endroit, c'était très différent : pas loin d'une cabane en rondins au Canada ou en Russie. En entrant, il y avait une première pièce toute en bois qui servait de salle de séjour, avec une table, des sièges, de la vaisselle, des instruments pour filer la laine, des paniers de laine et de tissu. Au fond, une espèce de couloir qui devait mener à des chambres. Et l'étonnant, c'était la clarté dans laquelle tout baignait : autant, de l'extérieur, la maison paraissait obscure, autant, à l'intérieur, la lune entrait par le moindre interstice.

Autre chose : dans la première pièce, à la table, juste devant moi, je trouvai une femme pas jeune et plutôt obèse, je crois qu'on peut dire une « matrone » ; et tout à fait comme l'homme sans sourcils, elle dormait. Elle s'était endormie tout habillée. La table avait été débarrassée, mais quand même ! Est-ce qu'on jouait *La Belle au bois dormant ?*

Je m'avançai, et pareil, elle ne bougea pas. Je regardai la pièce, n'y trouvai rien d'intéressant, et passai dans le couloir du fond. Là, on arrivait à six petites chambres carrées, chacune donnant sur le couloir, mais sans porte. Elles ressemblaient à des cellules de moines, sauf qu'elles avaient chacune un lit assez grand, et dans chaque lit, une femme dormait, ou deux femmes, dans deux des chambres elles étaient deux ensemble, c'était un peu curieux. Et toutes, elles étaient très jolies et jeunes.

Je me demandais laquelle était Briséis et n'osais pas trop m'approcher. J'avais à nouveau le cœur battant. Mais arrivé au milieu du couloir, à pas de loup bien sûr, j'entendis un tout petit bruit, le même répété de manière irrégulière, et c'était le bruit d'un instrument de musique, celui qu'on fait avec une corde qu'on touche, à la guitare ou au violon – au violon, on appelle ça des *pizzicati*, je l'avais appris au collège.

Je me dirigeai vers le bruit, et c'était elle. Dans la dernière chambre sur la droite, elle était là, le visage contre la petite fenêtre, en train de regarder dehors, les arbres, ou l'au-delà des arbres, ou la lune qu'elle devait avoir en face. Je découvris son « doux profil ». Je reconnus ce que Patrocle m'avait dit, son immense chevelure et son grain de beauté sur le front. Sur ses genoux, elle tenait une cithare dont elle ne touchait qu'une seule corde. Là sous la fenêtre, en chemise légère, il était peut-être quatre heures du matin, et elle était seule éveillée dans la maison. Elle avait l'air ni gai ni triste de quelqu'un qui attend quelque chose.

Il me sembla qu'elle avait la peau très brune, presque noire.

Pendant peut-être trente secondes, une minute, je restai là sur le seuil à la regarder. Et puis je bougeai d'un millimètre, et elle dit à voix haute : « *Qui est là ?* »

Et là, j'hésitai une seconde : ne pas répondre ? répondre : « *Personne* » ? Et puis je me découvris. Je veux dire, je me rendis visible, en lui disant très vite et à voix basse :

– Je m'appelle Léo. Je viens de la part d'Achille.

Et un ton plus bas, mais avec un accent très chantant, elle me répondit :

– À cette heure-ci ?

– Mais, vous savez, c'est l'heure…

– Oui bien sûr, l'heure… C'est ce qu'on dit toujours dans ces cas-là…

– Achille m'a donné une broche pour vous, avec ses pensées.

Je dégrafai la broche de ma tunique, m'approchai et la lui tendis.

Elle tendit la main, prit la broche, la regarda longuement. Dans ses yeux je crus voir une larme qu'elle retint. Elle posa la cithare et, à deux mains, elle agrafa la broche sur sa chemise, au-dessus de son sein.

– Merci, dit-elle.

Elle n'avait pas l'air de vouloir parler. Qui j'étais, et d'où je venais, et pourquoi je n'avais pas vraiment l'allure d'un Grec, ça paraissait lui être égal. Pourtant, elle me considérait en silence. Alors, comme un bon messager, j'eus l'idée de lui demander :

– Est-ce qu'il y a une réponse ?

– Une réponse ? Mais ceci n'est pas un message, c'est un présent. La réponse est : « *Merci* ». Je ne suis pas en état d'en faire une autre. Achille comprendra.

Elle avait parlé calmement, avec une espèce de résignation.

N'empêche, j'attendais une chose qui ne venait pas.

– Il faut aller dormir, ajouta-t-elle.

Et là, d'une main, elle reprit sa cithare, et l'autre main, une main magnifique et chaude, elle me la tendit.

– Merci, dit-elle encore.

Et elle ajouta :

– Malgré tout, méfie-toi du gardien.

Un instant, j'eus l'idée de faire semblant de la quitter et de rester quand même, aussi longtemps que ce serait possible. Mais non, il fallait obéir à sa voix et à sa main. Du reste je savais où la trouver, et d'ailleurs je la reverrais. Et puis il était impossiblement tard, et son mot sur le gardien m'avait inquiété.

Alors je repris ma forme invisible, repassai dans la grande pièce et sortis aussitôt de la maison.

La matrone dormait toujours. Mais dehors, près du puits, il n'y avait plus personne.

J'avais oublié l'heure, et sûrement elle était passée.

Alors je m'affolai, et m'enfuis à toutes jambes vers la maison d'Achille, en oubliant sur le rivage le sac, la clepsydre, la gourde et la couverture. Et ils y sont restés, ou bien ils ont été emportés par un torrent d'eau, car au moment où je sortis de la maison, la lune disparut derrière des nuages qui s'étaient formés tout d'un coup ; un grand vent se leva, suivi par la pluie battante et par un terrible tonnerre. Bien sûr j'eus l'idée que c'était pour moi et que l'homme sans sourcils était derrière, mais en réalité c'était le grand orage de nuit que Zeus faisait éclater sur les Grecs pour le mur qu'ils avaient bâti sans permission.

Troisième cahier

XXXI

Jour de fièvre

Comment j'ai fait pour rentrer chez Achille après avoir quitté Briséis, pour moi c'est resté un mystère, et ça, pas seulement à cause de l'heure qu'il était.

Quand les bourrasques ont commencé et que l'orage a éclaté, j'étais encore du côté du puits. Et aussitôt, il s'est mis à tomber de vraies hallebardes, comme on dit quand la pluie est si drue, si épaisse qu'elle fait comme un rideau qu'on n'arrive plus à traverser. On n'y voyait absolument plus rien. La seule chose, c'est que le rideau de pluie qui dans la nuit était tout noir et gris devenait blanc, mais alors d'un blanc aveuglant, quand un éclair venait casser le ciel en deux. Et quand le tonnerre arrivait, c'était la terre entière qui craquait.

Pourtant, ce rideau de pluie, je l'ai traversé. Il fallait bien, car par là, du côté du puits, je n'avais nulle part où m'abriter. Sous un arbre ? La foudre allait tomber. Retourner chez Briséis ? Impossible, et d'ailleurs l'homme sans sourcils n'était sûrement pas loin. Et puis, avec derrière moi les deux tiers de la nuit, et surtout de cette nuit-là, qu'est-ce que ça pouvait faire d'être trempé ?

Donc j'ai avancé, sans du tout voir où j'allais. À chaque fois qu'un éclair trouait la nuit, je me disais : « *celui-ci est pour Agamemnon, pas pour moi* ». Et quand le tonnerre éclatait, presque plus fort que le cri d'Arès dans la bataille, je pensais que le vrai danger, c'était dans l'éclair qui était passé. À part ça, le camp avait pour ainsi dire disparu. Tout n'était plus que pluie. La nuit tout entière était pluie. Je pensais juste à Briséis, là-bas dans la maison, qui devait regarder la pluie à sa fenêtre en tirant de sa cithare toujours la même note. Ou peut-être, elle avait dégrafé la broche et ne pouvait plus la quitter des yeux.

L'orage est reparti comme il était venu : en un instant ç'a été terminé. Les rues du camp s'étaient transformées en rivières. Alors j'ai vu qu'en fait j'avais beaucoup marché. J'avais traversé tout le camp. J'étais arrivé devant la « maison » d'Achille, et là, il avait beau être impossiblement tard, comme l'autre jour quand j'étais revenu de la bataille, je trouvai Patrocle qui m'attendait.

J'étais tout trempé, mais n'importe, il m'a serré dans ses bras. Puis il m'a demandé :

– Tu as réussi ?

– Oui, j'ai réussi. À un moment je n'ai pas résisté, j'ai dormi, mais j'ai réussi.

– Et ton homme sans sourcils ?

– Bizarre. Il dormait près d'un puits. En sortant je ne l'ai plus vu.

– Et elle, comment t'a-t-elle accueilli ?

– Je ne sais pas. Assez réservée.

– « Réservée », en effet, c'est le mot qui convient.

– Pourquoi ? Vous lui avez parlé ? Vous êtes allé par là ?

– Non bien sûr, mais je l'imagine, et je la connais, vois-tu.

– Pourtant, je ne l'ai pas dérangée. Elle veillait. Je me demande si elle dort de la nuit. Elle avait l'air d'attendre je ne sais quoi.

– Tu dois être épuisé ?

– Non, pas trop.

En réalité je grelottais, et j'avais terriblement faim. J'ai ôté ma tunique et me suis emmitouflé dans une couverture de laine. J'ai pris un peu de pain dans une corbeille, que j'ai avalé à grandes bouchées. Puis je suis allé en titubant m'allonger sur le divan de l'antichambre, et me suis endormi dans la seconde.

Mais ç'a été un mauvais sommeil, en tout cas un sommeil brisé, car tout d'un coup – une heure ou deux au plus avaient passé – une lumière s'est faite à l'intérieur de ma tête, comme dans la salle d'attente d'un hôpital, et en cherchant à l'éviter je me suis réveillé à moitié.

Cette fois, j'avais la fièvre, à tel point que j'étais en nage et que mes pensées s'affolaient. Je crois que déjà il faisait jour, en tous les cas j'entendais du bruit tout autour et me dis que sûrement j'étais le dernier à rester couché. Mais j'avais beau faire, impossible de bouger. J'étais un vrai puits de fatigue. Je voyais ce puits. Je brûlais du dedans, et en même temps je m'apercevais moi-même de loin sous une forme inconnue. Je suffoquais et ne pouvais parler.

À un moment, je sentis qu'Achille était tout près, et je le vis se pencher vers moi. Il me mit la main sur le front. Il avait l'air soucieux. Ensuite il me dit quelque chose en grec, mais tout d'un coup je n'y comprenais rien et ça m'effraya beaucoup. Un peu plus tard, une des servantes vint s'asseoir au bord du divan. Elle m'apportait à boire, et me passa un linge humide sur le front et sur les joues. Plus tard encore, j'entendis Patrocle parler pas loin, mais c'était pareil, son langage m'était fermé. Tout ce que je saisis, c'était un nom, « *Machaôn* », et je m'accrochai à ce nom car c'était celui du médecin que j'avais vu secourir Ménélas, et j'espérais qu'on irait le chercher et qu'il pourrait faire quelque chose pour moi. Mais peut-être qu'il était déjà en pleine bataille, à en juger par le tumulte qu'on entendait dehors. Et puis l'orage devait avoir repris, car trois fois de suite le tonnerre m'assourdit.

Je rêvais à moitié. J'étais dans une grande salle éclairée au néon, où j'attendais de comparaître (comme on dit dans ces cas-là) devant Zeus à cause de la broche en or qu'on m'accusait d'avoir volée. Mes parents étaient avec moi, et aussi Émile, mon professeur : on l'avait fait venir comme avocat parce qu'il était le meilleur pour parler aux dieux. Remarquez qu'on ne m'accusait pas d'avoir gardé la broche pour moi au lieu de la remettre à Briséis, pas du tout : on m'accusait d'avoir donné à Briséis une broche trouvée chez de pauvres bergers qui l'avaient comme seul trésor. Je n'y comprenais rien. Celui qui m'avait donné la broche, c'était Achille. Je n'avais jamais mis les pieds chez des bergers. D'ailleurs il y avait bien des bergers sur la broche qui s'appelaient Daphnis et Chloé, mais justement, c'étaient les sujets, les personnages, pas les propriétaires. Émile non plus ne comprenait pas ; il me posait question sur question comme quelqu'un qui cherche à se rassurer, mais je n'avais pas les réponses et je voyais qu'il s'agaçait de plus en plus.

L'attente était très longue. J'ai eu le temps de me réveiller plusieurs fois, de me rappeler où j'étais et dans quel état j'étais, de prendre une gorgée d'eau et de me dire que ce n'était qu'un mauvais rêve. Pourtant, l'instant d'après, je replongeais. Dans cette salle nous étions sur des bancs très étroits, très inconfortables. Tout d'ailleurs était inconfortable et laid. Il y avait aussi d'autres gens qui attendaient pour d'autres choses. Je pensais à mon aigle : comme nous étions enfermés, il ne pouvait pas me venir en aide, mais peut-être il le ferait dès qu'on serait en plein air. Seulement, à l'autre bout du très long banc où j'étais assis avec mes parents, il y avait un petit monsieur qui parlait à sa femme, et c'était pour lui raconter une histoire d'aigle, et il disait : « *L'aigle de Zeus est mort l'année dernière ; mais si, je te le dis, Zeus a perdu son aigle l'année dernière, un serpent l'a mordu et il est mort.* » En entendant ça mon sang se retirait vers mon cœur : tout espoir me quittait.

Encore une chose. Au fond de la salle, en face de nous, il y avait une grande porte qui restait fermée. C'était la porte de la salle où siégeait Zeus. À un moment, elle s'ouvrit et laissa passer une très jeune femme qui avait l'air de bien connaître la maison : elle jeta un regard sur les gens qui attendaient et disparut dans un couloir. Mais comme la porte était restée ouverte, je pus jeter un coup d'œil à l'intérieur. Et là, je vis une femme de dos qui paraissait assise à un bureau, et rien qu'à sa chevelure je fus certain que c'était Briséis. Celui qui était assis face à elle, c'était mon spectre avec sa face de lune, et il avait l'expression d'un juge, et je me dis : « *ce n'est pas possible, est-ce que c'est lui, Zeus ? alors vraiment je suis perdu* ».

Mais je ne pus m'interroger longtemps : au mouvement qu'il y a eu à l'intérieur de la tente, je sentis qu'un visiteur était arrivé, et que c'était Machaon qui venait pour moi. Je me retournai sur ma couche, et en effet je vis un homme se diriger vers moi, accompagné d'Achille et de Patrocle. Il était tellement grand qu'à côté de lui les deux autres paraissaient presque petits.

Est-ce de le voir arriver qui me rendit un peu de mes esprits ? Je les entendais discuter entre eux, et cette fois je compris leurs paroles.

– Je suis venu, disait Machaon à voix presque basse, mais je ne peux pas m'attarder, on m'appelle à la bataille.

– Est-ce grave à ce point ? demanda Patrocle.

– De tous les dieux, pas un ne nous vient en aide. Dites-moi, qui est-ce qui souffre ?

– Un jeune voyageur qui nous est arrivé il y a trois jours.

– D'où venait-il ?

– D'un pays du couchant, au-delà de l'Italie.

– Que s'est-il passé ?

– Il a dû prendre froid, répondit Achille. Le bord de la mer, la nuit, l'orage, des choses semblables.

– Froid, vraiment, par ici ? Et à quoi donc s'occupait-il, la nuit, sur le rivage ?

– Il est allé où il voulait. Sans doute est-ce un dieu qui le mène.

– Nous allons voir.

Machaon se pencha vers moi : c'était un homme, comme on dit, « dans la force de l'âge », quarante-cinq ou cinquante ans, l'œil vif, le visage aigu, la peau sombre, la barbe soignée. Sans rien dire il me toucha le front, prit mon pouls, regarda le blanc de mes yeux et l'intérieur de ma bouche, me tâta la nuque et le ventre comme on fait en général chez nous. Puis il se releva et dit à Achille et Patrocle :

– Ce n'est rien.

Et ensuite, en se repenchant vers moi :

– Je vais te remettre sur pied ; j'ai là un onguent qui fera merveille. Mais tu n'as pas été très prudent. Il ne faut pas multiplier les aventures. Tu n'es pas ici en terrain connu. Dorénavant, sauf extrême nécessité, ne t'en va pas tout seul où que ce soit. Maintenant, je te prie, ferme les yeux.

Je fermai les yeux, et il m'appliqua sur les paupières un genre de pommade avec un parfum très fort. Depuis, j'ai cherché ce parfum, et mon idée, c'est qu'à la base il y avait cette plante rare que les gens de l'Antiquité appelaient le silphium et qu'on n'a jamais retrouvée. En tout cas, je sentis sur mes paupières et autour des yeux une chaleur vive qui gagna ensuite ma tête et mon corps, et cette chaleur ne brûlait pas du tout, c'était une bonne chaleur qui chassait la fièvre et qui diminua quand la fièvre eut été chassée : ce fut peut-être l'affaire d'une ou deux minutes, mais après ça, je me levai, un peu flageolant d'abord, mais guéri.

Machaon me regarda de la tête aux pieds, on aurait dit un couturier donnant un dernier coup d'œil à son modèle, ou un sculpteur devant sa statue tout juste finie.

– C'est bien, dit-il. Je dois m'en retourner. Je vous en prie, soyez prudents.

Il avait l'air de parler pour nous trois.

Sur ces mots, il quitta la tente. Achille et Patrocle le raccompagnèrent à l'entrée, où il était attendu par toute une escorte.

XXXII

La balance d'or

Après m'être un peu alimenté je me sentis tout à fait dispos. Mais ce fut pour m'apercevoir que presque toute une journée avait passé. Le soir tombait. Dehors, bizarrement, aucune trace de pluie. En tout cas, pour les Grecs, ç'avait été un jour de désastre.

Dans l'histoire, on dit qu'au lever du jour, pendant que les deux camps se préparaient pour la bataille, Zeus avait réuni les dieux. Il ne voulait pas que tout recommence entre eux comme l'autre fois, quand ils s'étaient battus les uns contre les autres en se servant des héros des deux camps. Et donc, il les avertissait :

« Celui d'entre vous que je verrai, de son propre chef, venir en aide aux Troyens ou aux Danaens (*encore un nom pour les Grecs*), celui-là recevra des coups et reviendra dans l'Olympe en piteux état. »

Là-dessus, il était allé s'asseoir en haut du mont Ida, près de Troie, d'où on voyait la plaine entière jusqu'au camp grec. De là, il s'est mis à surveiller la bataille. Mais à midi, personne n'avait l'air d'avoir le dessus. Alors Zeus a choisi les grands moyens : il a sorti sa balance d'or, qui lui servait à comparer les sorts pour savoir combien d'hommes allaient mourir. Et le fait est, la balance a penché du côté des Grecs : ça voulait dire que ce jour-là, tout irait mal pour eux, qu'ils perdraient beaucoup d'hommes, et qu'ils seraient en grand danger. Et si Zeus leur avait envoyé sa foudre, et le tonnerre que j'avais entendu depuis mon lit, c'était pour les avertir.

À quoi donc est-ce que tout cela rimait, puisqu'à la fin les Grecs devaient gagner ?

Peut-être que ce n'était pas Zeus qui avait fait pencher la balance, et que c'étaient les divinités du destin. Mais Zeus ne voulait pas que les Grecs gagnent avant d'avoir beaucoup souffert. Et donc, pour aujourd'hui, c'était Hector qui aurait le dessus. Zeus le disait à Héra :

« Le puissant Hector ne cessera pas de combattre avant que ne se soit levé d'auprès de ses vaisseaux le Péléide aux pieds rapides (*Achille, fils de Pélée*), le jour où, acculés devant leurs nefs, les Achéens se battront pour le corps de Patrocle. Ainsi en a décidé le destin. »

Voilà : tant qu'Achille ne voudrait pas retourner au combat, les Grecs n'auraient pas la victoire !

Tous les dieux n'étaient pas d'accord. Athéna était furieuse, Héra aussi. Mais Zeus les a encore menacées et elles n'ont plus rien dit.

Maintenant donc, c'était le soir. Et ce soir-là, guerriers et soldats grecs n'ont pas eu trop à marcher pour rentrer au camp : ils avaient déjà reculé jusqu'au fossé qui longeait le mur, et c'est la nuit qui les avait sauvés. Tous ceux qui n'avaient pas été trop blessés rejoignaient les tentes et les nefs.

Parmi eux était Antiloque, le plus jeune des fils de Nestor. Patrocle et lui étaient amis, et justement Patrocle pensait, là, dans le quart d'heure, aller le voir dans sa tente.

– Puisque te voilà rétabli, me dit Achille, tu peux accompagner Patrocle si tu veux.

– Mais avec tout ça, lui demandai-je, suis-je encore invisible comme avant ?

– Je le crois bien. Le contraire m'étonnerait.

Sur la broche, il ne m'avait pas dit un mot. Ce serait peut-être pour le dîner.

Et donc, je suis sorti avec Patrocle, qui lui aussi avait une petite escorte.

J'étais fier d'être dehors avec lui, et content de rencontrer Antiloque, même si je ne me montrais pas. Et puis, j'avais une chance de voir Nestor de près.

XXXIII

Zeus avec Hector

Antiloque n'habitait pas avec son père : il avait sa tente à lui, pas bien grande. Quand Patrocle et moi sommes arrivés, il prenait un bain dans une espèce de baignoire ronde, avec comme seule aide une servante assez âgée qui n'arrêtait pas d'aller et venir. En nous voyant, ou plutôt en voyant Patrocle, il n'a pas paru gêné du tout. C'était un grand garçon de dix-huit, vingt ans, et c'était simple : il rayonnait. Bien sûr il était très fatigué, et on voyait sur son corps et sur son visage qu'il s'était beaucoup battu. N'empêche, il a accueilli Patrocle avec un beau sourire et avait l'air tout prêt à discuter.

Patrocle l'a interrogé sur la journée.

– La bataille, dit-il, a commencé tôt. Jusqu'au moment, à midi, où Zeus nous a lancé sa foudre, on peut dire que tout allait à peu près. Mais à ce moment-là, presque tous les chefs ont commencé à battre en retraite.

– Qui donc ?

– Agamemnon, les deux Ajax, Ulysse, Idoménée. J'ai vu de loin mon père rester tout seul en place, avec un de ses chevaux frappé par Pâris d'une flèche en pleine tête, et Hector sur son char fonçant vers lui.

– Et ensuite ?

– Diomède est venu le chercher. Il l'a fait monter sur son char. Mon père a pris les rênes, et comme Diomède voulait frapper Hector, ils sont allés vers lui.

– Diomède a réussi ?

– Du tout. Un dieu a dû dévier sa lance, qui est allée sur le cocher d'Hector. Et là, aux pieds des chevaux de Diomède, la foudre est tombée une seconde fois. Puis ç'a été une pluie de flèches. Alors mon père et Diomède aussi se sont repliés. Et Hector criait à Diomède : « *Fils de Tydée, tu t'es changé en femme ! Va-t'en, misérable poupée ! Je ne céderai pas la place, et tu ne mettras pas le pied sur nos remparts, et tu n'emmèneras pas nos femmes sur tes nefs ! avant cela, tu auras reçu de moi ton destin !* »

– Quelle horreur. Et Diomède, qu'a-t-il fait ?

– Il s'est retourné vers Hector pour le frapper. Mais là encore, la foudre est tombée à ses pieds.

– Terrible vraiment. Et ensuite ?

– Hector criait à ses guerriers : « *Troyens, Lyciens, Dardaniens, hâtez-vous ! Je vois que Zeus en sa bonté nous promet la victoire et une gloire immense, et aux Danaens la ruine ! Pauvres sots, ils ont construit ce faible rempart, comme s'il pouvait arrêter notre ardeur ! Ce fossé, nos chevaux le franchiront d'un bond ! Et quand je serai parvenu devant leurs nefs creuses, je leur mettrai le feu, et les Argiens eux-mêmes, je les massacrerai près des nefs, affolés qu'ils seront par la fumée !* »

– Grands dieux… Mais alors, les Achéens ?

– Tous, absolument tous, nous étions repliés sous le rempart, en arrière du fossé ou même vers les nefs. Et Hector serait allé plus loin, il aurait franchi le rempart et aurait mis le feu aux nefs, si Agamemnon n'avait pas fait quelque chose.

– Je sais : il s'est placé devant les nefs et s'est mis à faire un discours aux Achéens, puis à supplier Zeus.

– Oui, et c'est à ce moment-là que l'aigle est arrivé (*là, mon cœur se mit à battre très fort*), un aigle immense. Dans ses serres, il tenait un faon, qu'il a laissé tomber droit sur l'autel de Zeus. Et à ce moment-là, tout le monde a compris que l'armée serait sauve.

– Mais c'était tout !

– Oui, c'était tout, poursuivit Antiloque, c'est-à-dire que c'était toujours l'alarme. Mais enfin, le courage revenait. Alors, avec Diomède, nous avons franchi à nouveau le fossé pour faire reculer les Troyens.

– Quelqu'un s'est distingué ?

– Teucros, le champion des archers, le demi-frère d'Ajax. Bien à l'abri du bouclier d'Ajax, il a fait des ravages.

– Sans essayer d'atteindre Hector ?

– Bien sûr que si, mais rien à faire ! Il n'a réussi qu'à lui tuer un autre cocher, et Hector avec une grosse pierre lui a cassé la clavicule.

– Les dieux étaient avec Hector…

– Oui. On ne pouvait pas l'atteindre, et devant lui les Achéens tombaient ou s'enfuyaient en masse. Pour l'arrêter, il n'y a eu que la nuit.

– Et maintenant ?

– Maintenant, vous voyez, nous voilà renfermés dans nos murs. Tout autour, ce sont les Troyens qui campent. Ils ont fait venir de la ville de quoi manger et boire, des bœufs et des moutons entiers, du vin. Allez sur le rempart, vous verrez des centaines de feux brûler dans la plaine, et autour de chaque feu, cinquante soldats, et pas loin d'eux, debout près des chars, leurs chevaux, qui attendent le jour en mangeant leur orge blanche.

Antiloque avait beaucoup parlé. Alors, il prit une serviette et sortit du bain.

Au même instant, on entendit des voix dehors : c'étaient les hérauts qui sillonnaient le camp pour appeler tous les hommes à l'assemblée. Antiloque devait y aller ; nous, je n'étais pas sûr. En tout cas, Patrocle salua Antiloque, en le remerciant et en l'invitant à prendre un repas chez Achille, plus tard dans la soirée ou quand il le voudrait.

XXXIV

L'attente

En sortant de chez Antiloque, Patrocle et moi nous avons fait un tour sur le rempart, et c'est vrai, c'était impressionnant. Des feux partout, les hommes occupés à faire rôtir des viandes, les armes rassemblées qui brillaient dans la nuit, et surtout les chants, ceux des peuples alliés à Troie, une quantité de chants différents, avec des tambours et des flûtes, qui se mélangeaient de loin dans un grand murmure. Pour les Troyens et leurs alliés, c'était comme un soir de fête. Mais pour les Grecs, c'était un soir d'angoisse, malgré le faon que l'aigle (mon aigle ?) avait déposé sur l'autel de Zeus : c'était bien un signe, mais pas assez clair.

Ensuite, nous nous sommes dirigés vers l'assemblée. Patrocle voulait la voir, mais en se montrant le moins possible. Aussi, quand nous sommes arrivés, tout le monde était déjà là, et nous sommes restés au bord de la foule, loin des chefs.

Ç'a été plutôt bref. Le premier à parler, comme d'habitude, c'était Agamemnon. Il n'était pas bien fier.

« Amis, guides et chefs des Argiens ! », dit-il, « Zeus, fils de Cronos, m'a pris, le cruel, dans les filets d'une illusion funeste, lui qui m'avait promis que je ne repartirais qu'une fois détruite Ilion aux beaux remparts ! Et le voilà maintenant qui m'invite à rentrer à Argos dans le déshonneur, après avoir fait périr tant d'hommes ! C'est là sans doute son bon plaisir… Eh bien donc, fuyons sur nos nefs vers les rives de notre patrie. L'heure est passée : nous ne prendrons pas Troie aux larges rues ! »

Était-il sérieux ? Quand il a eu fini, tous les Grecs sont restés sans voix tellement ils étaient accablés. Il y a eu un long, long silence, puis c'est Diomède qui a parlé. Il a dit qu'Agamemnon était plus ou moins un fou et un lâche, et qu'il pouvait partir s'il en avait envie. Mais, disait-il, « *d'autres Achéens resteront, jusqu'au jour où ils auront ravagé Troie. Car c'est un dieu qui nous a fait venir ici.* »

Là, pour Diomède, ç'a été des acclamations.

Ensuite c'est Nestor qui s'est levé. Il a juste dit qu'il fallait placer une garde en avant du rempart, et qu'Agamemnon devait réunir les chefs les plus âgés (ça voulait dire les plus sages) pour tenir conseil, car c'était le moment ou jamais.

On a fait comme il disait.

Avec Patrocle, je suis rentré vers chez Achille, et en arrivant devant la tente, nous avons entendu quelqu'un chanter. D'une belle voix qui vous saisissait et vous enveloppait, et qui m'a fait penser aux chanteurs italiens dont on avait des disques à la maison, sauf que les accents n'étaient pas les mêmes et qu'il y avait dans cette musique-là quelque chose entre l'arabe et l'indien.

Nous sommes entrés, et celui qui chantait, c'était Achille, et il s'accompagnait à la cithare que j'avais vue dans ses mains le matin du premier jour.

Décidément, me suis-je dit, que de musiciens.

En nous voyant, il s'est arrêté et nous a fait asseoir. Patrocle lui a raconté la visite à Antiloque et la bataille de l'après-midi, puis ce qu'on voyait du rempart et les discours à l'assemblée.

Achille n'a rien dit. J'ai trouvé qu'il avait l'air indéchiffrable. Après un instant il s'est remis à chanter. Je ne comprenais pas tout, à cause des accents qui étaient bien plus marqués que dans la parole ordinaire. Il racontait des histoires de héros dont les noms ne me disaient rien. C'était un chant magnifique vraiment, mais il n'en finissait pas, et Patrocle aussi avait l'air de trouver le temps long.

À un moment, Achille a repris son souffle, et là, Patrocle a posé la question que j'avais en tête :

– On ne dîne pas ?

– Non, répondit Achille, si vous voulez bien, pas encore.

– Mais qu'attend-on ? demanda Patrocle.

– Nous *les* attendons. Ils vont venir. Et nous devons leur offrir à dîner.

– Pardon, mais de qui parlez-vous ? demandai-je.

– Mais, des ambassadeurs ! Agamemnon va nous envoyer une ambassade ! Il ne peut pas faire autre chose !

– Dès ce soir ?

– Bien sûr, vu le péril.

– Et vous savez ce qu'ils vont dire ?

– Bien sûr : ils vont me proposer au nom d'Agamemnon toutes sortes de présents, des richesses dignes d'un Midas (*le roi à qui un dieu avait donné de changer en or tout ce qu'il touchait*), des captives par dizaines, et même la femme de mes pensées, tout cela pour que je reprenne le combat et que je répande chez les Troyens la désolation et la mort, comme Hector l'a fait aujourd'hui parmi les Achéens.

– Et qu'allez-vous dire ?

– Que leur offre ne suffit pas à laver l'outrage.

– Je pensais…

– S'il te plaît, garde tes pensées. Je ne dis rien que ce qui est.

Et il se remit à chanter, une histoire à propos d'une ville conquise par un héros qui lui ressemblait.

Patrocle se taisait.

Un instant après, Achille arrêta son chant, se tourna vers moi et me dit à mi-voix :

– À propos, sois remercié pour ce que tu as fait.

Je rougis et fus envahi par la pensée de ce qu'il me disait, pendant qu'il enchaînait sur un autre poème.

Juste après, on entendit du bruit à l'entrée. Les ambassadeurs arrivaient.

XXXV

Les ambassadeurs

Ils étaient trois, accompagnés de deux hérauts. Je reconnus deux d'entre eux : Ulysse avec ses yeux perçants, et Ajax, le bon géant. Nestor n'était pas avec eux. Le troisième était un vieil homme que je ne connaissais pas, mais sa vue me troubla beaucoup, parce qu'il ressemblait comme un frère à l'homme sans sourcils. Pourtant, c'était clair, ce n'était pas lui. Il n'avait pas de cicatrice, il était plus mince et souriait. Était-ce le devin Calchas ? Mais Calchas, avait dit Achille, « ne vient que quand on l'appelle ». Est-ce qu'on l'avait appelé exprès pour qu'il se joigne à l'ambassade ? Est-ce que c'était un rôle pour lui ? Quelque chose ici n'allait pas. J'allais bien voir.

Achille fit l'homme qu'on prenait par surprise, et il jouait ça à la perfection.

« Fils de Laërte (*Ulysse*) », dit-il en se levant, « et toi, fils de Télamon (*Ajax*), et toi aussi, mon vieux père (*c'est ainsi qu'il appelait le vieillard*), salut ! Vous venez en amis, sans doute, ou est-ce une grande détresse qui vous amène, vous qui restez pour moi, jusque dans ma colère, les plus chers de tous les Achéens ? »

Là-dessus, il appela les servantes qui déployèrent de beaux tapis et avancèrent des sièges. Puis il dit à Patrocle :

« Fils de Ménœtios, apporte un plus grand cratère (*ces grandes coupes dans lesquelles on mélangeait le vin et l'eau*), prépare un mélange plus fort et donne à tous des coupes. Ce sont mes amis les plus chers qui sont ici sous mon toit. »

Patrocle a fait ce qu'Achille demandait. Ensuite, il s'est occupé du feu pour faire rôtir des viandes – de grands morceaux de mouton ou d'agneau et de porc qu'il a mis sur un billot. C'est Achille qui a coupé la viande en morceaux et qui les a enfilés sur des broches. Il a mis les broches sur les braises, les a retirées, a mis du sel dessus et les a posées sur des plateaux. Ensuite il a servi les parts de viande pendant que Patrocle distribuait le pain. On a fait une offrande aux dieux en jetant quelques morceaux dans le feu, et le dîner a commencé.

Je restais à l'écart, un peu ennuyé : participer au repas, c'était impossible ! Pour me servir il faudrait que j'attende que les visiteurs soient partis.

Tous ils ont bien mangé et bu. Et après seulement, Ulysse a pris la parole. Il a parlé d'Hector qui massacrait les Grecs, des mauvais présages envoyés par Zeus, des Troyens qui campaient sous le rempart. Si les dieux laissaient faire Hector, il finirait par mettre le feu aux nefs, et tous les Grecs mourraient là, devant Troie.

« Et donc », disait-il à Achille, « s'il te tient à cœur le moins du monde, même bien tard, de protéger de l'assaut des Troyens les Achéens accablés de fatigue, allons, lève-toi ! Songe aux recommandations de ton père Pélée le jour où il t'envoya de Phthie (*la patrie d'Achille, au nord de la Grèce*) rejoindre Agamemnon : "*Mon enfant, la force et la victoire, ce sont Athéna et Héra qui te les donneront, si elles veulent. Mais c'est à toi qu'il appartient de maîtriser en ta poitrine ton cœur orgueilleux. La douceur et l'amitié sont toujours préférables. Fuis la querelle qui engendre les maux, ta gloire parmi les Argiens jeunes et vieux s'en augmentera.*" »

Et Ulysse continuait :

« Si tu renonces à ta colère, Agamemnon t'offre d'appréciables présents. Pour commencer, sept trépieds (*des vases précieux à trois pieds*) et dix talents d'or (*une fortune*) ; vingt chaudrons flamboyants ; douze chevaux vigoureux qui ont remporté des prix ; et puis sept femmes habiles en travaux irréprochables et surpassant en beauté tout leur sexe ; et avec elles, celle même qu'il t'avait dérobée, la fille de Brisès, et il jurera par un grand serment que jamais il n'est monté dans son lit. Tout cela, tu l'auras à l'instant même. Et si en outre les dieux nous accordent de saccager la grande cité de Priam, au moment où nous nous répartirons le butin, tu pourras entasser sur ta nef toute une cargaison d'or et de bronze, et tu te choisiras toi-même vingt Troyennes, les plus belles après Hélène d'Argos.

« Enfin, si jamais nous regagnons la Grèce, Agamemnon t'offre d'être son gendre. Celle d'entre ses trois filles qui te plaira, tu pourras l'emmener dans ton palais sans rien offrir en retour. De plus, il te donnera sept cités bien peuplées, proches de la mer, riches en vignes et en élevages : leurs habitants t'honoreront comme un dieu et te paieront de belles redevances.

« Voilà ce qu'il est prêt à faire pour toi, si tu renonces à ta colère. Et si même tu ne l'en trouvais que plus odieux, aie pitié du moins de nous autres que la fatigue accable. Quelle grande gloire tu gagnerais et nous ferais gagner ! Car Hector, l'enragé, qui prétend ne pas trouver de rival, toi seul, tu triompheras de lui ! »

Voilà ce qu'a dit Ulysse. Achille a gardé le silence. Ses yeux brillaient. Puis il a commencé sa réponse, et ce n'étaient pas deux-trois paroles, c'était un vrai torrent de mots – je vais vous dire ceux dont je me souviens.

XXXVI

Ce qu'Achille a dit aux ambassadeurs

Achille a commencé par dire qu'il allait parler selon son cœur. Et son idée, c'était d'abord que, chez les Grecs, il n'y avait pas de justice : « *Qu'on reste chez soi ou qu'on guerroie ardemment, on reçoit la même part ; la même estime va au lâche et au brave !* » Lui, Achille, tous les jours, toute la journée, il avait exposé sa vie au combat, il avait pris en tout douze villes, et dans chacune il avait saisi de précieux trésors. Mais celui qui avait reçu ces trésors, c'était Agamemnon, et pourtant il était resté à l'arrière sans bouger. C'est Agamemnon aussi qui distribuait les « parts d'honneur » aux chefs et aux rois, mais à Achille, il avait ôté la sienne : « *maintenant il possède la fille que j'aimais dans mon cœur !* » Alors pourquoi lui, Achille, accepterait-il de l'aider ?

Il savait bien qu'il était seul à pouvoir vaincre Hector : « *Tant que j'ai combattu parmi les Argiens, Hector n'a jamais voulu pousser le combat loin de ses remparts. Il ne dépassait guère les portes Scées et le chêne qu'il y a là. C'est là qu'il m'attendit un jour que j'étais seul, et même alors il eut du mal à échapper à mes assauts.* » Mais là, vaincre Hector, ce n'était plus son affaire.

Qu'allait-il faire alors ? Partir ! « *Demain, j'offrirai un sacrifice à Zeus et à tous les dieux ; je tirerai à la mer mes nefs bien chargées. Et si l'illustre Ébranleur de la terre (Poséidon) nous accorde une heureuse traversée, en trois jours nous aurons rejoint la Phthie fertile.* »

C'est ça qu'il fallait que les autres annoncent à Agamemnon – et aussi qu'Achille refusait tous ses cadeaux et ses promesses : « *Il m'a trompé et offensé. Il n'ira pas me duper à présent avec des mots. Qu'il aille donc tranquillement à sa perte, puisque Zeus aux habiles desseins lui a ôté l'esprit ! Ses présents me sont odieux, et je me soucie de lui comme d'un cheveu coupé ! M'offrirait-il dix fois, vingt fois tout ce qu'il possède, m'offrirait-il autant de biens qu'il existe de grains de sable ou de poussière, non, même alors, Agamemnon ne me persuadera pas, pas avant qu'il n'ait lavé en totalité l'affront dont je souffre en mon âme !* »

Et donc, pas question d'épouser sa fille, « *même si pour la beauté elle rivalisait avec Aphrodite* ». En Grèce et même en Phthie, Achille trouverait bien une épouse parmi les filles de chefs et de guerriers. Prendre une femme qui lui soit assortie, et ensuite jouir tranquillement des biens acquis par son père, c'est ce qu'il avait dans l'idée. « *Car pour moi* », disait-il, « *rien ne vaut la vie : pas même les richesses que Troie s'est acquises au temps de la paix, avant que n'arrivent ici les fils des Achéens. Des bœufs, de robustes moutons, on peut s'en procurer dans un pillage ; des trépieds, des chevaux, on peut en acheter. Mais la vie humaine, une fois qu'elle a passé l'enclos des dents, il n'y a pas de pillage ni d'achat qui puisse l'y faire revenir.* »

Et c'est là qu'il a parlé des deux destins que sa mère Thétis lui avait prédits : « *Si je reste ici à me battre autour de la ville de Troie, il n'y aura pas pour moi de retour, mais ma gloire sera impérissable. Si au contraire je reviens dans ma patrie, j'aurai perdu ma noble gloire, mais une longue vie me sera promise, et la mort qui met un terme à tout ne m'atteindra pas de longtemps.* »

« Eh bien », disait Achille, « c'est là ce que je conseillerais à tous : reprendre la mer pour retourner chez eux. Car pour la fin de Troie l'escarpée, il est trop tard, vous ne la verrez plus. Zeus à la voix puissante la protège de sa main, et ses guerriers ont repris confiance. »

Il dit à Ulysse, et aussi à Ajax, d'aller porter son message. Mais pour celui qu'il appelait son « vieux père », il ajouta :

« Quant à Phénix (*je compris que c'était son nom*), qu'il reste et qu'il dorme chez nous : demain, s'il le veut, il pourra me suivre sur mes nefs jusqu'au doux pays de nos pères. »

XXXVII

Un lit pour Phénix

À un moment dans son discours Achille s'était levé, mais là, il s'est rassis, et ç'a été un grand silence. J'étais loin d'avoir tout compris. Et puis son discours faisait un drôle d'effet. On ne comprenait pas si le plus important pour lui, c'était Briséis qu'il adorait, ou si c'était qu'on l'avait maltraité et insulté, lui qui valait plus que tous les autres. Sûrement c'était mélangé. En tout cas, il avait ouvert son cœur, et les autres, assis là, avaient l'air bien embarrassés.

Enfin il y en a un qui s'est mis à parler : c'était le vieux Phénix, et il avait des sanglots dans la voix. En l'écoutant, j'ai compris : quand Achille était tout enfant, avant qu'il aille à l'école du centaure, c'est lui, Phénix, qui s'en était occupé. Et quand Achille était parti rejoindre Agamemnon (ça faisait neuf ou dix ans), Pélée, son père, avait voulu que Phénix l'accompagne. Donc c'est Phénix qui avait appris à Achille beaucoup de choses, sur la guerre mais aussi sur la manière de faire avec les gens et de leur parler. Pour lui Achille était un peu son fils, et si Achille décidait de partir, bien sûr il le suivrait. Mais il n'était pas pour, et là, en racontant toutes sortes d'histoires, il disait à Achille :

« Allons, dompte ta grande âme ! ce n'est pas à toi de garder un cœur impitoyable, alors que les dieux eux-mêmes se laissent toucher !... Allons, accepte les présents et marche : les Achéens t'honoreront à l'égal d'un dieu. »

Eh bien, Achille n'a rien voulu entendre. Il lui a dit :

« S'il te plaît, cesse de me chavirer le cœur avec tes craintes et tes angoisses par désir de rendre service à Agamemnon. Si tu ne veux pas que moi qui t'aime, je te prenne en haine, il ne faut pas que tu l'aimes, lui. Ton devoir, c'est de t'unir à moi pour faire du mal à qui me fait du mal. Ceux-ci porteront mon message. Toi, reste ici et couche-toi sur un lit moelleux : dès que paraîtra l'aube, nous verrons si nous devons rentrer chez nous, ou bien rester. »

Et là, sans ajouter un mot, Achille a fait un signe à Patrocle, comme quoi il fallait préparer pour Phénix un lit bien épais.

Ça voulait dire, pour les deux autres, qu'ils devraient bientôt s'en aller.

Mais alors c'est Ajax qui a pris la parole. Et lui s'est tourné vers Ulysse :

« Fils de Laërte, allons-nous en. Nous n'obtiendrons pas ce que nous attendions, et il nous faut rapporter aux Danaens ce qu'il en est : malgré l'heure, ils doivent être encore à siéger pour nous attendre. Achille s'est fait dans sa poitrine un cœur sauvage. L'amitié de ses bons compagnons, il n'en a nul souci. L'homme sans pitié ! Même pour le meurtre d'un frère, les hommes acceptent des compensations. Mais toi (*il se tournait vers Achille*), c'est une rancune méchante et sans fin que les dieux t'ont mise dans la poitrine, et tout cela pour une fille, une seule ! Alors qu'aujourd'hui nous t'en offrons sept, parmi les plus parfaites, et beaucoup d'autres présents ! Fais-toi un cœur plus indulgent, et respecte ton foyer : c'est le peuple des Danaens qui nous a envoyés sous ton toit, et nous ne demandons qu'à être pour toi, entre tous les Achéens, les plus proches et les plus chers. »

Ajax s'était levé, Achille aussi, et peut-être qu'Achille a eu un instant d'hésitation, mais ç'a été juste un instant.

« Ajax, fils de Télamon, souverain des guerriers », dit-il, « tu me sembles avoir parlé selon ton cœur. Mais mon cœur à moi se gonfle de colère toutes les fois que me revient à l'esprit la manière misérable dont l'Atride m'a traité devant les Argiens. Allez donc communiquer mon message : je ne me soucierai pas de la bataille sanglante, non, pas avant que le divin Hector soit arrivé, en massacrant les Argiens et en détruisant leurs vaisseaux par le feu, jusqu'aux tentes et aux nefs des Myrmidons. Une fois devant ma tente et ma nef noire, je pense qu'Hector, quelle que soit sa fureur, devra s'arrêter de combattre. »

Cette fois, Achille avait fini. Alors ils ont levé leur coupe et fait une dernière libation, et puis Ulysse et Ajax et les deux hérauts sont partis rejoindre le Conseil.

J'étais resté tout ce temps sans bouger, et j'avais vraiment faim. Personne ne faisait attention à moi (et même Phénix n'avait pas l'air de se douter de quelque chose). Alors j'allai trouver la servante que je connaissais et lui fis comprendre que j'aimerais bien quelques restes du repas. Elle me donna des bouts de viandes grillées, du pain et un peu de fromage. Pour manger tranquille, je me mis dans l'arrière-cour où je prenais mes bains.

Je restai là un petit moment, dix, vingt minutes : grâce à Machaon je n'étais plus du tout fatigué, mais j'avais un peu perdu la notion du temps.

Je repensais aux choses qu'ils avaient dites, là, tous. C'était normal qu'Achille n'ait pas eu envie de céder, vu l'affront qu'on lui avait fait. En même temps, ce n'était pas vrai, il n'allait pas faire ses valises et retourner en Phthie le lendemain sur ses « nefs noires ». Il devait bien penser qu'à un moment il reprendrait les armes. Seulement, attendre pour ça qu'Hector ait mis le feu au camp, je trouvais que c'était bien dur. Pas seulement pour Agamemnon, mais pour tous les Grecs qui n'y pouvaient rien, et surtout pour les amis qu'il avait chez eux.

Eh bien, quand je suis rentré dans la tente, tout était changé. D'abord, près de l'antichambre où j'avais mon divan, on avait installé pour Phénix un lit bien confortable avec des peaux de bêtes, des couvertures et des draps fins. Et puis, Achille et Patrocle étaient toujours là, mais ils n'étaient pas seuls. Il y avait deux jeunes femmes avec eux.

Je n'ai pas mis longtemps à comprendre : c'étaient des captives d'Achille ! Leurs noms étaient Diomèdè et Iphis. Elles aussi avaient sans doute une « maison » à part, pas loin !

En tout cas, pendant que Phénix se couchait sans un mot, Achille était tourné vers l'une des deux, Patrocle embrassait l'autre. Et à un moment donné ils sont allés comme ça deux par deux vers les deux lits qu'il y avait au fond de la salle.

XXXVIII

L'image fixe

De toute cette nuit je crois que je n'ai pas dormi, sauf une heure ou deux vers le matin. Je vous ai dit, ma fatigue avait disparu. Mais surtout, j'avais trop de choses en tête, et de la surprise et de l'amertume. D'ailleurs, comme je cherchais le sommeil, une image a surgi dans mon esprit, et ensuite elle m'a occupé sans cesse.

Quand les ambassadeurs étaient arrivés, je vous ai dit, deux hérauts les accompagnaient. Eux s'appelaient Odios et Eurybate. Pendant tout le repas et les discours, ils étaient restés assis dans un coin. Ensuite, ils s'étaient levés avec les autres. Et là, pendant qu'Ulysse et Ajax saluaient Phénix et que Patrocle installait le lit pour Phénix, j'avais vu Achille échanger un mot avec un des deux. De là où j'étais, Achille me tournait le dos. Le héraut, je l'avais en face, mais Achille me le cachait à moitié. À un moment, quand même, je l'avais vu faire un mouvement du bras, comme pour chercher une chose dans son vêtement.

C'est cette image qui m'est revenue dans la nuit. Enfin, pas tout à fait la même. Dans l'image qui m'est revenue (elle n'était pas vraiment fixe, mais si on y pense, une bonne photo n'est pas fixe non plus), j'étais un peu décalé vers la droite, et je voyais que le héraut sortait un objet de son ceinturon, et l'objet brillait. Et en m'approchant en pensée, je reconnaissais ma broche, toujours la même, celle que j'avais portée à Briséis la nuit d'avant. Le héraut rendait la broche à Achille, qui la prenait et refermait la main.

Ce n'était pas un rêve, et pas non plus une chose que j'avais vue. C'était une vision et un doute que je n'arrivais pas à chasser. Et là, sur mon divan, près de Phénix dont j'entendais le souffle (est-ce qu'Achille et Patrocle et leurs captives dormaient aussi ? ils ne faisaient aucun bruit), je m'interrogeais sans fin : « *est-ce possible ? est-ce vraiment possible ?* » Je repensais aux menaces de l'homme sans sourcils. Je me demandais ce qu'Achille savait. Je ne savais pas que cet Eurybate était le même qui avait emmené Briséis deux semaines avant. Je cherchais ce qui avait pu se passer avec elle, et chaque fois que je me disais : « *oui, c'est possible* », je sentais une espèce de vrille me traverser le cœur.

XXXIX

Le pressentiment

Le jour d'après, ça n'a pas vraiment été un jour : plutôt une immensité pareille à l'océan, avec flux, reflux, marées et tempêtes. D'ailleurs Poséidon, le dieu des mers, était là, et ce jour-là il a fait beaucoup pour les Grecs. Mais comme océan, celui-ci était rouge, à cause du sang qui coulait de tous les côtés, même celui des plus grands héros.

Quand je suis sorti de mon sommeil, avec les bruits qu'on entendait du côté du rempart, c'était clair, la bataille avait repris. Pour quelques-uns même, je l'ai su plus tard, la journée avait commencé bien avant l'aube.

Après qu'Ulysse était revenu au Conseil pour raconter ce qu'avait dit Achille, on dit qu'Agamemnon et Ménélas n'avaient pas dormi du tout. Ils avaient trop peur qu'avec l'aide de Zeus, Hector parte à l'assaut et franchisse le rempart. Ils sont venus réveiller Nestor, et avec quelques autres, ils ont décidé d'aller inspecter la garde qu'on avait installée devant le rempart. Et même, ils se sont dit qu'avant que le jour se lève et que les Troyens soient debout, il fallait que quelqu'un aille voir comment était leur camp.

Deux y sont allés, Ulysse et Diomède, bien armés, mais à pied et en silence. Et là, ils sont tombés sur un nommé Dolon qui avançait seul dans la nuit, déguisé en loup gris : Hector l'avait envoyé espionner les Grecs ! Ils l'ont pris et l'ont fait parler, puis ils l'ont tué sans pitié. Et comme ce Dolon leur avait dit qu'un roi allié de Troie venait d'arriver avec des chevaux magnifiques, ils sont allés voir où était ce roi, ils l'ont tué, lui et douze hommes à lui, et ont pris les chevaux qu'ils ont ramenés au camp.

À ce moment-là, le jour se levait.

Deux heures après peut-être, quand j'ai émergé de mon sommeil, bien sûr Achille et Patrocle étaient déjà debout. Les deux captives n'étaient plus là. Phénix aussi était sorti. Tout autour, dans la tente et chez les Myrmidons, il y avait comme des préparatifs, mais ce qu'on préparait n'était pas clair. Achille distribuait les ordres. Il avait le visage fermé.

Tant que la bataille continuerait, ni lui ni Patrocle ne feraient un pas en dehors du quartier des Myrmidons. Ou alors, ce serait pour embarquer et mettre le cap sur la Phthie. Et donc, pour le moment, ils n'avaient rien à faire, sauf d'inspecter les bateaux, et d'aller voir les soldats et leurs capitaines pour leur dire de se tenir prêts. Prêts à quoi, on n'en savait rien.

J'avais mis du temps à me réveiller, mais là, avec un bon petit-déjeuner, les images de la nuit s'éloignaient et finissaient par s'effacer. Malgré toutes ces heures à me tourmenter, je me sentais presque aussi frais que si j'avais dormi comme un loir. Et tout d'un coup, toute cette affaire, la broche, l'homme sans sourcils, Briséis, les captives, c'était une chose terminée, classée comme on dit. Je sentais bien que tout autour ce n'était plus pareil, et que Patrocle avait dit vrai : par rapport à ce qui se préparait, la grande bataille de l'autre jour, ce n'était rien. Tout devenait plus grave, si vous voulez.

Seulement, j'étais ennuyé à cause de ce que Machaon avait dit, que je ne devais plus me déplacer tout seul. Est-ce que j'allais passer mon temps moi aussi à attendre ? Mon idée, c'était d'aller sur le rempart pour voir où les choses en étaient.

Je suis allé trouver Patrocle pour lui demander. Il m'a renvoyé vers Achille. J'ai couru vers lui : il m'a dit d'accord, si je ne restais qu'un moment.

XL

Les rois blessés

Depuis chez Achille déjà on entendait la bataille, mais plus on approchait du rempart, plus le bruit devenait effrayant. En montant les marches vers le sommet du mur, j'imaginais bien le spectacle, mais au premier regard, j'ai vu comme c'était énorme. Ce n'était pas du tout comme l'autre jour quand j'étais dans mon arbre. Il y avait des combattants à perte de vue, du bord du fossé au milieu de la plaine, et tout ça faisait une mosaïque de bras, de casques, de lances, de chevaux qui tourbillonnaient à grands cris.

Mais avec ça, l'incroyable, c'était que toute cette masse ne bougeait pas ! Ou plutôt si : à l'intérieur c'étaient corps-à-corps, pluies de flèches, chars renversés ; mais dans l'ensemble, aucune des deux armées n'avançait ni ne reculait. On avait l'impression que tous ces gens allaient se massacrer sur place, que tous ces corps à un moment cesseraient de s'agiter, et qu'il en resterait tout juste quelques-uns pour à la fin rentrer chez eux, à Troie ou au camp ou en Grèce, muets, couverts de sang et la mort dans les yeux.

Et pourtant, tout d'un coup, il y a eu un déclic, comme si, sur une ligne invisible, quelque chose avait cédé. Et ceux qui venaient d'enfoncer la ligne, c'étaient les Grecs, avec à leur tête, sur un char étincelant, un guerrier dont l'armure brillait très fort aussi. Au-dessus de son casque, un grand panache rouge oscillait dans l'air. On le voyait jusque très loin. Qui était-ce ? Sûrement Agamemnon, à qui Zeus venait de donner l'avantage.

L'avantage pour combien de temps, il fallait voir. Mais là, il avançait comme une flèche, ou comme un brise-glace, ou comme une scie électrique, parce qu'à chaque mètre il y avait un Troyen pour l'attaquer, mais ils tombaient tous en quelques secondes. Et en massacrant comme ça il allait toujours plus loin, jusqu'au vieux chêne près des portes de Troie.

Mais à un moment, il a bien fallu qu'il soit arrêté. C'est un nommé Coôn (je sais, drôle de nom) qui l'a blessé. Agamemnon venait de tuer son frère : il a lancé vers lui sa pique et l'a atteint au bras. Le sang d'Agamemnon a commencé à couler. Il a eu un frisson, mais il ne s'est pas arrêté, et pendant que Coôn se penchait sur son frère mort, Agamemnon a lancé sur lui sa javeline, et puis lui a coupé la tête. C'était affreux.

Sur mon rempart, j'étais loin d'eux, mais je voyais tout comme avec des jumelles ultra-puissantes, et je me suis mis à trembler très fort.

Mais juste après, Agamemnon a dû abandonner la bataille. Il a commandé aux Grecs de continuer sans lui, et puis il est remonté sur son char. Son cocher l'a ramené vers les nefs, et ils ont traversé la plaine dans un grand nuage de poussière.

Pour les Grecs, à partir de là, tout est allé très mal. Là-bas, devant les portes Scées, Hector avait sûrement reçu un signe de Zeus, parce que maintenant on ne voyait que sa haute silhouette noire, et il avançait comme Agamemnon tout à l'heure dans l'autre sens, en envoyant « chez Hadès » des dizaines de guerriers grecs.

Ulysse et Diomède ont essayé de résister. À un moment, Diomède a frappé Hector de sa lance au sommet du casque, et Hector a reculé en titubant, mais la lance a rebondi sur le casque et il a échappé à la mort. Près de lui, il y avait Pâris avec son arc : Pâris a visé Diomède, et Diomède a pris la flèche en plein dans le pied. Son pied était cloué au sol ! Ulysse a dû venir ôter la flèche, et ensuite a aidé Diomède à remonter sur son char qui est reparti vers le camp.

Après, Ulysse s'est retrouvé tout seul au milieu des Troyens, et il en a tué plusieurs. Mais un des Troyens l'a frappé à la hanche avec sa lance. Ulysse a tué le Troyen qui s'enfuyait. Ensuite, il a dû crier et crier pour qu'on vienne à son secours. À la fin, Ajax et Ménélas l'ont entendu, et ils l'ont rejoint pour le protéger. Et là, c'est Ulysse qui a repris son char pour retourner au camp.

Après, Ajax a commencé à massacrer les Troyens, et alors il y a eu deux côtés dans la plaine : à gauche, près du fleuve, c'étaient Hector et les Troyens qui gagnaient ; mais sur la droite, c'étaient les Grecs avec Ajax.

Il s'est passé encore d'autres choses. En face d'Hector, il y avait Nestor, Idoménée le Crétois, et aussi Machaon, le médecin qui m'avait remis sur pied. Eh bien, Pâris a tiré sur Machaon une flèche qui lui est entrée dans l'épaule. Maintenant, c'était Machaon qu'il fallait ramener ! Il est monté sur le char de Nestor.

Ensuite, Hector a vu qu'il fallait arrêter Ajax, et il est allé vers lui avec toute une masse de Troyens. Et là, Ajax, qui était un très grand guerrier, a été saisi d'épouvante ! En les voyant tous à sa poursuite, il tremblait et ne savait plus quoi faire ! Il a fallu qu'un autre chef qui s'appelait Eurypyle (rappelez-vous ce nom) vienne le chercher et le mette à l'abri dans les rangs grecs. Mais lui aussi, Pâris l'a frappé d'une flèche dans la cuisse !

Nestor sur son char avec Machaon blessé s'est dépêché de rentrer vers le camp. Machaon blessé, c'était un peu comme un dieu avec une plaie béante ! C'était trop, il fallait qu'Achille soit averti !

Aussi, en voyant le char approcher, je n'ai pas hésité : j'ai bousculé quelques soldats, j'ai dévalé les marches du rempart, et j'ai couru à toutes jambes vers les nefs noires.

XLI

L'idée de Nestor

Achille était devant sa nef avec Patrocle. J'allai droit vers lui :

« Vous ne savez pas ? Tous blessés, tous : Agamemnon, Diomède, Ulysse, et maintenant…

– Je sais, je sais, me répondit Achille (*j'oubliais qu'il « savait » toujours tout*). J'ai entendu, et à l'instant le char de Nestor est passé là-devant, de toute la vitesse de ses chevaux prodigieux. Mais dis-moi, qui transportait-il ?

– Machaon ! Avec une flèche dans l'épaule ! Une flèche de Pâris Alexandre !

– C'est bien ce qu'il m'avait semblé, mais je ne l'ai vu que de dos. (*Il se tourna vers Patrocle*) Patrocle, divin fils de Ménœtios, mon cher, veux-tu bien faire ce que nous avons dit ? Va chez Nestor et vois pour Machaon. Je crois que les Achéens sont dans un besoin qui dépasse leurs forces.

Que voulait-il dire au juste ? Comme toujours, c'était mystérieux.

– Le jeune Léo souhaite peut-être venir ? demanda Patrocle qui m'observait.

Achille me regarda.

– Bien sûr, dit-il. Qu'il aille où sa curiosité le porte.

Je voulus répondre, mais déjà Patrocle m'entraînait dans sa course le long des nefs.

Le char était à l'entrée d'une des tentes, pas encore dételé. Plusieurs garçons s'affairaient autour des chevaux.

Nous sommes entrés. L'intérieur était vaste et clair. Le bizarre, c'est que Nestor et Machaon venaient d'arriver, et pourtant ils étaient assis là, tranquilles, devant une table basse. Une servante leur préparait un mélange de vin avec de l'eau, du fromage de chèvre râpé et aussi un peu de farine, ne me demandez pas quel goût ça a, je n'ai pas essayé. Machaon était très pâle, avec en haut de sa tunique une large tache de sang séché, mais il n'avait pas l'air de s'inquiéter pour sa blessure. Nestor était comme d'habitude : un roc, un homme en marbre ! Vieux bien sûr, mais tellement solide que même quand il était assis, quelque chose de sa force vous dépassait.

C'est Machaon qui nous a vus le premier, et il nous a vus tous les deux. « *Qui voici ?* » a-t-il dit à voix basse, « *le divin Patrocle, et le jeune voyageur est avec lui* ». Alors Nestor s'est levé. Il y a eu un instant de silence où il nous a regardés, d'abord Patrocle et ensuite moi, et j'ai eu sur moi ses yeux vifs. Il me considérait sans malveillance, au contraire il avait l'air intéressé, intrigué, peut-être même amusé : peut-être que je lui rappelais quelque chose et qu'il m'avait reconnu, mais je n'ai jamais su car il ne m'a rien dit. Il s'est tourné vers Patrocle et lui a pris la main pour le conduire à un siège. Mais Patrocle n'a pas voulu pas bouger :

« Vieillard issu de Zeus », a-t-il dit à Nestor, « ce n'est pas l'heure de m'asseoir. Il est prompt à la colère, celui qui m'a envoyé ici demander quel guerrier tu ramenais. Je reconnais ce guerrier : c'est Machaon, le berger d'hommes (*une expression qu'avaient les Grecs pour les grands médecins et pour les bons chefs*). Je m'en vais de ce pas rapporter la chose à Achille. Tu sais, vieillard issu de Zeus, quel homme terrible il est ! Pour un peu, il irait accuser même un innocent ! »

Pourquoi Patrocle avait parlé comme ça, je n'ai pas bien compris. D'abord, pour Machaon, Achille savait déjà ; et puis, Patrocle avait tout d'un coup l'air de dire du mal de son ami, comme s'il en craignait quelque chose. Ou bien il cherchait autre chose, et il avait parlé seulement pour voir ?

En tout cas, Nestor lui a dit ce qu'il avait sur le cœur :

« Comment dis-tu ? Achille plaint-il donc tant les fils des Achéens que des traits ont blessés ? Ne sait-il pas quel deuil s'est abattu sur l'armée ? Les meilleurs d'entre nous gisent au milieu des nefs, ayant été frappés de loin ou bien blessés de près. Mais Achille a beau être brave : il n'a des Danaens ni souci ni pitié. Attend-il qu'au bord de la mer nos nefs rapides brûlent, malgré les Argiens, d'un feu dévastateur, et que tous, les uns après les autres, nous succombions ? Hélas, ma force n'est plus celle qui habitait autrefois mes membres souples. Ah, si j'étais encore jeune et si ma vigueur était ce qu'elle a été ! »

Bien sûr Nestor voulait dire que s'il avait eu l'âge d'Achille, il ne serait pas resté là à ne rien faire. Et là, un peu comme Phénix la veille au soir, il s'est lancé dans une longue, longue histoire de guerre où il s'était retrouvé tout seul (parce que ses onze frères avaient été tués) face à une armée qui assiégeait sa ville. Mais ce qui le préoccupait, c'était Achille, et il demandait son aide à Patrocle :

« Ah, doux ami, souviens-toi des recommandations de ton père, le jour où il te fit partir de Phthie pour rejoindre Agamemnon. Nous parcourions l'Achaïe (*la Grèce*), le divin Ulysse et moi, pour rassembler des hommes, et nous nous étions arrêtés dans les riches demeures de Pélée. C'est là que nous vous avions trouvés, ton père et toi, et près de vous, Achille. Quand Achille nous vit sous le porche, il se leva d'un bond, nous prit la main, nous invita à nous asseoir et nous offrit tout ce qu'il est d'usage d'offrir à des hôtes. Puis, quand nous fûmes bien rassasiés, je pris la parole et vous invitai à nous suivre. Vous y étiez disposés, mais vos pères vous adressèrent maintes recommandations. À son fils Achille, le vieux Pélée recommanda d'exceller en toutes choses et de surpasser tout le monde. Mais ton père à toi, Ménœtios, te dit : "*Mon fils, par la naissance Achille est au-dessus de toi, mais c'est toi qui es l'aîné. Pour la force, il l'emporte de beaucoup sur toi. Mais c'est à toi de lui dire des mots sensés, de le conseiller, de le diriger. Il t'écoutera, car ce sera pour son bien.*" Voilà ce que t'a recommandé ton vieux père, et voilà ce que tu oublies !

« Allons, il est peut-être encore temps : va parler de la sorte au valeureux Achille, tu verras bien s'il t'écoute ! Qui sait si, avec l'aide d'un dieu, tes avis ne toucheront pas son cœur ? Ils sont salutaires, les conseils d'un compagnon !

« Et si, au fond de son âme, il cherche à échapper à un décret divin, eh bien, qu'il t'envoie, toi, et que toute la troupe des Myrmidons marche derrière toi : peut-être apporteras-tu aux Danaens la lumière du salut ! Et aussi, qu'il te donne ses belles armes à revêtir pour la bataille : qui sait si les Troyens, te prenant pour lui, ne renonceront pas au combat, et si les vaillants fils des Achéens, à cette heure épuisés, ne reprendront pas leur souffle ?… Et alors il nous sera facile de repousser vers leur ville, loin des vaisseaux et des tentes, des guerriers fatigués par les cris du combat ! »

Qu'Achille prête ses armes à Patrocle, et que les Troyens le prennent pour Achille : c'était ça, l'idée de Nestor ! Je regardai Patrocle : il ne répondit rien. Il ne fit qu'incliner la tête, manière de dire que Nestor avait raison et que lui, Patrocle, allait faire comme il avait dit.

Vous savez ce qu'on veut dire en parlant d'un destin « scellé » : on veut dire que quelque part il y a un engrenage qui s'est mis en marche et qu'on ne peut plus arrêter. Eh bien, à ce moment-là, Patrocle ne savait pas, ou peut-être ne voulait pas savoir que son destin à lui venait d'être scellé. Mais ce n'était pas la faute de Nestor. Nestor n'y pouvait rien. Les dieux, oui.

XLII

L'aigle au-dessus du mur

Nestor s'était levé. Machaon avait l'air perdu dans ses pensées : il s'est levé, mais avec peine. Lui qui était tellement impressionnant la veille et tellement tranquille tout à l'heure, il avait l'air de vaciller. Et je me demandais : « *Est-ce qu'il saura se soigner lui-même ? Et sinon, qui sera son médecin ?* » Là, maintenant, par la pensée, c'était moi qui prenais soin de lui !

Nous avons quitté la tente. Patrocle était pressé de parler à Achille. Maintenant, c'était sa mission ! Mais il n'a pas pu faire aussi vite qu'il le voulait, parce qu'en refaisant le chemin le long des nefs, nous sommes tombés sur Eurypyle blessé.

Eurypyle, c'est le guerrier qui avait secouru Ajax dans la bataille, et juste après, une flèche de Pâris l'avait frappé. Comment est-ce qu'il était rentré au camp, et que faisait-il là tout seul ? Mystère. Mais avec sa flèche dans la jambe il saignait beaucoup, et Patrocle s'est ému.

« Malheureux chefs des Danaens », a-t-il dit, « deviez-vous donc, loin des vôtres et de votre patrie, rassasier de votre chair blanche tous les chiens de la Troade ? »

Puis il a demandé :

« Eurypyle, divin héros, réponds-moi : les Achéens sont-ils encore capables de contenir le monstrueux Hector, ou bien vont-ils périr, domptés par sa lance ? »

Eurypyle lui a répondu :

« C'en est fini, divin Patrocle, les Achéens n'ont plus de secours à attendre. Il ne leur reste plus qu'à se jeter sur leurs nefs noires. Maintenant, sauve-moi, je t'en prie : emmène-moi sur ma nef noire, incise ma cuisse pour retirer la flèche ; lave ensuite mon sang noir avec de l'eau tiède, puis étends sur la plaie un de ces doux remèdes que tu as, dit-on, appris d'Achille qui les a appris du centaure Chiron. De nos deux médecins, Podalire et Machaon, l'un est dans la plaine, où il résiste au choc acéré des Troyens ; l'autre, je crois, gît blessé sous une tente, et il aurait besoin lui-même d'un médecin sans reproche. »

Alors Patrocle :

« Eurypyle, ô héros, qu'allons-nous faire ? Je dois porter au valeureux Achille les paroles de Nestor, protecteur des Achéens. Toutefois, épuisé comme tu es, je ne veux pas te laisser là. »

Patrocle a pris Eurypyle par la taille et l'a remis debout. J'ai bien essayé de l'aider, mais Eurypyle avec sa carrure d'athlète était d'un lourd, vous n'imaginez pas ; et donc, je me suis contenté de veiller sur sa jambe, pour que la flèche ne soit pas heurtée et ne se retourne pas dans la plaie. Comme ça, à petits pas, nous l'avons conduit à sa tente, où son serviteur nous a aidés à l'étendre sur des peaux de bêtes. Avec un couteau effilé, Patrocle a incisé sa cuisse et en a retiré la flèche qui était effrayante avec sa pointe ultra-aiguisée. Ensuite il a nettoyé le sang noir, et puis broyé dans ses mains une sorte de racine qu'il a appliquée sur la plaie. La racine a calmé les douleurs d'Eurypyle, et son sang a cessé de couler.

– Il me faut rester ici encore un moment, m'a dit Patrocle (*et Eurypyle a cru qu'il parlait à son serviteur, il a tourné la tête et puis n'a rien dit*). Toi, va voir autour du rempart et reviens me dire ce qu'il en est.

Je n'avais rien mangé ni bu depuis le matin. J'avais très faim et surtout soif. Sur une table basse, il y avait une cruche que j'ai vidée à moitié. Que ça se voie ou non, je m'en moquais. Puis je suis sorti de la tente et j'ai traversé le camp.

J'ai eu du mal à m'approcher du mur, parce que tous les Grecs s'étaient repliés à l'intérieur du camp, et ils étaient là avec leurs armes, tous à pied, derrière le rempart, d'abord sur les marches, et ensuite en haut contre le rebord, sur ce qu'on appelle le parapet. Mais dans toute cette foule je ne risquais pas grand-chose à jouer des coudes. J'ai réussi à rejoindre les marches, et même, en m'aplatissant contre la muraille, à me hisser jusqu'en haut. Là, sur le parapet, il y avait tous ces soldats avec leurs boucliers, mais aussi quand même des endroits d'où on pouvait jeter un œil en bas.

Je retrouvais un peu mon poste du matin, mais c'était très différent, à cause de la lumière plus blanche et de tout ce monde autour, et surtout du paysage là-devant : toute l'armée des Troyens et des alliés de Troie, à pied aussi, rassemblée sur l'autre bord du fossé, face au rempart, avec par endroits, au premier rang, les chefs, et d'abord Hector avec sa haute taille et ses armes sombres.

Hector était à portée de flèche, et pourtant personne ne tirait. En fait, il y avait un genre d'accalmie, un temps d'attente. D'ailleurs, tout d'un coup, des deux côtés, il y a eu un murmure de stupeur suivi d'un grand silence, et là, j'ai vu tous les yeux tournés vers le ciel.

Et dans le ciel, qu'est-ce qu'il y avait ? Venant de très loin sur la droite, du côté grec, et donc sur la gauche du côté troyen, presque à la verticale du mur, l'aiglc, toujours le même, mon aigle, le grand aigle noir, avec quelque chose entre les serres. Et ce qu'il tenait, c'était un énorme serpent rouge encore vivant et qui se débattait. À un moment, le serpent a fait un grand mouvement vers l'arrière, et de toutes ses forces, comme un ressort qui se détend, il est allé frapper l'aigle ou le mordre à la base du cou. C'était horrible. L'aigle a poussé un cri strident, et tout le monde a crié avec lui, et moi aussi, d'ailleurs je tremblais de tout mon corps. Et juste après, il a ouvert ses serres, et le serpent est venu s'abattre au milieu des Troyens qui ont poussé un cri encore plus fort – ils avaient à peine eu le temps de s'écarter. L'aigle a donné un grand coup d'aile et il est reparti, criant toujours, vers la partie du ciel d'où il était venu. Sûrement il était blessé, et en repensant à mon rêve de la veille (« *L'aigle de Zeus est mort l'année dernière...* »), j'ai prié pour que Zeus ait de quoi le guérir, et d'abord pour que l'aigle rentre à temps chez lui.

Le serpent était tombé tout près d'Hector. Et là, un guerrier qui était à côté d'Hector a pris la parole, et comme c'était à nouveau le silence, j'ai pu l'entendre :

« Hector, je sais qu'un simple citoyen n'est pas supposé parler autrement que toi. Et pourtant, je vais dire ouvertement ce qui me paraît le meilleur : ne partons pas à l'assaut des vaisseaux des Danaens. Cet oiseau porteur d'un serpent est venu sur la gauche comme un présage. Il a lâché sa proie avant de parvenir à sa demeure et de l'offrir à ses petits. Il en sera de même pour nous : si nous parvenons, avec grand effort, à enfoncer les portes et le mur, ce n'est pas en bon ordre que nous reviendrons de leurs vaisseaux. Nous y abandonnerons des milliers de Troyens que les Achéens auront mis en pièces pour protéger leurs nefs. Voilà comment parlerait un devin qui s'y connaîtrait en prodiges, et qui serait écouté par les hommes. »

Hector avait écouté avec un peu d'impatience.

« Polydamas (*c'était le nom du guerrier*), tu sais donner des avis meilleurs que celui-ci. Tu veux nous faire oublier ce que Zeus, maître du tonnerre, a décidé, ce qu'il m'a promis et garanti, lui qui m'envoyait encore tout à l'heure dans la bataille sa messagère Iris. Toi, c'est à des oiseaux aux larges ailes que tu veux nous faire obéir ! Mais que m'importent ces oiseaux ? Qu'ils aillent à droite, vers l'aurore et le soleil, ou bien à gauche, vers l'occident brumeux ! Obéissons, nous, aux décisions du grand Zeus qui règne sur les mortels comme sur les immortels. Le meilleur des présages, c'est que l'on défende sa patrie. »

Et alors, Hector a donné le signal de l'assaut.

XLIII

Les deux brèches

En un instant, un grand vent s'est levé, et sur le camp grec, une vraie tempête de poussière. Et pendant que les Grecs se débattaient dans cette poussière qui faisait mal aux yeux, les Troyens se sont rués vers le fossé, l'ont traversé et se sont attaqués au mur, en retirant les poutres qui l'étayaient, ou en le défonçant à coups de bélier. Du parapet, les Grecs ont répliqué en jetant des pierres. Les Troyens s'y sont mis aussi. Et donc, en un instant, ç'a été tempête sur tempête. Ça faisait un vacarme épouvantable, et autour de moi tout tremblait.

Pourtant, les Grecs ont tenu bon, et c'était beaucoup grâce aux deux Ajax. Celui qu'Eurypyle avait aidé, le grand Ajax, avait retrouvé son ardeur. Et les deux couraient partout.

C'est à ce moment-là que Sarpédon, le chef des Lyciens, est sorti des rangs des Troyens comme un lion en chasse. Et qui était ce Sarpédon ? Le fils de Zeus et d'une mortelle. En taille et en vigueur il dépassait tout le monde. Trois jours avant, il avait été blessé dans la bataille, mais déjà il était guéri.

Donc Sarpédon, suivi par les Lyciens, s'est jeté sur le rempart pour l'escalader. Et bien sûr il a réussi ! Je l'ai vu de loin, et les hommes qui montaient à sa suite. Le grand Ajax a couru vers l'endroit, et le combat s'est engagé. À un moment, il y a eu un grand bruit sourd : toute une partie du parapet venait de s'écrouler ! Ça faisait une large brèche dans le rempart, et sur cette brèche les Lyciens arrivaient en masse. Sarpédon, en tirant de toutes ses forces, avait fait céder la muraille !

À ce moment-là encore, les Grecs tenaient bon. Le dessus du mur avait cédé, mais les hommes avec leurs armes faisaient un autre mur, et il fallait y faire une autre brèche !

C'est Hector qui s'en est chargé. Il a crié à tous ses hommes : « *En avant, Troyens dompteurs de chevaux ! Enfoncez le mur des Argiens, et répandez sur leurs nefs le feu que nourrissent les dieux !* »

Hector était devant la plus grande porte. Il a saisi une énorme pierre pointue, une pierre qui aurait été trop lourde pour deux athlètes ; il s'est mis tout près de la porte et a lancé la pierre en plein milieu. Toute la porte a cédé : les gonds, les barres qui la fermaient du dedans, et donc aussi les deux battants.

Voilà, Hector s'élançait à l'intérieur du camp, et après lui tous les Troyens, les uns par la porte, les autres par la brèche, pendant que les Grecs s'enfuyaient parmi les nefs.

Le mur ne servait plus à rien. Tous les soldats du parapet redescendaient en vitesse. Où donc étaient leurs chefs ? Agamemnon, Ulysse, Diomède, dans leurs tentes, blessés. Nestor, toujours avec Machaon. Ménélas, peut-être avec Agamemnon. Les deux Ajax, Idoménée : eux seuls étaient au combat. Et Achille, toujours sur sa nef ? Est-ce qu'enfin Patrocle allait lui parler ? Patrocle, qui m'attendait chez Eurypyle et qui peut-être s'impatientait ?

Pour la deuxième fois dans ce jour qui n'était pas un jour, je redescendis du mur en courant.

XLIV

Le dieu qui rend courage

Patrocle était toujours chez Eurypyle. Le curieux, c'est que de la tente on n'entendait rien des combats : tout le camp paraissait dormir.

Eurypyle n'avait pas l'air bien. Il était là sur sa couche, silencieux, les yeux fixes. Il ne grelottait pas de fièvre, non, il était plutôt ce qu'on appelle prostré, gelé, immobilisé de l'intérieur. Patrocle était resté assis à son côté. Quand je suis arrivé, il a juste bougé la tête, comme pour me dire de ne pas déranger. Et comme je venais lui dire le plus bas que je pouvais : « *Catastrophe ! Le mur a cédé ! Hector a défoncé la porte ! Les Troyens sont là ! Ça va être un massacre ! Il faut qu'Achille fasse quelque chose !* », lui m'a seulement répondu :

– Oui, tout à l'heure, j'irai tout à l'heure.

– Mais c'est maintenant, maintenant ! ai-je insisté.

– Tout à l'heure, dès que possible.

Je n'ai pas compris. Est-ce qu'en une heure Eurypyle et lui étaient devenus inséparables ? Est-ce qu'il craignait qu'Eurypyle meure tout seul dans sa tente ? Ou est-ce qu'il pensait que l'heure n'était pas venue, et pourquoi ?

Lui aussi, Patrocle, avait l'air un peu prostré.

Je ne savais pas bien quoi faire. Aller moi-même trouver Achille ? Mais pourquoi est-ce qu'il m'écouterait, moi, un jeune garçon, un simple voyageur, alors qu'il disait non à tous les autres ? Rester et supplier Patrocle ? Il n'avait vraiment pas l'air de vouloir bouger. Ou alors, retourner vers le combat et rapporter d'autres nouvelles ?

C'était sans doute le mieux.

Mais d'abord je mourais de faim, et quand je trouvai dans un coin quelques olives, du fromage et du pain, je me précipitai dessus.

Patrocle restait silencieux et d'ailleurs me tournait le dos.

– Eh bien, lui dis-je à la fin, je vais retourner un peu voir et je reviens bientôt, c'est ça ?

– C'est cela, répondit-il comme en écho. Reviens bientôt.

Puis je me ravisai :

– Au fait, il n'a besoin de rien ? demandai-je en désignant Eurypyle.

– De rien que tu puisses lui procurer.

Je ressortis, et me trouvai à nouveau dans la foule. Du côté du mur, ça devrait être des combats furieux, mais je suis arrivé sur une sorte de place à l'écart du front. Là, j'ai trouvé les deux Ajax, qui peut-être faisaient une pause, mais ils n'étaient pas seuls. Quelqu'un était en train de leur parler, quelqu'un que j'eus l'impression de reconnaître au premier regard : crâne chauve, air sévère, visage lunaire, grand bâton… Pas de doute, c'était lui !

Pas de doute vraiment ? Je cherchais la cicatrice. Et puis, il avait cette chose si spéciale, un reflet bleu sur sa peau, et bizarrement, avec ce reflet, il avait plutôt *moins* l'air d'un spectre…

Je m'approchai et l'entendis :

« … Vous deux, les Ajax, vous sauverez l'armée achéenne, si seulement vous songez à votre vaillance, et non à la déroute qui glace les cœurs ! Ces Troyens aux bras redoutables qui viennent de franchir en masse le grand mur, à d'autres endroits, je ne les crains pas : nos Achéens sauront les arrêter. Mais ici, où ils ont pour chef cet enragé d'Hector qui se prend pour le fils de Zeus, j'ai peur qu'il n'arrive quelque chose. Ah, qu'un dieu agisse en vos cœurs, qu'il fasse que vous teniez ferme et que vous entraîniez les autres ! Alors peut-être vous pourrez l'écarter des nefs rapides, malgré tout son élan, et quand même ce serait l'Olympien (*Zeus*) qui l'animerait. »

Est-ce que mon spectre à moi aurait parlé comme ça ? Son affaire à lui, c'était de faire peur, et pas d'encourager.

Alors, qui était-ce ? Le devin Calchas, le vrai ? Peut-être. Mais ce reflet bleu, qu'est-ce que c'était ? Et puis, *est-ce que cet homme avait parlé comme un devin ?* Un devin, un spécialiste des prédictions, est-ce que c'était à lui de *souhaiter qu'un dieu agisse sur les cœurs*, et de dire du mal d'un homme – je veux dire Hector – que Zeus avait l'air de protéger ?

J'avais raison d'avoir des doutes, parce que juste après, le même a touché les deux Ajax du bout de son bâton, comme s'il voulait leur donner la vigueur dont il avait parlé. Et aussitôt, il s'est éloigné, mais alors, à la vitesse du vent. Et là, Ajax le rapide a dit à l'autre :

« Ajax, ce n'est pas Calchas, l'augure qui fait connaître la volonté des dieux, non, c'est un dieu, c'est un des maîtres de l'Olympe qui nous invite à combattre près des nefs. Tandis qu'il s'en allait, j'ai reconnu la divine allure de ses pieds et de ses jambes ; car les dieux se laissent reconnaître aisément. Et justement, voici que mon cœur sent en ma poitrine un désir grandissant de guerre et de bataille ; et mon corps frémit d'ardeur des pieds jusqu'aux bras. »

Et l'autre Ajax, le grand, ressentait la même chose.

Et moi, j'avais vu un dieu de près.

Mais qui ? Tous les dieux connaissaient la volonté de Zeus. Alors, lequel osait le défier ?

Il n'y en avait qu'un pour ça : son petit frère, Poséidon, le dieu des mers, l'« Ébranleur de la terre ». Poséidon, qui n'avait pas été content quand les Grecs avaient construit leur mur, mais qui détestait les Troyens (aussi pour une affaire de mur, parce qu'il avait construit le leur et qu'ils ne l'avaient pas remercié). Et il trouvait qu'avec Hector, Zeus était déjà allé beaucoup trop loin.

Le reflet bleu, c'était le sien, celui du dieu des mers.

Et du côté des dieux, si vous voulez savoir, la tempête de vent sur le camp, c'est Zeus qui l'avait déclenchée. Ensuite, il était resté un moment à contempler les deux brèches dans le mur. Mais après, il en avait eu assez. Il s'était mis à regarder les peuples plus au nord, qui s'occupaient à autre chose. La guerre pouvait continuer un peu sans lui, puisque personne chez les dieux n'allait venir aider ni les Grecs ni les Troyens – puisque la veille, au conseil, dans l'Olympe, lui, Zeus, leur avait interdit !

Mais là, il oubliait une chose : c'est que Poséidon, son frère, n'avait plus tellement peur de lui. Et donc, pendant que Zeus était occupé à regarder ailleurs, Poséidon était redescendu du mont Ida vers sa grotte préférée, au fond des mers. De là, il avait rejoint le camp grec où il avait pris l'apparence de Calchas. Il avait parlé aux Ajax, et maintenant, il allait trouver les autres guerriers pour leur redonner leur ardeur.

XLV

Le nuage d'or

Poséidon a changé la bataille. Quand Hector est repassé à l'attaque, il a trouvé devant lui les Grecs en rangs ultra-serrés. Et là, même enragé comme il était, il n'a rien pu faire : il a été obligé de reculer. À ce moment-là, beaucoup de Troyens ont été tués, contre aucun des Grecs à part trois ou quatre. Mais dans ces trois ou quatre, il en avait deux qui descendaient des dieux : le petit-fils de Poséidon, Amphimaque, tué par Hector, et le fils d'Arès, Ascalaphe, tué par un des frères d'Hector, Déiphobe. Chez les dieux, ça n'a pas fait bon effet.

Hector s'est retiré un peu du front pour rassembler les chefs troyens. Il était très nerveux, et furieux contre Pâris (pourtant, Pâris avait fait des merveilles avec son arc). Et quand ils sont tous retournés devant les Ajax, Hector et le grand Ajax ont commencé à s'injurier très fort. Mais à ce moment-là, les Grecs ont un peu respiré, parce que très haut dans le ciel, à la droite d'Ajax, un grand aigle était de retour.

Même les rois blessés ont fini par revenir.

Près des nefs où ils s'étaient réfugiés, ils avaient tenu conseil. Pour Agamemnon, tout était perdu : le mieux, c'était de fuir le plus tôt possible. Ulysse et Diomède étaient contre : pour eux, ç'aurait été une honte. Nestor qui les avait rejoints pensait que les chefs blessés ne pouvaient pas retourner se battre. Mais Diomède disait : « *Repartons pour la bataille, tout blessés que nous sommes, Mais une fois sur les lieux, tenons-nous loin du carnage, à l'abri des traits. Contentons-nous de presser ceux qui jusqu'ici, pour satisfaire leur colère, sont restés à l'écart sans se battre.* »

Il avait l'air de penser à Achille. Les autres avaient été d'accord.

Ils se sont mis en marche, et là, Poséidon est venu à leur rencontre sous l'apparence d'un vieil homme. Il a pris la main d'Agamemnon :

« Fils d'Atrée, a-t-il dit, je suppose qu'en ce moment le mauvais cœur d'Achille se réjouit en sa poitrine, à contempler le massacre des Achéens et leur déroute. Cet homme est un insensé. Qu'un dieu l'anéantisse ! Mais contre toi, les dieux bienheureux ne sont en aucune manière irrités. Le moment est proche où les chefs des Troyens retraverseront la vaste plaine, et où toi, tu les verras fuir vers la ville, loin des tentes et des nefs des Achéens ! »

Et aussitôt, il s'est élancé vers la plaine en poussant un cri prodigieux, comme Arès dans l'autre bataille : tout a tremblé.

Et derrière lui, les Grecs étaient à nouveau prêts à se battre sans fin.

Mais chez les dieux, quelqu'un d'autre se faisait du souci : c'était Héra. Elle se disait : *quand Zeus se penchera à nouveau sur la bataille, forcément il rendra la victoire à Hector*. Mais pour l'empêcher, elle a eu une idée : *si elle, Héra, proposait à Zeus une sieste délicieuse, une sieste comme en font les maris et les femmes, Zeus finirait par s'endormir, et Poséidon pourrait finir de délivrer les Grecs*.

Seulement, Zeus et elle ne faisaient plus trop souvent la sieste ensemble, et donc pour ça, elle devait se faire belle.

D'abord elle s'est baignée, coiffée, aspergée d'une huile parfumée, elle a mis ses plus beaux bijoux et revêtu une robe vraiment divine.

Ensuite, elle est venue trouver Aphrodite pour qu'elle lui prête un ruban qu'elle avait, le ruban où « tous les charmes étaient enfermés ». Aphrodite était toujours du côté des Troyens, mais Héra lui a raconté une histoire et elle a donné le ruban.

Encore après, Héra est allée voir le dieu Sommeil, le frère de la Mort, qui habitait dans une île près de Troie. Elle avait besoin de lui pour endormir Zeus. Le Sommeil n'était pas vraiment partant : la première fois qu'Héra lui avait demandé une chose pareille, ça avait failli tourner très mal pour lui. Mais quand Héra lui a promis comme femme une des Grâces, il a cédé, et il l'a accompagnée sur le mont Ida, où Zeus était toujours.

Eh bien, quand Zeus a aperçu Héra, on dit que « l'amour a enveloppé son âme » comme au temps où ils étaient jeunes. Il a voulu s'allonger avec elle juste là, sur l'Ida. Héra aurait voulu l'emmener dans sa chambre, mais il lui a répondu :

« Dans le nuage d'or dont je veux t'envelopper, aucun dieu ni mortel ne nous apercevra : le soleil lui-même, avec ses rayons si pénétrants, ne nous verra pas à travers. »

Là, il l'a embrassée comme quand ils étaient jeunes, et on dit qu'en un instant tout un tapis d'herbe et de fleurs a poussé sous leurs pieds, et qu'un nuage d'or est venu les envelopper, avec autour une espèce de rosée brillante.

XLVI

Le réveil de Zeus

Dans son nuage, à côté de sa femme, Zeus a fini par s'endormir. Le Sommeil qui était près d'eux est parti vers la bataille. Il allait voir Poséidon et lui a dit :

« Maintenant, Poséidon, fais tout ce que tu peux pour les Danaens et donne-leur la gloire, au moins un moment, pendant que Zeus dort : j'ai recouvert ses yeux d'une douce torpeur, pendant qu'Héra, pour le tromper, lui faisait goûter l'amour dans ses bras. »

Alors Poséidon a parlé à tous les Grecs qui n'étaient pas en train de combattre :

« Couvrez-vous de vos grands boucliers », leur a-t-il dit. « Mettez sur vos têtes vos casques flamboyants, prenez en main les plus longues piques, et allons-y ! Je marcherai le premier, et je vous assure qu'Hector, fils de Priam, quelle que soit son ardeur, devra lâcher prise. »

Ils se sont tous mis en rangs derrière lui, tous, y compris les rois blessés. Alors, entre Grecs et Troyens, ç'a été à nouveau un choc de front.

Et là, il s'est passé quelque chose de très grave.

Hector était à la tête des Troyens, et face à lui, juste derrière Poséidon, c'était Ajax. Déjà tout à l'heure ils s'étaient défiés. Là, c'est Hector qui a tiré en premier. Il a frappé Ajax en pleine poitrine. Mais pas de chance : sa lance a été arrêtée par les baudriers très solides de l'épée et du bouclier.

Hector, furieux, a reculé pour rejoindre les rangs des Troyens. Alors Ajax a pris une énorme pierre et l'a lancée sur lui, en pleine poitrine aussi, de toutes ses forces.

Hector s'est mis à tourner sur lui-même comme une toupie, puis s'est effondré dans la poussière. Il a lâché sa lance ; et même son casque et son bouclier se sont détachés et sont tombés près de lui dans un grand bruit de gong.

Tout autour, c'était la stupeur. Mais l'instant d'après, les Grecs se précipitaient vers Hector, et les Troyens (Polydamas, Énée et Sarpédon) se dépêchaient de le recouvrir de leurs boucliers pour l'emporter hors de la bataille, à un endroit près du Scamandre. Là, on dit qu'Hector s'est mis à vomir du sang et qu'une nuit noire est descendue dans ses yeux.

La bataille a continué. Il y a encore eu beaucoup de morts, et à un moment les Troyens ont commencé à s'enfuir.

À ce moment-là, Zeus s'est réveillé. Il a vu les Troyens en fuite, et puis Hector vomissant son sang près du fleuve. Alors il s'est tourné vers sa femme :

« Intraitable Héra, je reconnais l'effet de ta méchante ruse : le divin Hector est hors de combat et ses hommes en déroute ! »

Il était furieux, et il a parlé de la frapper avec son fouet. (Déjà, l'autre fois où elle s'était servie du Sommeil, il l'avait suspendue, elle, sa femme, en plein ciel, avec les mains dans une chaîne d'or ! Les autres dieux étaient scandalisés, mais ils n'étaient pas arrivés à la détacher !)

Héra lui a juré que ce n'était pas elle qui avait voulu faire souffrir Hector et les Troyens : c'était Poséidon qui avait eu pitié des Grecs. D'ailleurs, si Zeus voulait, elle irait le trouver pour qu'il arrête de n'en faire qu'à sa tête.

Alors Zeus s'est radouci, et même, il a dit à Héra ce qu'il avait dans l'idée pour la suite.

Il l'a dit à Héra toute seule. Si un mortel avait pu l'entendre, il aurait été terrifié.

Après, il a envoyé vers Poséidon sa messagère Iris. Il lui faisait dire de quitter la bataille et de retourner chez les dieux, « *ou chez lui dans la mer divine* ». S'il ne voulait pas, Zeus viendra lui-même lutter avec lui face à face !

Poséidon a protesté, et puis il a cédé : il n'avait pas envie d'une guerre avec son frère. Il a quitté l'armée grecque et a disparu dans la mer. Les Grecs l'ont bien senti, et ils étaient inquiets.

Et puis, Zeus a envoyé Apollon guérir Hector. Hector était encore très faible, et quand il a vu arriver le dieu, il n'y a pas cru. « *J'ai bien cru qu'aujourd'hui j'allais rejoindre la demeure d'Hadès, car je me sentais rendre l'âme* », voilà ce qu'il a dit. Mais Apollon lui a répondu :

« N'aie plus peur maintenant. Le fils de Cronos (*Zeus*) t'envoie un puissant allié : c'est moi, c'est Phoïbos Apollon, qui depuis longtemps te protège, toi et ta haute cité. Allons, va maintenant, va dire à tes meneurs de chars de pousser leurs chevaux rapides jusqu'au nefs creuses ! »

Alors Hector s'est levé et il a marché comme Apollon disait. Et comme, très peu de temps avant, on l'avait vu terrassé par la pierre d'Ajax, quand il est réapparu avec sa silhouette sombre au premier rang des Troyens, là, dans la plaine où les armées étaient revenues, les Grecs ont poussé un grand cri, parce que c'était comme s'il était revenu de chez les morts, et que cette fois encore c'était à un dieu qu'il devait la vie.

XLVII

Le feu aux nefs

Les Troyens chargeaient, avec Hector à leur tête. Mais en avant d'Hector, il y avait une chose impossible à définir : une source éblouissante, enveloppée dans un nuage, peut-être un miroir qui lançait des rayons, tenu par quelqu'un qu'on ne pouvait pas voir. En fait, c'était Apollon qui portait l'« égide », un bouclier que Zeus lui avait prêté et qui répandait la terreur.

D'abord les Grecs ont résisté, malgré tous les morts de leur côté. Mais quand le dieu s'est mis à agiter l'égide, ils ont poussé un nouveau grand cri et ont commencé à s'enfuir, dans tous les sens et surtout vers les nefs.

Il fallait qu'ils traversent le fossé et qu'ils repassent le mur ou ce qui en restait. Après, ça devait aller mieux. Mais les Troyens les poursuivaient, et là, avec l'aide d'Apollon, ils ont comblé la plus grande partie du fossé, et presque démoli le mur !

Près des nefs, Nestor faisait une prière à Zeus :

« Zeus père ! si jamais quelqu'un d'entre nous, dans la riche Argos (*la patrie des Argiens, la Grèce*), a fait des vœux pour son retour et que tu le lui as promis et accordé, aujourd'hui souviens-t'en ! Écarte de nous le jour impitoyable (*c'est-à-dire : fais venir la nuit*), et ne laisse pas les Troyens dompter ainsi les Achéens ! »

Zeus a montré qu'il entendait Nestor : il a déclenché son tonnerre. Mais la nuit n'est pas descendue, et donc, les Troyens n'ont pas été arrêtés. Au contraire, comme une grande vague, ils ont passé le mur, cette fois avec leurs chevaux et leurs chars ! Et là, ils arrivaient jusqu'aux nefs !

(« Jusqu'aux nefs », je vous ai déjà dit, ce n'était pas au bord de la mer : quand les premiers bateaux étaient arrivés, dix ans avant, on les avait tirés au sec, très loin à l'intérieur du camp.)

Donc, les Troyens étaient devant les nefs : ils allaient y mettre le feu, et ensuite jeter les Grecs à la mer !

Pour éviter ça, il n'y avait qu'une chose : il fallait que Patrocle aille trouver Achille et qu'ils entrent dans la bataille.

J'ai couru chez Eurypyle. Patrocle était toujours là. Je lui ai dit ce qui se passait et il s'est tourné vers l'autre :

« Eurypyle, tu as besoin de moi, je le sais, mais je ne peux plus rester avec toi, une trop grande lutte est engagée. Demande à ton écuyer de s'occuper de toi. Moi, je dois courir chez Achille pour le presser de combattre. Qui sait si, avec l'aide d'un dieu, mes avis n'ébranleront pas son cœur ? Ils sont salutaires, les conseils d'un compagnon. »

Enfin il se décidait ! Enfin nous nous remettions en chemin !

Mais ç'a été un long chemin, parce qu'il fallait passer en arrière de la bataille qui continuait à l'intérieur du camp.

Les Troyens avançaient toujours. Les Grecs, le dos contre les nefs, leur faisaient un dernier rempart. Mais le rempart a fini par céder, et alors, pour défendre les tentes, ils ont reculé derrière les premières nefs.

Il y en avait quand même un qui tenait bon, c'était Ajax. Avec des cris terribles, il sautait de nef en nef, sur ces plates-formes qu'on appelle des gaillards, et il menaçait les Troyens avec sa lance.

N'empêche, Hector est arrivé à l'une des nefs, et comme elles étaient rangés l'avant vers la mer, il l'a saisie par l'arrière, par la poupe.

Ce n'était pas n'importe laquelle. C'était celle du premier Grec à avoir débarqué : il s'appelait Protésilas, et il était aussi le premier Grec à avoir été tué – tué par Hector, neuf ans avant.

Autour de cette nef il y a eu une grande lutte. Hector criait à ses hommes :

« Apportez le feu, et en même temps, vous tous, poussez le cri de guerre ! Zeus nous donne à cette heure une journée qui nous paie de toutes nos peines, celle où nous allons prendre ces nefs qui sont venues ici, contre le gré des dieux, nous causer des maux sans nombre ! »

Et juste après, les Troyens arrivaient avec des torches !

XLVIII

Le retournement

Patrocle et moi arrivions chez Achille. Et là, je m'en suis aperçu, Patrocle avait les larmes aux yeux. Achille était devant sa nef à lui, et d'abord il s'est moqué :

« Que fais-tu là, Patrocle, tout en larmes ? On dirait une fillette qui court après sa mère et qui empoigne sa robe pour se faire porter ! Viens-tu révéler quelque chose aux Myrmidons ou à moi-même ? As-tu reçu quelque nouvelle de Phthie ? Ou alors, est-ce que tu gémis sur le sort des Argiens qui, par leur propre faute, sont en train de périr près des nefs creuses ? Parle, ne me cache pas ta pensée. »

Patrocle avait du mal à parler, je ne l'avais jamais vu dans un état pareil. Mais il a fini par ouvrir la bouche, et plus ça allait, plus il explosait :

« Achille, fils de Pélée, premier des Achéens, ne t'irrite pas : terrible est la douleur qui presse les Achéens. Tous ceux qui étaient les meilleurs sont à présent couchés parmi les nefs, touchés de loin ou bien frappés de près (*il reprenait les mots de Nestor*). Autour d'eux, les médecins s'affairent et pansent leurs plaies. Mais toi, Achille, tu restes intraitable ! Puissé-je n'être jamais, moi, la proie d'une colère pareille à la tienne ! Mais dis-moi, à qui d'autre pourras-tu jamais être utile, si, à l'heure qu'il est, tu ne protèges pas les Achéens d'une ruine affreuse ? Cœur sans pitié, ce n'est pas Pélée que tu as eu pour père, ni Thétis pour mère : tu es l'enfant de la mer glauque et des rochers abrupts !

« Ou bien peut-être songes-tu au fond de ton cœur (*c'étaient encore les paroles de Nestor*) à échapper à quelque arrêt divin, à quelque oracle, que ton auguste mère t'aura fait connaître au nom de Zeus ? Envoie-moi alors, moi, et sans retard ! Que la troupe des Myrmidons marche derrière moi ! Et prête-moi tes armes : qui sait si les Troyens, me prenant pour toi, ne renonceront pas au combat, et si les vaillants fils des Achéens, à cette heure épuisés, ne reprendront pas leur souffle ? »

Alors Achille :

« Divin Patrocle, qu'as-tu dit ? Non, non, aucun oracle ne me préoccupe, et ma mère ne m'a rien fait connaître au nom de Zeus. Non, c'est un chagrin atroce qui me gagne le cœur et l'âme, quand je vois un homme vouloir frustrer son égal et lui ôter sa part d'honneur, parce que sa puissance lui donne l'avantage ! »

Vous voyez, il recommençait sa chanson. Et pourtant, juste après, il a eu l'air de changer d'avis :

« Mais c'est le passé, laissons-le. Je le vois bien : il n'est pas possible de garder au cœur un courroux sans relâche. Et pourtant, j'avais dit que ma colère ne cesserait pas avant que la bataille, avec ses cris, soit arrivée jusqu'à mes nefs. Alors donc oui, prends mes armes fameuses (*celui qui les avait fabriquées, c'était Héphaïstos, le dieu forgeron, et il les avait offertes à Pélée, le père d'Achille, pour son mariage*), revêts-en tes épaules, et conduis à la bataille mes braves Myrmidons, puisque les Troyens assiègent nos nefs et vont acculer les Argiens à la mer. S'ils ont marché aussi hardiment, c'est qu'ils n'ont plus vu briller chez les Argiens le front de mon casque ! Ah, si le roi Agamemnon me montrait plus d'amitié, ils auraient vite fait de fuir, et leurs morts rempliraient les fossés ! »

Mais justement, où était-il, le roi ?

« À cette heure », continuait Achille, « je n'entends plus que la voix d'Hector, le tueur d'hommes, donnant des ordres aux Troyens. Mais tout n'est pas perdu, et pour que nos vaisseaux soient sauvés du désastre, il faut que toi, Patrocle, tu charges sur eux avec vigueur.

« Et pour finir, écoute-moi bien. Je veux que tu me rapportes grand honneur et grande gloire parmi les Danaens. Je veux qu'ils me ramènent cette fille belle entre toutes (*Briséis toujours – et à ce nom mon cœur battait*), et qu'ils m'apportent de splendides présents (*mais c'est ce qu'on lui avait proposé !*). Donc, repousse l'ennemi loin des nefs, et puis reviens. Même si Zeus t'offre une autre gloire, ne cherche pas à combattre sans moi les Troyens belliqueux : tu diminuerais la gloire qui m'est due ! Ne cherche pas, tout enivré par la bataille, à conduire nos hommes jusque sous les murs d'Ilion : crains qu'un dieu ne vienne de l'Olympe se mettre en travers de ta route, car Apollon qui écarte les fléaux aime fort les Troyens. Fais demi-tour, reviens, dès que tu auras fait se lever sur les vaisseaux la lumière du salut ! »

À ce moment-là, Ajax, tout seul sur sa nef, là-bas plus loin, n'arrivait plus à reprendre son souffle. Hector s'est avancé avec sa lourde épée, et a donné un grand coup dans la lance d'Ajax. La pointe de la lance a valsé dans l'air pour retomber à vingt mètres. Ajax ne savait plus quoi faire. Et dans la minute, les Troyens s'approchaient avec leurs torches, et voilà, l'incendie commençait, avec la nef de Protésilas qui, la première, flambait par la poupe !

Et tout d'un coup, c'était Achille qui pressait Patrocle :

« Divin Patrocle, conducteur de chars, lève-toi ! J'aperçois du côté de nos nefs les flammes d'un feu dévorant ! Craignons que les Troyens ne s'emparent des nefs et ne nous rendent la fuite impossible ! Couvre-toi de tes armes, vite ! Moi, je vais rassembler nos troupes ! »

XLIX

La pluie de sang

Ce qui s'est passé ensuite, il faudrait que j'arrive à le raconter.

Patrocle, aidé par deux écuyers, s'est couvert des armes d'Achille. Les jambières, les couvre-chevilles, la cuirasse, le baudrier, le ceinturon brodé, l'épée en bronze et en argent, le bouclier, le casque avec son long panache : tout étincelait. Ensuite, il a mis du temps à choisir deux longues piques, en laissant de côté la préférée d'Achille qui était beaucoup trop lourde pour lui. Tout ça se passait en silence. Il devait penser fixement à la bataille. Il avait déjà l'air changé.

Celui qui s'est occupé des chevaux, c'était le cocher d'Achille, Automédon. Je l'avais vu plusieurs fois venir dans la tente et parler avec Achille. Comme chevaux, il en a pris deux, Xanthe et Balios, un cadeau que Zeus en personne avait fait au père d'Achille pour son mariage. Ça faisait vraiment longtemps, mais ces chevaux-là étaient immortels ! Et puis un troisième cheval, Pédasos, pas immortel comme les deux autres, mais qui allait au même pas.

Achille a rassemblé les Myrmidons. Il les a répartis en cinq groupes. À la tête d'un des cinq, il a mis le vieux Phénix. Et puis il leur a parlé :

« Myrmidons, vous m'avez assez reproché de vous tenir près de vos nefs. Le voici arrivé, le jour de la grande tâche, le jour de la mêlée dont vous rêviez ! Que chacun donc combatte aujourd'hui les Troyens d'un cœur vaillant ! »

Ensuite Achille est rentré dans sa tente, et il est allé chercher dans un beau coffre une coupe ciselée, magnifique. Il l'a remplie de vin pour faire une libation à Zeus :

« Seigneur Zeus, tu as un jour entendu ma prière, et tu m'as honoré en accablant de maux l'armée des Achéens. Cette fois encore, exauce mon vœu : pour ma part je resterai au milieu des nefs, mais j'envoie au combat mon ami avec toute la masse des Myrmidons. Fais que la gloire l'accompagne ! Enhardis son cœur dans sa poitrine, afin qu'Hector apprenne si mon suivant (*c'est comme ça qu'il a dit ; le mot, je m'en souviens, c'était "thérapôn"*) n'est pas capable de se battre seul. Mais dès qu'il aura repoussé le combat loin des vaisseaux, fais qu'il revienne vers les nefs sain et sauf, avec toutes ses armes et tous ses hommes ardents au corps à corps. »

Déjà Patrocle montait sur son char avec le cocher, Automédon. Mais il ne pouvait pas partir comme ça ! Je voulais monter avec lui ! Maintenant je savais ce qu'était la bataille. D'ailleurs, depuis le coup de hache du premier jour, je ne craignais plus rien, et puis, on ne pouvait pas savoir, je pouvais être utile à quelque chose !

Et donc, juste au dernier moment, je suis allé lui proposer, mais il a dit non : sur le char, pas de place pour trois personnes. Et puis, on ne pouvait pas savoir, il pourrait m'arriver malheur.

J'étais horriblement déçu. Pire que ça : j'avais le cœur noué d'angoisse.

Patrocle est parti à la tête des Myrmidons. Les premiers, ils chargeaient vers les Troyens. Patrocle les encourageait :

« Myrmidons, compagnons d'Achille, soyez des hommes ! Rappelez-vous votre vaillance, pour que nous fassions honneur au fils de Pélée, qui est de beaucoup le plus brave des Argiens ici réunis ! Et que l'Atride, le puissant Agamemnon, reconnaisse ce que fut sa folie, quand il a traité sans égard le plus brave des Achéens ! »

Est-ce que les Troyens ont cru qu'à la tête des Myrmidons, c'était Achille ? Ça n'est pas sûr, mais en apercevant Patrocle, on a vu qu'ils étaient très effrayés. Patrocle sur son char a foncé droit devant, et avec sa lance il a fait un massacre. Ensuite, les autres Achéens se sont jetés dans la bataille, et chacun des chefs a tué un guerrier troyen. En face, les Troyens qui ne savaient plus quoi faire ont commencé à reculer. Même Hector repassait avec son char de l'autre côté du fossé ! Ils voulaient tous le suivre, et comme le fossé n'était pas comblé partout, des chars qui voulaient passer basculaient et s'écrasaient au fond !

Patrocle avec son char étincelant s'éloignait dans la plaine : il voulait couper la route aux Troyens. Il a tué une quantité de guerriers. Mais à un moment, sur un autre char, on a vu surgir devant lui une silhouette vraiment gigantesque.

Ce n'était pas Hector : Hector avait reculé encore bien plus loin dans la plaine. C'était Sarpédon, le fils de Zeus ! Et je me suis mis à trembler, parce qu'en face de Sarpédon, on ne voyait pas comment Patrocle pouvait gagner.

À ce moment-là est apparu dans le ciel un nuage noir et rouge, et juste après, il s'est mis à pleuvoir du sang. La plaine était couverte de sang ! Zeus voulait sûrement avertir Grecs et Troyens de quelque chose, mais de quoi ? Qu'il allait laisser mourir son fils ?

Sarpédon et Patrocle, au loin, ont sauté de leur char, et du premier coup, Patrocle a tué le cocher de Sarpédon. Sarpédon a visé Patrocle, mais c'est le troisième cheval, Pédasos, qui a reçu le coup ; et si Automédon n'avait pas tout de suite tranché sa bride, le char serait allé s'écraser dans la poussière avec ses chevaux immortels.

Alors Sarpédon est revenu à la charge ; mais il a encore manqué Patrocle, et c'est Patrocle qui lui a planté sa longue lance en plein cœur.

Je respirais, mais en même temps, au milieu de tout ce sang tombé du ciel, c'était une mort effrayante. Et puis, Sarpédon, pour les Troyens, ce n'était pas un homme, c'était un rempart à lui tout seul.

Maintenant les Grecs voulaient prendre ses armes. Je vous ai dit, on faisait ça des deux côtés. Mais là, les Troyens ne pouvaient pas laisser faire. Et donc, les chefs troyens se sont rassemblés autour de son corps.

Une espèce de nuit descendait sur la bataille. Pas une vraie, mais on n'y voyait plus rien. Il fallait que je me rapproche. Je ne comprenais pas comment Achille pouvait rester là derrière, tout seul sur sa nef. J'ai traversé le mur et le fossé, et j'ai couru au milieu de la plaine.

Autour du corps, c'était toute une bataille, avec, côté troyen, Hector, Énée, et aussi un nommé Glaucos (Sarpédon en mourant lui avait fait jurer de se battre pour qu'on ne lui prenne pas ses armes) ; et puis, du côté grec, Patrocle, Mérion et les deux Ajax.

On ne savait pas qui gagnait. À un moment, ç'a eu l'air d'être les Troyens. Mais juste après, Hector est remonté sur son char : il voulait fuir et criait aux autres Troyens de faire pareil ! Et ils l'ont fait, en laissant les Grecs s'emparer des armes !

Je n'y comprenais rien, et encore moins quand, juste après, le corps de Sarpédon a disparu, emporté par un nuage.

La seule chose claire, c'est que les dieux étaient au milieu de tout ça.

Mais aussi, je m'inquiétais : en voyant Hector s'en aller, Patrocle était bien vite remonté sur son char. Sûrement, son idée, c'était de poursuivre Hector jusqu'aux remparts de Troie. Mais non, il avait tort ! Il fallait qu'il fasse demi-tour ! C'est ce qu'Achille lui avait demandé : il l'avait même demandé à Zeus ! Patrocle était très fort, mais peut-être pas assez fort pour Hector ! Et puis, ce n'était pas à lui d'aller jusque là-bas !

Le jour était revenu, et à nouveau, pas une seconde à perdre. Le char de Patrocle venait vers moi : j'ai sauté et me suis accroché à l'arrière. Je n'étais jamais monté sur un char et je peux vous dire que ça secouait.

Patrocle n'a rien remarqué, ni Automédon. Je me suis fait voir de Patrocle. Il m'a dit : « *Comment ? tu es là !* » En vitesse, je lui ai dit qu'il était un guerrier magnifique, vraiment divin, qu'il venait de sauver les Achéens, mais qu'il était temps de rentrer au camp comme Achille l'avait demandé.

Il n'a rien répondu. Il détournait les yeux.

L

La blessure des blessures

Les chevaux de Zeus filaient à une allure insensée. Je n'avais jamais été si près de Troie avec ses murs immenses. Mais là, devant les portes Scées, il y avait le char d'Hector avec son cocher Cébrion, qui était aussi son demi-frère. Il nous attendait. Il arrivait droit sur nous.

Patrocle a dit à Automédon d'arrêter son char, et il est descendu avec une pique et une grosse pierre qu'il a lancée sur Cébrion. Cébrion est tombé du char avec la tête éclatée. Et là, Patrocle que je ne reconnaissais plus, lui qui était toujours si doux, commençait à se moquer : « *Dieux, quelle culbute !* », s'écriait-il. « *Chez les Troyens, ils ont vraiment de bons sauteurs !* »

Alors Hector aussi a sauté de son char, et maintenant ils s'affrontaient autour du corps de Cébrion Aucun des deux ne voulait le lâcher. Et autour d'eux, entre Grecs et Troyens, c'était à nouveau la mêlée.

Le soir a fini par tomber. Et à la fin, ceux qui ont emporté le corps de Cébrion, c'étaient les Grecs.

Patrocle avait encore la force de charger. Trois fois de suite, il s'est élancé avec des cris effrayants, en tuant à chaque fois neuf hommes.

Mais alors, tout a basculé.

Patrocle s'élançait pour la quatrième fois quand quelqu'un qu'on ne voyait pas, enveloppé dans un nuage (et sûrement c'était un dieu), est venu par derrière le frapper au creux des épaules.

Patrocle est tombé en avant.

Moi, j'ai sauté du char d'Automédon et j'ai couru vers lui.

Patrocle était en train de se relever. Mais tout d'un coup, ce sont ses armes qui ont commencé à se détacher.

D'abord le casque avec son grand panache a roulé par terre avec un grand bruit. Puis ç'a été sa pique qui se brisait, son bouclier qui s'en allait, son baudrier qui se détachait avec l'épée d'argent. Et puis la cuirasse ! la cuirasse ! Sans cuirasse, il allait mourir !

Alors, dans la seconde, j'ai bondi, et je me suis agrippé à la cuirasse. C'était la cuirasse d'Achille, il ne fallait pas la laisser partir !

Seulement, au même instant, le vent s'est levé, un très grand vent. Je retenais la cuirasse par une bride, mais je sentais qu'avec ce vent c'était elle qui m'emportait ! Et là, tout d'un coup, j'étais à dix mètres, traîné par terre à travers la mêlée !

Mais j'ai vu ce qui arrivait. J'ai vu que Patrocle s'était relevé, à grand-peine, étourdi, cherchant ses armes. Et j'ai vu qu'un guerrier troyen (son nom, c'était Euphorbe) venait le frapper de sa pique en plein dos. Ensuite, il s'est enfui avec sa pique, et Patrocle a reculé pour rentrer dans les rangs des Grecs – il ne tenait plus sur ses jambes. Puis j'ai vu Hector se précipiter vers lui, et la pique d'Hector dans le ventre de Patrocle, et Patrocle qui s'effondrait au milieu de son sang, et j'ai hurlé.

La cuirasse m'avait échappé des mains. Maintenant, elle était encore plus loin, du côté des Troyens, au milieu d'eux.

Mais ce n'était pas fini. Hector parlait à Patrocle :

« Patrocle, tu pensais pouvoir saccager notre ville, ravir à nos femmes le jour de la liberté, et les emmener sur tes nefs vers ta patrie ! Insensé ! Tu comptais sans les prompts chevaux d'Hector qui ont marché à la bataille, et sans moi qui excelle à la javeline parmi les Troyens belliqueux ! Mais celui que les vautours vont dévorer, c'est bien toi ! Et ton ami Achille, tout brave qu'il est, ne t'a pas été d'un grand secours, lui qui avant ton départ n'a fait que te répéter : "*Ne reviens pas vers moi, Patrocle conducteur de chars, avant d'avoir déchiré sur sa poitrine en sang la tunique d'Hector, le tueur d'hommes !*" Voilà comment il t'a parlé, n'est-ce pas, et tu l'as cru ! »

Et Patrocle répondait dans un souffle :

« Hector, tu te glorifies trop fort et trop tôt. Zeus, fils de Cronos, et Apollon : ce sont eux qui t'ont donné la victoire. En détachant les armes de mes épaules, ils m'ont dompté aisément. Vingt hommes comme toi, si je les avais trouvés sur mon chemin, auraient péri sous ma javeline. Qui m'a tué ? Un Destin funeste, et le fils de Létô (*Apollon*), et, parmi les hommes, Euphorbe (*le Troyen qui l'avait frappé*). Toi, tu n'es venu qu'en dernier et pour me dépouiller. Mais j'ai une autre chose à te dire, mets-toi-la bien en tête : toi non plus, tu ne vivras pas longtemps. La Mort et l'impérieux Destin sont déjà près de toi, et tu seras dompté par le bras du petit-fils d'Éaque, par Achille sans reproche. »

Il mourait. Hector se retournait vers Automédon pour l'abattre, mais déjà Automédon avec les chevaux de Zeus s'enfuyait vers le camp grec. Et pour moi, penché vers Patrocle, c'était comme si mon propre sang s'était enfui, je ne sentais plus rien, je voulais rentrer chez moi rue Marat, et je me mettais en route, mais non, impossible, c'était trop loin, j'étais épuisé, et je m'évanouis.

Quatrième cahier

LI

Le combat autour de Patrocle

Je sais que devant Patrocle mourant je me suis évanoui, mais combien de temps, impossible à dire. Peut-être pas plus de quelques secondes, car quand j'ai rouvert les yeux, rien n'était changé.

Rien n'était changé, je veux dire que tout autour la bataille continuait, mais que juste ici, sous les remparts de Troie, elle était arrêtée juste un instant, parce qu'ici par terre était le corps de mon ami, les yeux encore ouverts et le visage en sang. Mon ami, le héros avec qui j'avais parlé, qui avait veillé sur moi, que j'avais accompagné, et qui dans l'après-midi, tout seul ou presque, couvert des armes d'Achille et emporté par les chevaux de Zeus, avait sauvé l'armée grecque et les nefs.

J'avais une épée dans le cœur, et pas de larmes. Les larmes, ce serait pour plus tard.

Mais déjà je pensais qu'il fallait avertir Achille, et que sa douleur à lui serait atroce, et je me disais : « *non, pas toi, ce n'est pas pour toi, n'y va pas, attends pour rentrer* ».

Maintenant, on allait se battre autour du corps de Patrocle.

Le premier qui a su que Patrocle était mort, parce que de loin il avait tout vu ou presque, c'était Ménélas. Mais quand Ménélas est arrivé devant Patrocle, il a eu affaire à un autre homme qui venait s'emparer du corps. C'était Euphorbe, le guerrier qui avait frappé Patrocle en premier.

Un peu plus tôt dans la bataille, le frère de cet Euphorbe avait été tué par Ménélas.

« Ménélas, fils d'Atrée », s'écriait-il, « retire-toi, laisse là ce cadavre ! Dans la mêlée, aucun des Troyens ni de leurs alliés n'a frappé Patrocle avant moi ! Laisse-moi donc gagner une noble gloire parmi les Troyens, si tu ne veux pas que je te frappe et que je t'enlève à la vie douce comme le miel ! »

Alors Ménélas :

« Zeus père ! il n'est pas beau de se vanter avec excès ! Un léopard, un lion, un sanglier n'aurait pas pour combattre une ardeur pareille à celle de ton frère : et pourtant, après m'avoir insulté, il n'a pas joui de sa jeunesse, et n'est pas rentré sur ses pieds pour réjouir sa chère épouse ! Toi aussi, je t'engage à t'en retourner dans la foule avant qu'il ne t'arrive malheur. »

Mais l'autre n'a pas reculé. Au contraire, avant d'emporter Patrocle, il voulait faire payer à Ménélas la mort de son frère et la peine de sa belle-sœur. Il a lancé sa pique sur Ménélas et elle s'est fichée dans son bouclier. Mais la pique de Ménélas, elle, est arrivée droit dans son cou.

Et donc, voilà Euphorbe mort à terre, et Ménélas qui s'emparait de ses armes, et Patrocle commençait à être vengé.

Mais maintenant, celui qui marchait sur Ménélas, c'était Hector, et Ménélas, presque tout seul au milieu des Troyens, ne savait plus quoi faire. À un moment, il a commencé à s'éloigner en se retournant sans arrêt. J'ai pensé qu'il nous abandonnait, et je l'ai maudit.

En réalité, il allait chercher Ajax. Et tous les deux, ils ont fait vite : Hector commençait à peine à tirer le corps de Patrocle, Ajax est arrivé avec son bouclier immense. Alors Hector a reculé, et il a sauté sur son char pour rejoindre les rangs troyens. Tout ce qu'il était arrivé à faire, mais c'était déjà dur à voir, c'était de rassembler les armes de Patrocle, celles d'Achille autrement dit, et j'ai vu qu'il les confiait à ses hommes, sûrement pour les mettre en sécurité.

Je m'étais assis tout près de Patrocle et je suppliais les dieux qu'on arrête de se battre autour de son corps. Mais non. Pour les Troyens, ses armes ne suffisaient pas. Ils voulaient le corps, et ils le voulaient pour l'échanger ensuite contre autre chose. Et ce qui les intéressait, c'était Sarpédon, son corps et ses armes. Ils croyaient que les Grecs avaient tout pris. Ils ne savaient pas que Sarpédon mort avait été emporté par un nuage et déposé par Apollon dans un pré, chez lui en Lycie.

En tous les cas, Hector est revenu. Et là, ç'a été la stupeur, parce qu'il n'avait plus la même allure. Il avait changé d'armes ! *Il était allé reprendre les armes d'Achille, et il s'en était couvert !* Et comme c'étaient des armes divines, la cuirasse, le casque, les jambières, *tout s'était ajusté à sa taille !*

On n'avait jamais vu Hector aussi beau. Mais en même temps, il y avait quelque chose qui n'allait pas. Avec ces armes-là, Hector multipliait sa force, et tant qu'il les porterait, on voyait qu'il ne pourrait pas être vaincu. Mais on ne pouvait pas le regarder. Ses armes brillaient trop. Il portait la mort avec lui.

Près du corps de Patrocle, j'entendais Ajax parler à Ménélas :

« Mon bon ami, je n'espère plus que l'un ou l'autre nous puissions revenir du combat. Je ne crains pas tellement pour le corps de Patrocle, qui bientôt rassasiera les chiens et les oiseaux de Troie, mais surtout pour ta tête et pour la mienne. Hector est comme un ouragan de guerre qui descend sur toute chose, et devant nous s'ouvre le gouffre de la mort. Allons, appelle à nous les plus braves des Danaens, si quelqu'un peut nous entendre ! »

LII

Les chevaux en pleurs

Ménélas a lancé son cri, et plusieurs sont arrivés en renfort : Ajax le rapide, Idoménée, Mérion. Et tous ont fait autour de nous comme une haie de boucliers. Mais les Troyens chargeaient, et j'ai eu un moment affreux quand les Grecs ont reculé et qu'un Troyen a passé une courroie à la cheville de Patrocle pour mieux le tirer à lui. Mais le grand Ajax était là, et le Troyen a reçu sa lance en pleine tête.

Le combat durait et durait. On y voyait de moins en moins. Ce n'était pas à cause du soir, même si en principe on était le soir, mais à cause d'une espèce de brume qui était descendue partout et qui cachait jusqu'aux murs de la ville.

À un moment, dans ce brouillard, on a vu revenir les chevaux de Zeus, conduits par Automédon. Qu'est-ce qu'ils venaient faire ici, loin des rangs grecs, avec Automédon qui ne pouvait pas combattre tellement il était occupé à mener son char ?

Dans l'histoire, on dit que les chevaux – les chevaux de Zeus – n'avaient pas voulu rentrer au camp. À mi-chemin, ils s'étaient arrêtés, comme des statues, avec de grosses larmes qui coulaient par terre. Et pourquoi ? Parce que Patrocle, leur conducteur, était mort : avec ces chevaux-là et ces armes-là, il n'aurait pas dû ! Alors Zeus a eu pitié : il a décidé que les chevaux reviendraient narguer Hector dans la bataille, et qu'Automédon, le cocher, ne serait pas blessé. Hector avait déjà les armes d'Achille, il aurait aussi voulu les chevaux, mais ceux-là, non, il ne les aurait pas.

À part ça, pour les Grecs, c'était à nouveau la catastrophe. Beaucoup de guerriers tombaient, surtout à cause d'Hector qu'on ne pouvait pas arrêter.

À ce moment-là, Ajax s'est dit qu'il fallait absolument avertir Achille, et celui qu'il a pensé envoyer, c'était Antiloque, le fils de Nestor, que j'étais allé voir avec Patrocle. Mais avec la brume qu'il y avait, on n'y voyait pas à cinq mètres. Alors Ajax a demandé à Zeus :

« Zeus père, tire au moins de ce brouillard les fils des Achéens ! Fais-nous un ciel clair ! Donne à nos yeux de voir ! Et ensuite, fais-nous périr, mais en pleine lumière, puisque c'est cela qui te plaît ! »

Zeus l'a entendu, parce que la brume s'est dissipée. Le soleil revenait. Ménélas a aperçu Antiloque tout au fond. Il est allé lui parler, et Antiloque ne savait pas que Patrocle était mort, parce que j'ai vu – toujours avec mes jumelles ultrapuissantes – qu'il restait figé de stupeur. Ensuite, il a ôté ses armes et il est parti en courant vers les nefs.

Je le voyais arrivant chez Achille, et l'expression d'Achille en l'écoutant.

Pourtant, est-ce qu'Achille pouvait venir, là tout de suite, venger Patrocle ? Impossible, et ça, pas seulement à cause de sa douleur. *Il n'avait plus ses armes. Il n'avait plus les armes qu'il fallait pour affronter Hector. Ses armes, c'est Hector qui les avait.*

Alors Ajax a arrangé le retour du corps de Patrocle. Mérion et Ménélas l'ont pris, l'ont soulevé de terre et se sont mis à courir en le portant à bout de bras. Une foule de Troyens les poursuivait, mais Ajax s'était mis derrière les deux autres, il se retournait sans cesse, et il avait l'air si terrible qu'aucun Troyen n'osait l'affronter.

Moi, je n'aurais pas pu courir. Une demi-heure peut-être, je suis resté là, assis dans la plaine devant Troie, seul, perdu, hébété, incapable même de bouger.

Ensuite, le char est arrivé.

LIII

Dans les murs de Troie

La nuit tombait, et après ce jour sans fin c'était une espèce de prodige. Plus loin du côté du camp grec, les combats s'étaient arrêtés. Les Grecs devaient rentrer vers le camp. Peut-être que les Troyens rentreraient dans la ville, peut-être qu'ils reprendraient leur campement de la veille (sauf que dire « la veille » après ce jour si long, ça faisait un drôle d'effet).

Maintenant, Antiloque devait être arrivé chez Achille ; et même Ajax, Ménélas et Mérion avec le corps de Patrocle. Je pensais à Achille prostré, aux cris des servantes, et puis à Agamemnon, Ulysse ou Diomède qui viendraient saluer Patrocle. Tout ça bizarrement lointain, comme si c'était dans un autre pays. Mais en même temps, j'y étais, j'étais là avec mon corps. D'ailleurs, avec tout mon chagrin et mon effroi, j'allais me lever pour rentrer.

Mais là, le char est arrivé.

J'étais toujours à l'endroit où Patrocle était tombé. Le sol faisait une pente très douce. C'était tout près de l'espèce de route qui menait du camp grec vers Troie. La route montait, faisait un coude et rejoignait les Portes Scées.

Et donc, allant vers Troie, tout seul dans le bleu de la nuit tombante, « à vive allure » mais sans beaucoup de bruit, est arrivé ce char, et il luisait.

Qui est-ce qui le conduisait, je n'ai pas vu. Un homme tête nue, grand, une espèce de cape sur les épaules, mais ça pouvait être n'importe qui. Ce que j'ai vu, c'est ce qu'il transportait : les armes déposées sur le plancher du char, et sous le peu de lune qu'il y avait, elles brillaient, c'était incroyable.

Pas de doute : *c'étaient les armes d'Achille, qu'Hector réexpédiait à Troie.* Bien sûr, la bataille n'était pas finie, et peut-être qu'Hector avait décidé de passer la nuit face au camp grec. Mais les armes, pour une raison à lui, il préférait qu'elles restent dans la ville. Il les ferait reprendre s'il avait besoin.

Mais moi qui étais là tout près, là où Patrocle était tombé, *il fallait que je fasse quelque chose pour ces armes ! Il fallait que j'entre dans Troie pour les trouver !* Vous me direz, elles étaient bien trop lourdes pour que je puisse les porter toutes. Oui, mais je pourrais en prendre au moins une, et comme ça, ne pas rentrer chez Achille les mains vides !

D'ailleurs, sans les armes, ou sans une partie des armes, Achille n'arriverait pas à vaincre Hector. Je vous ai dit : tant qu'Hector aurait toutes les armes, il ne pourrait pas être vaincu.

Vous me direz aussi, Troie était une grande ville où je n'étais jamais entré, alors comment trouver la cachette pour les armes ? Mais non : sûrement les armes seraient au palais, dans les appartements d'Hector, et pourquoi est-ce qu'il les cacherait ?

Et puis, peut-être qu'à Troie je pourrais trouver quelque chose pour mon dîner.

Mais pour trouver les armes, et d'abord pour entrer, il fallait courir après le char.

En une seconde j'ai été sur mes pieds. Le char allait vite et il continuait à s'éloigner, mais devant les portes il s'est arrêté, et le temps qu'on lui ouvre, je l'ai un peu rattrapé. Et quand moi je suis arrivé devant les portes (de vrais monuments), elles étaient encore ouvertes.

Alors je suis entré dans Troie.

Pas de gardien. Partout un grand silence. Toute la ville avait l'air de dormir. Et pourtant, la nuit venait seulement de tomber.

Quand vous passiez les portes, vous aviez devant vous une allée pavée qui montait. L'allée menait à une place bordée de maisons en pierre avec un ou deux étages, et je m'étonnais que les paliers, les planchers et d'autres choses compliquées à construire aient été déjà inventés. Sur les façades, des portes basses et de petites fenêtres, mais à une seule de ces fenêtres on apercevait une lumière.

Au fond de la place, entre deux rues qui montaient encore à gauche et à droite, il y avait de grands escaliers ; je dis *des* escaliers parce que ça faisait des marches et des marches, mais surtout parce qu'à certains endroits vous aviez de petits paliers avec des arbres ou des rochers qu'on n'avait pas pu ôter. À d'autres endroits, les marches partaient en biais pour conduire à des maisons.

En montant toujours, on arrivait à une autre place encore plus large et plus belle, avec sur la gauche un grand temple avec des colonnes, et sur la droite, en face du temple, un bâtiment qui devait être le palais. Le char avait dû passer par les rues sur l'arrière : il était arrêté là, devant le palais.

Pour s'occuper du char, personne non plus. Les chevaux attendaient.

Dans les escaliers, j'avais croisé deux hommes plutôt âgés en pleine discussion. Dans une des maisons, un bébé pleurait. De l'autre côté de la place, trois garçons étaient assis par terre : il faisait presque noir, pourtant ils jouaient aux osselets. Côté « âmes qui vivent », c'était tout.

Les portes du palais étaient ouvertes aussi. L'entrée, c'était un genre de hall rectangulaire avec des couloirs de chaque côté. En suivant un des couloirs, on arrivait à une cour intérieure magnifique, avec une galerie autour comme un cloître. Au milieu, une fontaine où j'ai pu boire enfin. Mais après, où aller ? De la cour partaient d'autres couloirs et ils menaient à d'autres cours. C'était sûrement sur ces cours que donnaient les chambres du roi, de la reine et de leurs enfants tellement nombreux, parce que de grandes portes se découpaient dans les murs, sculptées en bois très sombre, presque noires.

Mais voilà, toutes ces portes étaient fermées.

J'allais à travers les couloirs, et plus les minutes passaient, plus je m'affolais. Pourquoi le palais était-il comme ça désert ? Où étaient le roi et la reine ? Leurs fils devaient passer la nuit là-bas devant le camp grec, mais les filles, les belles-filles, les petits-enfants, Cassandre, Hélène, Andromaque et son fils Astyanax ? Est-ce qu'ils restaient enfermés derrière ces portes ? Devant une ou deux, j'avais cru entendre des voix étouffées. Mais de là à entrer... Et moi qui avais pensé que tout seul je trouverais les appartements d'Hector ! Et cette faim ! Et cette fatigue ! Avec cette journée longue comme trois ou quatre, depuis quand n'avais-je pas dormi ?

À force de tourner et tourner, j'ai fini par me retrouver dans la première cour, et de là je suis revenu dans l'entrée. Les portes étaient encore ouvertes, mais le char n'était plus là. Donc on avait bien déposé les armes quelque part, mais où ?

Ce n'était pas possible, il fallait que je rentre au camp. Peut-être qu'au milieu de sa douleur Achille se serait souvenu de moi. Peut-être même qu'il aurait préféré que je sois là. J'avais fait une erreur. Il fallait ressortir et reprendre les escaliers, en priant pour que les portes Scées soient encore ouvertes. Et sinon ? Il faudrait attendre le matin, mais à quelle heure est-ce que j'arriverais au camp grec ? C'était affreux.

Donc là, dans la grande salle qui servait d'entrée, j'étais de plus en plus désespéré, et finalement je m'affalai contre un pilier. Je repensais aux armes sur le char, à Achille qui devait m'attendre, à la faim qui ne me quittait pas, et puis beaucoup à Patrocle, beaucoup. Je le revoyais, lui, Patrocle, répondant à mes questions. M'attendant après la première bataille, et de nouveau à quatre heures du matin la nuit où j'étais rentré sous l'orage. Discutant avec Antiloque dans sa baignoire, et puis restant à soigner Eurypyle après lui avoir retiré sa flèche. Je le revis magnifique dans les armes d'Achille, chargeant les Troyens avec les chevaux de Zeus. Enfin je revis la cuirasse qui s'en allait et le coup de lance d'Hector en plein ventre. Tout se chevauchait, et là, j'ai pleuré, j'ai pleuré de toutes mes larmes, c'était un ravage sans fond. Je ne pouvais plus m'arrêter.

Et sans doute c'était trop pour moi, parce que peu à peu, au milieu de mes larmes, j'ai glissé vers le sommeil.

Ç'a été un sommeil de plomb qui a dû me mener jusqu'au matin, car quand j'ai ouvert les yeux il m'a semblé que le palais s'éveillait, et dans l'embrasure de la porte on voyait que c'était l'aube.

Mais ce qui m'a réveillé, ce n'était ni le jour ni le bruit. Quelqu'un était penché vers moi et me touchait l'épaule.

Ce n'était pas un garde, ni quelqu'un de la famille de Priam, ni qui que ce soit du palais. Je vais vous dire, c'était un garçon de mon âge, et il avait une chemise à carreaux.

LIV

Un frère

Hé, *boy* !, faisait-il à mi-voix, hé, garçon ! *Junge* ! *ragazzo* ! Qu'est-ce qui lui arrive à celui-là ?... *Maltchik !*

Je m'étais réveillé en sursaut, et maintenant je le regardais, son visage, sa chemise, encore son visage, sans comprendre où j'étais ni ce qui se passait.

– Quoi ? quoi ? répétais-je, qu'est-ce qu'il y a ?

– Ah, tu parles français ? disait-il avec un drôle d'accent en roulant les r, et tu es perdu, c'est ça ?

– Je... oui, mais perdu, non, seulement...

– Mais oui ! mais non ! fit-il en riant. Ah, c'est vrai, on a trop dormi...

C'était comme si le téléphone avait sonné à cinq heures du matin. J'essayais d'émerger.

– C'est à cause des armes... les armes d'Achille... je les ai cherchées...

– Mais tu es nouveau au palais, c'est ça ? Alors, pas possible de trouver quoi que ce soit ! On entre, et puis après c'est comme un labyrinthe. Il faut du temps !

– Mais c'est vraiment pressé...

– Ne t'en fais pas, on ira les chercher. Si elles sont là bien sûr, parce qu'ici on ne sait jamais !

– Il y avait un char qui les apportait, mais après, je n'ai vu personne...

– Si elles sont là, dit-il, on les trouvera. Seulement, qu'est-ce que tu veux en faire ?

– Mais, les rendre à Achille, enfin ce qu'on pourra transporter !

– Ça veut dire aller jusqu'au camp grec, c'est ça ? (*Il disait « c'est ça ? » toutes les deux phrases.*) Pourquoi pas ? Mais c'est assez loin ! Je n'ai jamais poussé jusque là-bas.

– Mais toi aussi tu es un voyageur ?

– C'est comme ça qu'on dit ? Oui, un voyageur, oui.

– Et ça t'est arrivé comment ? par une Viellos ?

– Une quoi ?

– Une Viellos, une boule de cristal de dans le temps…

– Non, non, je ne connais pas. J'avais un rendez-vous à Bucarest (j'habite à Bucarest en Roumanie, et mon nom, enfin mon prénom, c'est Dumitru, mais on m'appelle Dumi). C'était pour le théâtre, je prends des cours de théâtre. C'était pour une pièce de Giraudoux, Jean Giraudoux, tu dois connaître ça.

Jean Giraudoux, un drôle de nom. Peut-être qu'Émile nous en avait parlé une fois en cours de français ? Je ne me rappelais pas. Je fis un genre de grimace embarrassée.

– Non, vraiment ? reprit-il. Jolie pièce. En français, le titre c'est *La guerre de Troie n'aura pas lieu*. Peut-être pas très à la mode ? Il y a des côtés vieillots. C'est le professeur de théâtre, M. Serge, qui l'avait choisie. Un homme pas tout jeune. J'avais un petit rôle. Un gabier, tu sais ce que c'est qu'un gabier ?

– ?...

– C'est un marin qui s'occupe des voiles. J'étais gabier sur le bateau de Pâris, celui qui ramenait Hélène à Troie. (*Il se mettait à réciter la pièce.*) Le gabier : *« Moi, j'étais l'officier de bord, j'ai tout vu.* Hector : *– Tu t'es trompé.* Le gabier (moi) : *– Vous pensez qu'on trompe l'œil d'un marin troyen ? À trente pas je reconnais les mouettes borgnes. Viens à mes côtés, Olpidès. Il était dans la hune, celui-là. Il a tout vu d'en haut. Moi, ma tête passait de l'esca-*

lier des soutes. Elle était juste à leur hauteur, comme un chat devant un lit... »

Il était drôle avec son ton solennel. J'étais impressionné par son français.

– Pas mal... Mais c'était pour jouer en vrai, ou seulement pour la classe ?

– En vrai, en vrai, sauf qu'on était entre jeunes ! C'est un club où mes parents m'ont inscrit. Comme ça j'apprends mieux le français. M. Serge est à moitié français. Il a été très longtemps à Paris.

– Et alors, qu'est-ce qui s'est passé ?

– Eh bien, une après-midi, on était début mai. J'allais à la répétition, elle n'était pas à l'endroit habituel, ce jour-là il n'était pas libre. Heureusement les parents du garçon qui jouait Hector avaient un grand appartement, et donc on devait se retrouver chez eux. Je n'étais jamais allé. Donc je suis arrivé, c'était derrière le boulevard Dacia, en plein centre, tu connais Bucarest ? non ? Je suis monté, j'ai sonné, quelqu'un m'a ouvert...

Il fit une mimique d'étonnement. Je ne sais pas pourquoi, je voyais son M. Serge avec la figure de l'homme du comptoir dans la boutique sans nom, où j'avais porté ma Viellos.

– Et donc ?

– Eh bien, ça donnait sur les sous-sols d'ici.

– Direct ?

– Direct.

– Et ton professeur ?

– Disparu.

– Et les autres qui devaient jouer ?

– Pas là. Il y avait juste Marwan.

– Marwan ?

– C'est un ami égyptien très savant qui est là avec nous.

Je n'y comprenais plus rien.

– Comment ça, avec vous ?

– Eh bien, avec les autres qui sont arrivés après. Il y a Daphné qui vient d'Amérique, et puis les deux Japonais, Koshi et Fujiko. Ça fait comme une petite colonie.

– Eux ne venaient pas de Bucarest ? Ils n'étaient pas allés à l'appartement ?

– Non, du tout ! L'appartement, c'était juste une porte vers ici ! Mais des portes, il y en a d'autres, et eux tous, ils sont venus directement de chez eux !

– Et vous habitez où ?

– Par là en-dessous, tu verras, je te montrerai.

– Et vous trouvez à manger ?

– Dans les cuisines de Priam, il y a tout ce qu'il faut ! ou bien on va se servir dans les banquets, ou alors au marché !

– Et vous êtes tous invisibles ?

– Évidemment ! Enfin, pas les uns pour les autres, c'est pour ça que je t'ai vu !

– Et à cette heure-ci, les cuisines sont ouvertes ?

– J'allais voir justement. On est un peu à court de provisions. Tu n'as pas eu à dîner hier soir, *c'est ça ?*

– Non, et même rien hier midi, juste un peu de fromage, avec la bataille qu'il y avait.

– *Poverino.* Nous allons essayer de te trouver quelque chose. Et après, on va s'occuper des armes.

J'oublie de vous dire : ce Dumi était très brun de cheveux, plus que de peau, avec de beaux yeux bleus. Plus petit que moi, même s'il allait vers ses quinze ans, mais avec quelque chose de ramassé, je crois qu'on dit râblé, dans le visage, dans les épaules, dans tout le corps. Et donc, il donnait une impression de force, un peu comme quelqu'un qui a déjà beaucoup navigué. Mais avec ça il avait un côté jeune chat : souple, attentif, prêt à bondir. Et puis très gai toujours, réconfortant : avec lui, si vous alliez mal, en deux-trois minutes vous étiez remis d'aplomb. Et là, je n'en revenais pas.

Côté apparence, il était vraiment soigné. Je me suis demandé comment il faisait. Cheveux peignés, chemise usée mais toute propre, pantalon pareil. Pas repassé, mais vraiment présentable. On devait lui faire sa lessive quelque part.

– Et depuis que tu es là, repris-je (nous étions déjà en chemin vers les cuisines), tu n'as jamais eu envie de rentrer chez toi ? tu ne t'es pas ennuyé ?

– Ennuyé ? mais pourquoi est-ce qu'on s'ennuierait ? La vie est belle ici ! On se lève à l'heure qu'on veut, on mange ce qu'on veut (enfin, pas de chocolat ni de saucisses ni de pommes de terre, ils ne connaissent pas), on fréquente des personnages de légende, et avec ça on apprend beaucoup de choses. Et puis tu verras, on s'entend très bien tous les cinq, et il y a toujours de l'imprévu. C'est *trrrépidant* !

– Mais quand même, c'est la guerre ! Et puis, le soir, ça n'a pas l'air bien gai !

– La guerre, on ne peut pas dire qu'on la sente tellement. À part ça, oui, c'est sûr, ici ils ne sont pas du soir, mais tout dépend. La règle, ici, c'est que quand Priam décide de rentrer dans ses appartements, tout le monde au palais rentre dans ses appartements. Et quand les gens du palais rentrent dans leurs appartements, en ville ils rentrent tous dans leurs maisons.

– C'est curieux…

– Et toi, chez les Grecs, tu es content ? Et au fait, ton nom c'est quoi ?

Je lui dis qui j'étais et d'où je venais, et puis que chez les Grecs c'était fascinant – fascinant mais pas très facile. Et puis j'ai commencé à lui raconter : mon arrivée chez Achille, ma première journée au camp et à la bataille, ma mission pour Briséis, l'homme sans sourcils, les précautions qu'il fallait prendre avec les dieux, mon jour de fièvre, Achille qui persistait dans sa colère, le guet que j'avais fait pour Patrocle…

Et en lui parlant je me demandais : *pourquoi est-ce que lui, Dumi, paraissait bien plus dégagé de l'histoire, bien plus libre que je n'étais ?* Lui n'avait pas l'air de s'être trouvé une mission… Il avait vraiment l'air de s'amuser…

Je crois qu'il y avait plusieurs réponses.

Entre-temps, nous étions arrivés aux cuisines, après avoir croisé une quantité de gens qui n'avaient pas fait attention à nous. Ici, on n'était peut-être pas du soir, mais du matin, ça oui. Déjà les cuisiniers s'affairaient. On cuisait des légumes, on découpait des viandes, on préparait même des gâteaux, une chose que les Grecs n'avaient pas.

J'ai un peu goûté de tout ce qui était prêt. Pour des quantités, il y avait des quantités. Le difficile, c'était toujours de ne pas faire de bruit. Mais un moment après je n'avais plus faim.

Le jour se levait pour de bon. Pour les armes, il fallait faire vite : autrement, le risque, c'était qu'Hector les ait déjà fait rechercher. Et puis Achille était sûrement déjà réveillé, et peut-être il tournait en rond comme un lion en cage.

Alors, pour les provisions, Dumi a renoncé : il viendrait les prendre plus tard. Et tous les deux, nous sommes partis chercher les armes d'Achille.

Depuis que j'avais trouvé un genre de frère, et que je n'étais plus le seul voyageur sur place, tout ça me paraissait bien moins lourd à porter.

LV

Les armes derrière la porte

Nous retraversions les couloirs, mais cette fois j'avais un guide. Et il m'expliquait :

– C'est un très grand palais, et c'est heureux, parce que Priam a une famille très nombreuse, et avec les cousins et les invités ça fait vraiment beaucoup de monde à loger. Tu sais qu'on dit qu'il a eu cinquante fils et onze filles ; pas tous de la même femme, évidemment ! Moi je pense que c'est exagéré. Avec les amis de la colonie (*il voulait dire les autres voyageurs*), on a compté ceux qu'on connaissait : on arrive seulement à vingt-trois enfants, seize fils et sept filles. Mais évidemment, il y en a qu'on ne connaît pas et qui ne sont pas au palais. Enfin, ils ont tous leur appartement, et tous les appartements donnent sur une cour, comme ça, pas de jaloux.

« Par exemple ici (*il me désignait une porte devant laquelle nous arrivions*), c'est chez Cassandre, une des sœurs d'Hector, une beauté, mais alors elle n'a pas bon caractère ; toujours à prédire des malheurs ! D'ailleurs, tous ses amoureux repartent découragés, ou ils se font tuer dans la bataille. Et ici (*il s'arrêtait devant une autre porte*), c'est chez Déiphobe, drôle de nom. C'est le frère chéri de Cassandre. Ils étaient ensemble aux jeux funèbres, la fois où elle a reconnu Pâris qui était descendu de la montagne comme simple berger. Pas très bon rôle. On dit qu'il jouera un mauvais tour à Hector, et aussi qu'une fois que Pâris aura été tué, il mettra Hélène dans son lit… Ici, il n'y a personne, c'était chez Troïlos, tu n'as pas connu, Achille l'a tué avant que ton histoire commence… Ici (*il continuait*), c'est chez Laodicé, la fille préférée d'Hécube, vraiment charmante. Et alors ici, regarde bien, c'est l'appartement d'Hélène. Je dis "d'Hélène" parce que bien sûr il communique avec celui de Pâris Alexandre, mais ils ont une porte chacun.

La porte d'Hélène était un peu différente des autres, pas tellement par les sculptures que par la couleur. Elle n'était pas foncée, elle était noire, comme si elle avait été faite en ébène. On voyait bien que c'était une porte à mystères.

– Hélène, poursuivait Dumi, on dit que c'est « la plus belle des mortelles », mais c'est encore faible comme expression. En vérité, quand tu la vois, tu es obligé de fermer les yeux tellement elle irradie. Tout d'un coup tu n'es plus ce que tu es, seulement une particule dans son sillage. Elle a des yeux qui te soulèvent de terre. On n'arrive pas à comprendre comment une femme pareille peut exister. En plus, elle est toujours très calme, très sérieuse. Là-bas en Grèce, les rois qui sont venus avec Ménélas, tous ils auraient voulu l'avoir pour eux. Ce sont des fous. Ce qu'Aphrodite a donné à Pâris, je pense que ce n'est pas Hélène, c'est le pouvoir de supporter la beauté d'Hélène, de lui tenir tête, si tu veux. Priam aussi le peut, mais c'est un vieil homme et il est le roi. Le grand trésor ici, c'est elle. Plus d'Hélène, plus de Troie. Eh bien, elle sort deux fois par jour. Tu te mets devant cette porte vers cinq heures (cinq heures chez nous, c'est-à-dire quand le soleil ici commence à baisser), tu la verras. Et tu verras, tu seras soulevé, emporté, plus de Léo. Tu peux aussi attendre une visite et entrer.

Là, il me donnait le vertige.

Nous avancions toujours.

– Ici, sans intérêt. Ici aussi, sans intérêt. La prochaine porte est celle d'Hector. Eh bien, entrons.

Et sans façon, comme ça, il actionna le loquet, et la porte s'ouvrit.

Personne n'avait l'air d'avoir entendu.

On entrait dans un genre de vestibule : pas une pièce séparée, mais la partie la plus étroite de la pièce qu'on trouvait après, celle-là très grande, large et profonde, avec des fenêtres assez petites, qui avaient l'air de surplomber la ville, et peut-être une espèce de balcon. Et près des fenêtres, à peut-être quinze ou vingt mètres de l'entrée, il y avait une petite scène comme dans un tableau hollandais, si vous connaissez : une grosse dame, sans doute la nourrice, était assise sur une chaise, de dos, avec sur les genoux un petit enfant ou un grand bébé qui était sûrement Astyanax. On ne voyait pas ce qu'elle faisait avec lui, mais il n'était pas content et se mettait à pleurnicher. La nourrice lui parlait sans arriver à rien. Alors une autre femme au visage très doux – ça devait être sa mère, Andromaque – venait et se penchait vers le petit pour l'embrasser ou pour le caresser.

Nous n'avons pas cherché à nous approcher. Nous sommes restés dans l'entrée. Et dans un renfoncement, derrière la porte, il y avait ce que nous cherchions : les armes bien rangées contre le mur, l'épée, le bouclier, le double baudrier, le casque, la cuirasse, les jambières, les couvre-chevilles. On les avait trouvées ! Elles étaient à nous !

Pourtant, tout à coup, je me demandais : par rapport aux armes d'Achille, tellement brillantes, est-ce que celles-ci n'étaient pas d'un métal un peu sombre ? Et ce panache sur le casque, est-ce qu'il était marron comme celui de Patrocle ? Et les courroies de la cuirasse, étaient-ce les mêmes que j'avais agrippées ? Si on avait pu voir les armes en pleine lumière, un coup d'œil aurait suffi. Mais là, on n'y voyait pas grand-chose. Donc je restais à hésiter, et Dumi s'agaçait. Il me chuchotait :

– Prends-en une ou deux, qu'est-ce que ça peut faire ? Ce ne sont peut-être pas les armes d'Achille, mais alors ce sont celles d'Hector ! Et si ce ne sont pas celles d'Achille, c'est que celles d'Achille, Hector les a gardées avec lui, peut-être même qu'il a dormi avec : alors, pour les lui prendre, il aurait fallu toutes les ruses d'Ulysse, ça n'était pas pour toi ! Mettons que celles-ci soient à Hector : tu prends ce que tu veux, l'épée, la cuirasse, le baudrier (le bouclier, on n'y arrivera pas), et tu les rapportes à Achille, il sera très content ! Comme ça, ils auront fait l'échange !

– Oui, lui répondis-je, mais Achille a besoin de ses armes à lui, et pas de celles d'Hector ! Celles d'Hector, il s'en fiche ! Il lui faut les armes qu'Hector a prises à Patrocle, parce qu'elles sont divines comme ses chevaux ! Sans elles, ça n'est pas évident qu'il gagne !

– Ne t'en fais pas pour ça, répondit Dumi, toujours à voix basse. Est-ce qu'Achille n'est pas le fils d'une déesse ? Est-ce que Zeus n'a pas fait pleuvoir les malheurs sur les Grecs juste pour lui faire plaisir ? Tu penses bien, si Achille veut se battre contre Hector, ils lui trouveront des armes qui lui aillent.

Là, je n'ai pas trop su quoi lui répondre. Il avait certainement raison. Peut-être même que dans l'histoire, les choses devaient se passer comme il disait, et que moi, bizarrement, je l'avais oublié. N'empêche, en allant chercher ces armes chez Hector, j'avais vraiment fait mon possible. C'était une chose à tenter. C'était obligé.

– Alors, qu'est-ce qu'on fait ? demandai-je à Dumi.

– Je te dis, prends celles que tu veux, le casque ou l'épée ou la cuirasse, et dépêchons-nous.

C'était lui maintenant qui avait l'air pressé.

Je me demandais : alors, le casque ? Ça aurait l'air bizarre de rapporter seulement le casque, et ce n'était pas le plus utile.

La cuirasse ? Pas facile à transporter, et ça ferait sûrement du bruit. L'épée ? Oui, c'était mieux. Si elle était trop lourde, on la prendrait chacun sur une épaule, comme la bôme d'un dériveur. Il faudrait seulement faire attention qu'elle ne sorte pas du fourreau. Si jamais c'était celle d'Achille, comme c'était une épée spéciale, elle pourrait nous blesser.

– Bon, l'épée, dis-je à Dumi.

Seulement l'épée était appuyée contre le mur, derrière la cuirasse et le reste, et en allant la chercher, tout s'est renversé. Quel boucan ! La nourrice a sursauté et elle a lâché Astyanax. Andromaque a couru derrière son fils, et un serviteur s'est précipité pour voir ce qui arrivait. Si Dumi et moi n'avions pas reculé, le bouclier en tombant nous mettait les pieds en miettes. Enfin nous avions attrapé l'épée, et le fait est, elle était terriblement lourde ! Mais pour le fourreau, rien à faire ! Il était coincé sous le bouclier. Tant pis : même si l'épée entre nos mains était devenue invisible, il fallait vraiment déguerpir !

La porte derrière nous était seulement poussée. En une seconde on l'a rouverte, et on s'est précipités dehors (dans la galerie, sur la cour), avec le serviteur à nos trousses. Il n'y comprenait rien, il criait : « *Qui est là ? Au voleur ! Au secours ! Montrez-vous, enfin !* » Mais c'est plus fort que moi, je trouve que c'est un miracle qu'en fuyant avec cette épée si lourde et tranchante, Dumi et moi soyons restés en vie.

LVI

Achille après la nuit

Dumi et moi nous étions mis au centre de la cour, où il y avait tout un jardin. Comme le serviteur n'arrêtait pas de crier, beaucoup de gens sont arrivés, surtout des gardes et des domestiques, et ça a fait tout un attroupement. Vous vous rendez compte, quelqu'un s'était introduit dans les appartements d'Hector et avait volé son épée !

Deux minutes après, ils étaient tous à la poursuite du voleur. Et là, on a pu quitter notre cachette au milieu des plantes, en portant l'épée à deux comme j'avais pensé. J'allais devant, avec la pointe près de mon cou ; mais en faisant bien attention et en gardant la main pliée sur le fil de la lame, ça n'était pas si dangereux. En zigzag pour ne rentrer dans personne, on a retraversé les couloirs et retrouvé la sortie ; et puis, aussi vite que possible, on a traversé la place et descendu les marches vers les portes Scées, qui le matin étaient toujours ouvertes.

Je quittais Troie que j'avais à peine vue.

Le soleil se levait.

Dans la plaine, c'était comme le lendemain de la première bataille : des soldats s'affairaient pour enlever les corps des morts. La lumière du matin était jolie, mais comme scène, c'était sinistre. Derrière moi, Dumi se taisait. À un moment, il a ouvert la bouche ; on passait vers les berges du Scamandre, un endroit calme avec de la belle herbe et de grands arbres, et il m'a dit :

– Tu vois, ici on vient faire la lessive, et quand il n'y a pas de bataille on peut rester l'après-midi. Il y a de jolies Troyennes qui viennent aussi, c'est très amusant.

Mais je n'avais pas trop envie de parler ni lui non plus. On a bien marché une petite heure, et plus on approchait du camp grec, plus j'avais le cœur lourd et plein d'angoisse.

Avant le camp des Grecs, il y avait le campement troyen. Les Troyens avaient dormi là, devant ce qui restait du mur. Ça voulait dire que les Grecs avaient dû à nouveau reculer derrière le fossé, et qu'ils s'étaient sans doute battus jusqu'à la nuit, peut-être encore pour garder le corps de Patrocle. Mais à l'idée de traverser tout ce campement, au milieu des Troyens, des Dardaniens et des Lyciens qui s'armaient à nouveau pour la bataille, je n'étais pas trop rassuré. Et puis, apercevoir Hector avec les *vraies* armes d'Achille, ça m'aurait transpercé le cœur. Et donc, on a obliqué sur la gauche en suivant les bords du Scamandre, et on a rejoint le camp grec par le côté. C'était plus long, mais bien plus sûr.

En arrivant du côté de la tente d'Achille, j'ai senti que Dumi commençait à traîner les pieds.

– Tu sais, m'a-t-il dit à la fin, je t'accompagne jusque chez Achille, et puis j'y vais. On m'attend à Troie pour les provisions. Et puis, ici, c'est plutôt ton histoire que la mienne, ce n'est pas très facile d'entrer.

– Qu'est-ce que tu racontes ? lui ai-je dit. Peut-être que chacun a son histoire, mais c'est sûr aussi qu'elles communiquent, la preuve ! Non, reste !

– Non, non, pas maintenant, tu sais. Mais toi, tu reviens quand tu veux !

– Tu ne m'as pas montré où vous étiez.

– Sous le rempart ! Après les portes Scées, tu montes à gauche, tu fais cent, cent vingt pas. Là, tu verras, il y a une ouverture.

– Je retiendrai. Mais toi aussi, tu reviens quand tu veux, tu as vu où c'était.

– Oui, oui, d'accord.

Il n'avait pas l'air franchement décidé. Mais dans l'instant, c'était peut-être plus simple qu'il ne reste pas.

Devant la tente, Dumi a déposé l'épée en fichant la pointe dans le sol. Puis il m'a fait un petit signe de la main, a souri et s'est éloigné. C'était comme dire : « *Maintenant je te laisse à tes affaires, mais rendez-vous à Troie dans deux heures, ou ce soir.* » N'empêche, qu'il s'en aille, ça m'a fait un coup.

J'ai respiré à fond, puis j'ai repris l'épée à deux mains, et je suis rentré dans la tente.

Effectivement, Achille avait de nouvelles armes. Elles était là, à ses pieds, encore plus brillantes que les autres. Des armes vraiment somptueuses, le bouclier surtout, un travail incroyable avec tous les tableaux qu'on avait sculptés dessus. Mais là, ce n'était pas le moment pour les regarder.

Dans la tente, il y avait beaucoup de monde, surtout des servantes et des Myrmidons. Achille était assis à l'entrée de la grande pièce. Derrière lui, en plein milieu, je voyais qu'on avait déposé le corps de Patrocle. Juste au moment où j'arrivais, j'ai senti comme un frémissement dans l'air, comme si quelqu'un était en train de s'envoler.

Je m'avançais avec mon épée, pas très sûr.

Quand il m'a vu, Achille a levé les sourcils, et je me suis demandé s'il se souvenait tout d'un coup de moi, ou s'il voulait dire : « *ah, enfin !* »

En tout cas, ce n'était plus le même homme. En quelques heures, c'est fou comme il avait vieilli. La veille, il avait tout juste trente ans, et là, il en avait cinquante. On voyait qu'il s'était arraché les cheveux, qu'il s'était couvert le visage de cendres, et qu'il avait passé toute la nuit dans les larmes, des larmes à lui, des larmes de colère, de désespoir, peut-être aussi de remords.

Lui qui connaissait, comme il avait dit, « toute l'histoire jusqu'à la fin », ça n'avait pas l'air de l'avoir beaucoup aidé.

Donc je m'avançais vers lui, et à chaque pas je me sentais plus troublé.

– Je suis allé chercher l'épée, ai-je dit en la lui tendant, et j'ai dû m'arrêter parce que les larmes me descendaient dans la gorge.

Il a pris l'épée dans ses mains et l'a regardée.

– Mon enfant, a-t-il dit après un instant (*c'était la première fois qu'il m'appelait comme ça*), j'ignore à qui appartient cette épée. J'imagine que tu l'as trouvée chez Hector et que c'est la sienne. Ces motifs cloutés que tu vois (*il me les montrait sur la garde*) sont ceux des épées des Troyens. Pour combattre elle me sera inutile, mais je te remercie. C'est un trophée que je conserverai pour le temps qui me reste. (*Il disait ça avec un ton grave, mais peut-être aussi pour me faire plaisir.*) Pour les armes, tu vois, j'ai ce qu'il faut. Ma mère a entendu mes larmes. Elle a embrassé ma douleur. Puisqu'Hector s'était approprié mes armes, elle m'en a promis de nouvelles, des armes telles qu'aucun mortel n'en a jamais portées, des armes fabriquées comme les premières par le dieu des forges, Héphaïstos, mais cette fois pour moi seul, et il s'est surpassé. Les voici : elle vient de les apporter (*le frémissement dans l'air, c'était donc elle ?*). Et maintenant l'heure est venue. Je vais m'armer. Hector qui a fait sa proie de Patrocle ne vivra pas longtemps, ou alors c'est moi qui ne resterai pas chez les hommes.

Achille avait l'air d'avoir tout dit, et aussi de ne pas avoir parlé pour moi tout seul (et s'il m'avait parlé comme ça devant tout ce monde, c'est que tout ce monde savait que j'étais là). Il a soupesé l'épée, puis l'a remise à un des soldats qui l'a emportée dans les profondeurs de la tente. Ensuite, il m'a regardé à nouveau, et là, j'ai fait une chose que je ne pensais pas l'instant d'avant : je me suis agenouillé devant lui, avec mes mains sur ses genoux à lui. Et alors, pendant une ou deux secondes qui m'ont paru un temps très long, Achille a posé ses mains sur les miennes. Puis il m'a dit de me relever. Je pleurais.

En fait, il n'allait pas s'armer dans la minute. Avant ça, il avait encore une chose à faire. Il avait rendez-vous avec Agamemnon.

LVII

La réconciliation

Achille, pas encore armé mais déjà terrible, allait à pied le long des nefs, et il criait. Tout seul, sans héraut, d'une voix sans pareille, il criait à tous les Grecs de se rendre à l'assemblée. Il n'y avait pas mis les pieds depuis le jour de sa colère, mais là, il avait l'air de vouloir faire une espèce de déclaration.

Et donc, tous se sont mis en route, y compris les rois blessés, Diomède et Ulysse qui boitaient, et Agamemnon qu'on voyait très affaibli.

Ce qu'Achille voulait annoncer, c'était qu'il renonçait à sa colère. Pas à sa colère contre Hector qui avait tué son ami (celle-là, non, il n'y aurait que la mort pour y mettre fin), mais à sa colère contre Agamemnon. Déjà, la veille, au moment où Hector allait mettre le feu aux nefs, et où Patrocle était venu lui demander ses armes, il avait dit quelque chose dans ce genre : « *Laissons le passé être le passé… il n'est pas possible de garder au cœur un courroux sans relâche* ». Et le soir, quand sa mère était venue à l'appel de ses cris et de ses larmes, je n'y étais pas, mais j'ai su qu'il avait dit en parlant de Patrocle :

« Il a péri bien loin de sa patrie, et moi, je n'ai pas été là pour le préserver du malheur. Je n'ai pas su être la lumière du salut, ni pour lui, ni pour mes autres compagnons qui, par centaines, sont tombés sous les coups du divin Hector, tandis que moi je restais sans bouger, là, près des nefs, comme un inutile fardeau pour la terre, moi qu'aucun Achéen pourtant n'égale à la bataille… Ah, si la discorde pouvait disparaître de chez les dieux et de chez les hommes, et cette colère qui parvient à mettre en fureur l'homme le plus sensé, et qui paraît sur la langue plus douce que le miel, en même temps qu'elle monte dans les poitrines comme une fumée ! C'est cette colère qui m'a pris jusqu'ici contre le roi des guerriers, Agamemnon. Mais laissons ce qui est passé, malgré notre affliction, et domptons notre cœur en notre poitrine. »

Eh bien, c'était quelque chose comme ça qu'il voulait maintenant leur dire à tous.

Je l'avais suivi le long des nefs avec tous les Myrmidons. Nous étions arrivés à l'endroit des assemblées, toujours le même, adossé à la mer. Les rois s'étaient assis, Achille tout seul était debout, et pour cette fois (et aussi pour la dernière fois), j'étais tout près de lui, face à la foule.

« Fils d'Atrée, a dit Achille en regardant Agamemnon, avons-nous fait ce qui valait le mieux quand toi et moi nous sommes, dans notre déplaisir, pris de querelle à propos d'une femme ? Celle-ci (*il voulait dire Briséis*), Artémis (*la sœur d'Apollon, Diane chasseresse*) l'aurait-elle tuée d'une flèche sur ma nef quand je l'emmenais après avoir détruit Lyrnesse (*la ville de Briséis*), moins d'Achéens auraient mordu la terre sous les coups de l'ennemi, pendant que ma colère me retenait loin d'eux ! Tout le profit a été pour Hector et pour les Troyens… Mais laissons ce qui est passé, et puisqu'il le faut, domptons notre cœur en notre poitrine ! Aujourd'hui donc je mets un terme à ma colère, car il ne convient pas que je conserve au cœur un courroux sans relâche. Va donc vite pousser au combat les Achéens chevelus, pendant que j'irai tâter les Troyens, et voir s'ils persistent à vouloir passer leurs nuits près des vaisseaux. »

C'était à Agamemnon de répondre, et à cause de sa blessure il est resté assis.

« Héros danaens, dit-il, mes amis, c'est au fils de Pélée que je veux m'adresser pour m'expliquer, mais vous autres, jugez bien mes paroles. Le jour où j'ai décidé de dépouiller Achille de sa part d'honneur, c'est Zeus, c'est le Destin, c'est Érinys (*la Vengeance*) qui m'ont mis dans l'esprit un sauvage égarement. Moi-même, je ne suis pas coupable. Qu'aurais-je pu faire ? C'est une déesse qui mène tout à bout, c'est Atè (*l'erreur, l'égarement*), la fille aînée de Zeus ! C'est elle, la maudite, qui fait errer tous les êtres. Et si j'ai erré, je veux faire ici amende honorable et offrir une immense rançon. Allons (*il parlait à Achille*), rejoins le combat, et entraîne avec toi tes hommes ! Pendant ce temps, je ferai apporter tout ce que le divin Ulysse était venu l'autre soir te promettre. Ou si tu préfères, attends, et mes serviteurs vont aller chercher sur mes nefs des présents qui satisferont ton cœur. »

Comme toujours, avec lui, on avait du mal à voir ses sentiments. Il sentait une chose et il en disait une autre. Alors Achille :

« Glorieux fils d'Atrée, Agamemnon, roi des guerriers, tu peux m'offrir tes présents, comme il sied, ou bien les garder chez toi, à ta guise ! Pour l'instant, au plus vite, rappelons notre ardeur guerrière ! Ne restons pas ici à bavarder et à perdre du temps : il nous reste une tâche à accomplir ! »

Achille en était presque à donner le signal du départ pour la bataille. Mais là, Ulysse est intervenu pour dire que non, pas maintenant, les Achéens avaient droit à leur déjeuner : il fallait ça pour qu'ensuite, au combat, ils soient infatigables. En plus, il voulait donner un conseil :

« Que le seigneur Agamemnon, roi des guerriers, apporte en pleine assemblée ses présents : ainsi tous les Achéens les verront, et toi (*Achille*), tu en auras l'âme réconfortée. Puis, qu'il jure par serment, debout devant les Argiens, qu'il n'est jamais entré dans le lit de Briséis ni ne l'a étreinte comme c'est l'usage entre hommes et femmes ; et que ton cœur se rassérène alors au fond de toi. Enfin, qu'il t'offre dans sa tente la satisfaction d'un opulent festin. Ainsi, rien n'aura manqué de ce qu'exigeait la justice. »

Agamemnon a trouvé qu'Ulysse avait très bien parlé. Il voulait qu'on aille tout de suite dans sa tente chercher les cadeaux pour Achille, et aussi les femmes qu'il avait promises. Pendant ce temps-là, il ferait un sacrifice à Zeus.

Mais Achille n'était toujours pas d'accord : pour lui, tout ça pouvait attendre. D'ailleurs, il disait à Agamemnon :

« Ni breuvage ni nourriture ne sauraient passer par ma gorge alors que mon compagnon est mort, et qu'il gît sous ma tente, le corps déchiré par le bronze aigu. Aussi, mon cœur ne s'intéresse pas à tes présents : il ne songe qu'au meurtre, au sang, à la souffrance et aux plaintes des hommes. »

Alors Ulysse :

« Achille, fils de Pélée, tu es meilleur que moi et tu l'emportes de loin par la lance, mais je pourrais bien te surpasser de beaucoup pour ce qui est de la raison, car je suis ton aîné et je sais plus de choses. Que ton cœur supporte donc mes avis ! Celui qui meurt, il faut l'ensevelir, après l'avoir pleuré toute une journée. Mais tous ceux qui survivent à l'affreuse bataille doivent songer à manger et à boire, afin de mieux combattre les ennemis. Ensuite, que tous s'élancent contre les Troyens dompteurs de chevaux ! »

Là-dessus, il a appelé les fils de Nestor et d'autres fils de rois pour qu'ils aillent chercher les présents d'Agamemnon.

LVIII

« Toi qui étais si doux »

Je retenais mon souffle. On allait ramener Briséis à Achille. Agamemnon devait jurer qu'il ne l'avait pas touchée. S'il voulait faire un sacrifice à Zeus, c'était pour ça, pour témoigner qu'il disait la vérité. Mais elle, est-ce qu'elle viendrait ici, à l'assemblée ?

Eh bien, quand les jeunes qu'Ulysse avait envoyés sont revenus, ils apportaient les trépieds, les chaudrons, les chevaux et l'or ; et puis aussi, ils amenaient sept femmes, les femmes « habiles en travaux irréprochables ». Mais après ces femmes, dans leur cortège, il y en avait encore une autre, et c'était elle. Elle portait un genre de voile qui lui couvrait les cheveux. Mais je reconnaissais son « doux profil » et son grain de beauté entre les yeux.

Celui qui la conduisait, c'était Antiloque, et il l'a conduite auprès d'Agamemnon. Elle se tenait debout, les yeux baissés. Agamemnon était resté assis, mais quand on lui a apporté le petit cochon – je crois qu'on dit un porcelet – qu'il allait sacrifier à Zeus, il s'est levé pour faire son serment :

« Que Zeus le premier m'en soit témoin, et puis la Terre et le Soleil, et les Érinyes qui châtient ceux qui font de faux serments ! Non, jamais, que ce soit par désir d'entrer dans son lit ou pour quelque autre motif, je n'ai porté la main sur la jeune Briséis. Là, sous ma tente, elle est restée intacte. Et s'il y a là quelque parjure, que les dieux m'envoient les mille souffrances qu'ils réservent à ceux qui les offensent en jurant. »

Alors il a levé son poignard et ouvert la gorge du porcelet, qu'on a ensuite jeté droit dans la mer.

Achille s'était levé. Lui aussi a parlé à Zeus :

« Ah, Zeus père, ce sont de terribles égarements que tu inspires aux hommes, sans quoi l'Atride n'aurait pas emmené cette fille malgré moi, sans rien vouloir entendre ; et moi, cela n'aurait pas tant bouleversé mon cœur ! » (*Qu'est-ce qu'il voulait dire maintenant ? Qu'il n'était plus si amoureux ?*)

Et puis aux hommes de l'assemblée :

« Maintenant, allez tous prendre votre repas, puis nous irons aux rencontres d'Arès (*il voulait dire : à la bataille*) »

Achille a fait signe qu'il voulait rentrer sous sa tente. Tous les rois l'ont accompagné. Derrière lui venaient les hommes avec les présents, et puis les sept femmes « habiles en travaux », et pour finir les Myrmidons. Briséis avec toute sa beauté marchait un peu en avant. Elle avait toujours les yeux baissés. Je crois qu'Achille et elle s'étaient à peine regardés. Quelles pouvaient être ses pensées ?

Mais quand elle est arrivée dans la tente, elle a trouvé, étendu au milieu, le corps de Patrocle. Alors j'ai vu et tout le monde a vu qu'elle est tombée à genoux devant lui, sur lui, en larmes, qu'elle l'a embrassé, qu'elle s'est abîmé le visage et la poitrine avec ses ongles, et au milieu de ses larmes, voilà ce qu'elle disait :

« Ô Patrocle, qui fus dans mon malheur si cher à mon cœur, le jour où je suis sortie de cette tente, je te laissais vivant, et aujourd'hui que je reviens, je te trouve mort ! Ainsi, pour moi, toujours le malheur succède au malheur ! L'homme à qui mon père et ma vénérable mère m'avaient donnée (*alors, elle avait été mariée ?*), je l'ai vu, devant ma ville, déchiré par le bronze aigu, tout comme mes trois frères que j'aimais. Et cependant, même ce jour-là, quand le rapide Achille eut tué mon époux et dévasté la cité du divin Mynès (*son mari ?*), toi, Patrocle, tu ne me laissais pas pleurer. Tu m'assurais que le divin Achille ferait de moi son épouse légitime, qu'il m'emmènerait en Phthie à bord de ses nefs, et qu'il célébrerait nos noces parmi les Myrmidons. Voilà pourquoi je pleure sur toi, toi qui étais toujours si doux, des larmes inépuisables ! »

Derrière elle, toutes les femmes pleuraient. Pas les hommes. Mais ensuite, Achille a fait sortir presque tout le monde, sauf Agamemnon, Ménélas, Ulysse, Nestor, Idoménée et le vieux Phénix, et il s'est remis à pleurer, et les autres ont pleuré aussi.

« Non, disait Achille, jamais je ne saurais souffrir mal plus cruel, même si j'apprenais la mort de mon père. Pas même si j'apprenais la mort de mon fils (*son fils : il en avait parlé le premier soir, puis plus du tout*), qu'on m'élève à Skyros, si du moins il est encore vivant, ce Néoptolème (*c'était son nom*) pareil à un dieu !

« Avant ce jour, mon cœur gardait l'idée que je serais seul à périr ici, loin d'Argos, et que toi (*Patrocle*), tu reviendrais en Phthie, que tu irais chercher mon fils et que tu le ramènerais sur ma nef pour lui montrer mon domaine, mes serviteurs et ma vaste maison. Car pour mon père Pélée, je crois qu'il est bien mort, ou que s'il conserve un reste de vie, il est accablé non seulement par la vieillesse, mais par l'attente du message douloureux qui lui fera savoir ma mort. »

Sa mort, sa propre mort : Achille ne parlait que de ça. Ce qu'on comprenait, c'était qu'après qu'il aurait vengé la mort de Patrocle, il ne voulait pas lui survivre. D'ailleurs, sa mère Thétis, quand elle était venue le voir la veille, lui avait dit : « *Mon enfant, si j'en crois ce que tu me dis, ta fin est proche : car tout de suite après Hector, c'est ta mort à toi qui est préparée.* »

LIX

Les prodiges

Depuis la veille, Achille n'avait rien bu ni rien mangé. Sa nuit s'était épuisée dans les larmes. Et pourtant, là, plein de vigueur, il se préparait pour la bataille. Ce n'était pas sa vigueur à lui, c'était impossible. Un dieu ou une déesse avait dû descendre vers lui pour la lui donner.

Pour les armes, je vous ai dit : elles sortaient juste des forges d'Héphaïstos, le dieu boiteux. Thétis était allée le trouver sur l'Olympe, et comme il aimait beaucoup Thétis, il avait travaillé toute la nuit. Tout était incroyable, comme le casque avec son cimier d'or et sa crinière pareille, mais surtout le bouclier. Il était grand mais pas si grand, avec quatre couches de métal et par-dessus une couche d'or. Héphaïstos l'avait décoré de sa main. Il avait dessiné en relief la terre, le ciel, la mer, le soleil, la lune, les étoiles, deux villes, une avec des fêtes, des mariages et des disputes, l'autre avec la guerre à ses portes ; une bataille, des guerriers morts et blessés, et puis un champ et ses laboureurs, une moisson dans un grand domaine, une vigne avec des vendanges, un troupeau de bœufs avec les gardiens et leurs chiens, des lions qui attaquaient un taureau, un pâturage en montagne avec des brebis, enfin une place avec des jeunes en train de danser, les filles avec de belles couronnes, les garçons avec des épées d'or, une foule assez gaie autour d'eux, et au milieu, deux acrobates qui faisaient la roue. C'étaient sûrement des images de la vie en Grèce, toutes les choses de la vie renfermées dans un cercle, comme sur la broche de Daphnis et Chloé, mais en mille fois plus grand.

Donc, Achille s'est couvert des armes d'Héphaïstos. Ensuite, il a pris la pique que le centaure, son professeur, avait offerte à son père Pélée pour ses noces, et que lui, Achille, était seul à pouvoir manier. Il a demandé à Automédon d'atteler les chevaux de Zeus, Xanthe et Balios. Et quand les chevaux ont été devant lui, il leur a parlé : il leur disait de ne pas faire comme pour Patrocle, et de le ramener lui, Achille, sain et sauf. Mais alors j'ai entendu, oui, entendu, que l'un des deux se mettait à lui parler comme un homme, avec une voix pas possible, et qu'il lui disait :

« Oui, sûrement, aujourd'hui encore, puissant Achille, nous te ramènerons. Mais le jour de ta perte est proche, et ce n'est pas nous qui en serons la cause, c'est le dieu terrible et l'impérieux destin. »

Je ne rêvais pas : Achille s'est fâché contre le cheval qui lui parlait comme ça. Ensuite, il est parti à la tête des siens.

Mais c'était seulement le début des prodiges. Et ça, parce que Zeus ne voulait pas que les choses aillent trop vite. Maintenant qu'Agamemnon avait reconnu ses torts, c'était Achille qui devait gagner. Mais il ne fallait pas qu'il réussisse, là tout de suite, à entrer dans Troie : *ce n'était pas le jour fixé.* Et donc, Zeus qui la veille avait défendu aux dieux d'intervenir dans la bataille leur disait maintenant d'aller aider qui ils voudraient : comme ça, il y aurait une espèce d'équilibre, et Achille ne prendrait pas Troie dès qu'il voudrait.

Alors les dieux se sont divisés en deux camps, avec du côté des Grecs Héra, Athéna, Poséidon, Héphaïstos, et aussi Hermès, le dieu messager ; et du côté des Troyens, Arès et Aphrodite, Apollon, d'autres encore, et un qui était un peu spécial, le dieu du fleuve Scamandre, encore un fils de Zeus : chez les dieux, son nom était Xanthe (exactement comme le cheval).

Et là, il y a eu une sorte de grand signal : Zeus a fait entendre son tonnerre ; la terre s'est mise à trembler ; la tempête s'est levée sur les bateaux des Grecs ; et le Scamandre, qui était tout tranquille quand je l'avais longé avec Dumi, s'est changé en un torrent bouillonnant. On dit même qu'Hadès, dans son royaume sous la terre, a craint tout d'un coup que s'ouvre un grand gouffre qui ramènerait les morts à la lumière en engloutissant les vivants.

Dans la tempête, Grecs et Troyens marchaient les uns contre les autres, avec en tête des Grecs Achille comme un soleil terrible. Mais en face, Hector ne se montrait pas.

Côté troyen, le premier qui s'est avancé face à Achille, ç'a été le cousin d'Hector, Énée. Tous les deux, Achille et Énée, ont marché l'un contre l'autre, et Achille grondait comme un lion, et d'abord ils se sont envoyé des mots pas très gentils, puis ils se sont avancés avec leur pique.

La pique d'Énée est arrivée en plein dans le bouclier d'Achille, où elle a buté sur la couche d'or ; et celle d'Achille a traversé le bouclier d'Énée, mais Énée a eu un réflexe : il a levé son bouclier au-dessus de lui, et la pique est allée se planter plus loin dans la terre. Alors Achille a tiré son épée pendant qu'Énée prenait dans ses mains une énorme pierre. Mais là, un autre dieu est intervenu, car Achille a été tout d'un coup aveuglé par un nuage, et quand le nuage s'est dissipé, Énée n'était plus là.

Privé d'Énée, Achille encourageait ses hommes et repartait au combat. Pour les Troyens, le voir arriver devant eux, c'était voir leur propre mort arriver dans la minute. Il en a abattu des dizaines, et parmi eux Polydore qui était le plus jeune fils de Priam.

Et là, en voyant son frère mort, Hector est sorti des rangs troyens, et il a affronté Achille, mais apparemment c'était *trop tôt* : la pique qu'il lançait sur Achille a été bizarrement déviée, et elle est revenue se ficher à ses pieds ; et quand Achille a voulu atteindre Hector, Hector a été emporté dans un nuage.

C'étaient les prodiges qui continuaient. Les dieux étaient partout.

LX

La fureur du fleuve

Achille a encore tué une quantité de guerriers. Là où il passait, la terre se couvrait de sang, et devant tout ce sang les Troyens se sont mis à fuir vers la ville ou bien vers le fleuve. À certains endroits, les bords du fleuve faisaient comme des falaises, et c'est là, sous les falaises, qu'ils pensaient pouvoir s'abriter. Mais Achille les poursuivait jusque là : il venait les frapper jusque dans l'eau, ou bien il les tirait du fleuve, comme il a fait avec douze jeunes guerriers qu'il a ensuite fait conduire au camp grec, attachés les uns aux autres – pour quoi faire, je ne voyais pas bien.

En tout cas, il continuait son massacre, et c'était vraiment impossible à regarder. Après Polydore, le plus jeune frère d'Hector, il a tué Lycaon, son demi-frère, qui était tout jeune aussi. Pas mal de temps avant, dans une autre bataille, il l'avait fait prisonnier et vendu comme esclave, et Lycaon venait tout juste de rentrer à Troie après beaucoup d'aventures. Il suppliait Achille de lui laisser la vie. Mais Achille lui a répondu :

« Avant que Patrocle ait atteint le jour fatal, mon cœur se plaisait à épargner les Troyens : je me contentais de les prendre et de les vendre comme esclaves. Mais maintenant, de tous ceux que devant Ilion un dieu fera tomber dans mes mains, pas un n'échappera à la mort, et surtout pas un des fils de Priam ! Allons, mon bon ami, meurs à ton tour ! Patrocle aussi est mort, qui te valait cent fois ! Et moi, ne vois-tu pas comme je suis grand et beau ? Je sors d'un noble père et j'ai pour mère une déesse – eh bien, vois-tu, la mort est sur moi aussi, et l'impérieux Destin. »

Et alors, c'est impossible à dire, mais Achille a tiré son épée et l'a enfoncée dans le cou du garçon ; ensuite, il a pris son corps et l'a jeté au fleuve.

À ce moment-là, je crois bien qu'il était fou.

Seulement, le fleuve aussi était de plus en plus furieux. Il faut dire que le Xanthe, le dieu du fleuve, était le père de Trôs, le fondateur de Troie ! On dit qu'il a pris les traits d'un homme (j'en ai vu un de loin, très bizarre, avec la peau bleue-grise et sur lui un grand manteau), et qu'il est venu parler à Achille :

« Achille, ce n'est pas seulement par la force que tu l'emportes sur tous les hommes, c'est par les crimes aussi. Mon aimable lit est déjà plein de cadavres, et je ne peux même plus, tellement les corps m'encombrent, déverser mon flot dans la mer divine. C'est assez, je te prie, cesse ! Tu me fais horreur ! »

Mais alors Achille :

« Il en sera comme tu le demandes, Scamandre divin. Mais pour les Troyens arrogants, je ne cesserai pas de les égorger avant de les avoir refoulés dans leur ville et de m'être mesuré avec Hector, pour savoir lequel de nous deux doit dompter l'autre. »

À ce moment-là, Achille aurait dû s'éloigner. Mais pas du tout : en se remettant à pourchasser les Troyens, il est allé droit dans le fleuve. Alors on a vu l'eau du fleuve enfler, enfler, monter, monter encore, c'était terrifiant. Le Xanthe rejetait tous ses cadavres ! Et même, il poursuivait Achille dans la plaine avec un grondement insensé !

Toute une partie de la plaine était inondée. Les Grecs fuyaient devant l'eau, et même si Achille courait et bondissait comme personne, il a dû penser qu'il ne s'en sortirait pas. Mais l'instant d'après, là où l'eau n'était pas arrivée, une quantité d'arbres se sont mis à brûler, tous en même temps ! Une partie de la plaine était sous l'eau, une autre brûlait, et l'incendie a fait reculer l'eau ! Et peu à peu, le fleuve revenait dans son lit !

J'avais tout vu de loin. La plaine était lavée, les morts réduits en cendres. Hector avait disparu, et « l'heure fatale » d'Achille, comme ils disaient, n'était pas encore arrivée.

LXI

Au-dessous du rempart

Après tout ça, on dit que dans l'Olympe, les dieux se sont disputés très fort, et même qu'ils se sont battus, et que les déesses étaient les plus déchaînées.

Dans la plaine, la bataille était finie : les Troyens épouvantés repartaient tous vers la ville. Achille avec son panache d'or les poursuivait. Et sur le rempart de Troie, Priam s'inquiétait. Il criait aux gardiens :

« Tenez les portes et gardez-les ouvertes jusqu'à ce que nos hommes aient regagné la ville : Achille est là tout près ! Je crois bien hélas que c'est l'heure de notre ruine ; mais au moins, dès qu'ils seront rentrés, refermez bien les battants : autrement, d'un bond, cet homme fatal sera dans nos murs ! »

Presque tous les Troyens avaient passé les portes quand les choses bizarres ont recommencé.

Parmi eux, il y en avait un qui refusait de fuir et qui préférait affronter Achille. Il s'appelait Agénor, et c'était le fils du plus sage de tous les Troyens. Il s'est mis face à Achille avec en main sa javeline, et lui a crié :

« Tu as peut-être pensé en ton cœur, illustre Achille, que tu arriverais aujourd'hui à détruire la ville des fiers Troyens. Sot que tu es ! Nous sommes dans les murs de cette ville beaucoup d'hommes vaillants qui saurons bien la défendre, et toi, guerrier si terrible et si audacieux, tu rencontreras ici ton destin ! »

Il a lancé sa pique, et il avait bien visé, parce qu'elle a frappé Achille au-dessus du genou, mais elle a rebondi sur la jambière. Alors Achille s'est élancé, mais tout d'un coup, Agénor n'était plus là : un nuage l'avait emporté ! Et pourtant, trente secondes après, il était à nouveau là, un peu plus loin. Qu'est-ce que ça pouvait vouloir dire ? Eh bien, sûrement, *ce n'était pas le même Agénor. C'était un dieu sous les apparences du guerrier !* Et celui-là narguait Achille : comme Achille se précipitait, il s'est mis à courir, pas assez vite pour s'échapper, mais pas assez lentement pour qu'Achille le rejoigne, et il l'a fait comme ça tourner et tourner dans les boucles du fleuve qui était redevenu calme.

Sûrement, ce que le dieu voulait, c'était tenir Achille à distance d'Hector. Parce qu'à ce moment-là, tous les Troyens étaient rentrés dans la ville, tous sauf un, et celui-là, c'était Hector.

Je l'ai bien vu, j'étais posté au bon endroit. N'allez pas croire qu'il s'était mis en retard, pas du tout : il était resté pour affronter Achille, une bonne fois, jusqu'au bout, sans qu'un des deux disparaisse dans un nuage ou par un tour dans ce genre-là.

Et pourtant, depuis le rempart, ses deux parents le suppliaient, car maintenant Achille retraversait la plaine en courant : il avait compris la ruse du dieu et se hâtait vers son ennemi.

« Hector, mon enfant, criait Priam, je t'en prie, n'attends pas cet homme ! Si tu restes là tout seul, c'est ton jour fatal que tu atteindras : tu seras dompté par le fils de Pélée qui est bien plus fort que toi ! C'est lui, le cruel, qui m'a déjà pris tant de nobles fils qu'il a tués ou qu'il est allé vendre dans des îles lointaines ! Et encore aujourd'hui, deux de mes fils, Lycaon et Polydore, je ne les aperçois pas parmi les guerriers rentrés dans la ville… Je t'en prie, mon enfant, rentre dans nos murs ! Tu sauveras les Troyens et Troyennes, tu n'offriras pas au fils de Pélée une gloire immense, et toi-même tu ne perdras pas la douce existence ! Aie pitié de moi, le malheureux que Zeus va faire périr, au seuil de la vieillesse, sous le coup d'un terrible destin... »

Et en disant ça, il s'arrachait tous ses cheveux blancs ! Et la reine Hécube aussi suppliait son fils : « Hector, mon enfant, prends pitié de ta mère ! Repousse ce guerrier, mais fais-le de l'intérieur de nos murs, sans te dresser en champion devant lui ! S'il te tue, je ne pourrai même pas, ni ton épouse, te pleurer sur ton lit funèbre : loin de nous, près des nefs, les chiens des Argiens te dévoreront ! »

Eh bien, Hector n'écoutait pas. Il restait là à attendre Achille qui approchait.

Et ses armes à lui, Hector, c'étaient celles d'Achille, celles qu'il avait prises à Patrocle. La cuirasse, le casque, le bouclier, l'épée aussi, maintenant je les reconnaissais.

En même temps, Hector était inquiet. À un moment, il a posé son bouclier sur un coin du rempart et a commencé à se parler à lui-même, et il se disait :

« Malheur à moi ! si je franchis ces portes et ces murs, Polydamas (*celui qui donnait toujours un avis différent du sien*) va être le premier à m'en faire honte, lui qui m'engageait, pour cette nuit, à conduire les Troyens vers la ville (*et c'est vrai, s'ils avaient passé la nuit dans la ville, Achille n'aurait pas pu faire son massacre*). Ah, comme cela aurait mieux valu ! Et maintenant que par ma folie j'ai causé la perte de mon peuple, je crains le jugement des Troyens et des Troyennes aux robes traînantes. Je crains qu'un jour un moins brave que moi aille dire : "*Il a eu trop de confiance en sa force, et ainsi il a causé la perte de ses hommes*". Voilà ce qu'on dira, et il vaut beaucoup mieux que j'affronte Achille et qu'ainsi je ne revienne qu'après l'avoir tué, ou que je périsse par lui glorieusement devant ma ville. »

Mais là-dessus, il continuait à se parler :

« Et pourtant, si je laissais là mon bouclier et mon casque pesant, et si j'allais à la rencontre d'Achille pour lui promettre Hélène et ses trésors et tout ce que Pâris a ramené à Troie sur ses nefs creuses ? Et si j'offrais aux Achéens la moitié de tous les biens que renferme cette ville ?... Mais pourquoi mon cœur m'engage-t-il dans ce débat ? Si je vais vers Achille, ainsi désarmé, sans doute me tuera-t-il sans respect ni pitié… Mieux vaut qu'un combat nous départage au plus vite… Ainsi nous saurons auquel de nous deux Zeus l'Olympien veut offrir la gloire. »

LXII

La fin d'Hector

Mais voilà : quand Hector a vu arriver Achille, terrible dans ses armes toutes brillantes, avec à l'épaule son énorme pique, lui, Hector, le grand guerrier qu'Achille appelait le « tueur d'hommes », il a été pris de terreur. On l'a vu changer de couleur, trembler, reculer de deux pas, et puis prendre la fuite ! Et voilà qu'Achille s'élançait à sa poursuite ! C'était sa course qui recommençait !

Seulement, cette fois, celui qu'Achille poursuivait n'était pas un dieu.

L'un sur les pas de l'autre, ils sont allés vers les sources du fleuve, puis ils sont revenus vers la ville. Hector voulait se rapprocher des portes, mais Achille l'en empêchait ! Et comme ça, trois fois de suite ils ont fait le tour de la ville. Tout le monde retenait son souffle, et dans l'Olympe, les dieux se demandaient : est-ce que l'un des deux, Achille ou Hector, avait atteint son « heure fatale » ?

Alors on dit que Zeus avait sorti sa balance d'or, et que le sort avait penché du côté d'Hector : donc c'était Hector qui allait mourir.

Et alors le dieu qui le protégeait, Apollon, l'avait abandonné.

Après trois grands tours, tous les deux, Hector et Achille, étaient revenus devant les portes, et c'est là qu'a surgi, on n'a pas vu d'où, un des frères d'Hector, Déiphobe. Et il est venu parler à l'oreille d'Hector :

« Doux ami, te voilà traqué par le prompt Achille, qui te poursuit de ses pieds rapides autour de la ville de Priam. Allons, arrêtons-nous et repoussons-le d'un pied ferme ! »

Et Hector lui répondait :

« Déiphobe, déjà tu m'étais le plus cher de mes frères nés d'Hécube et de Priam. Mais aujourd'hui, mon cœur me pousse à t'honorer encore davantage, toi qui as osé, dès que tu m'as vu, sortir pour moi des murs entre lesquels les autres sont restés. »

Et le frère :

« Ah, c'est qu'ils m'ont supplié de demeurer avec eux, tellement ils tremblent tous ! Mais mon cœur était accablé d'une affreuse affliction. Il fallait que je vienne. Allons, marchons tous les deux droit sur Achille et combattons, sans ménager nos piques. »

Déiphobe marchait en avant d'Hector, et Hector est arrivé devant Achille.

« Fils de Pélée, a dit Hector, je ne veux plus te fuir comme je l'ai fait à l'instant au lieu d'attendre de pied ferme ton attaque. Mon cœur à présent me pousse à t'affronter. Il faut que je te tue ou que je sois tué. Prenons les dieux à témoins de notre accord : pour ma part, si Zeus me donne de tenir jusqu'au bout et de t'ôter la vie, je ne te ferai pas subir de monstrueux outrages. Quand je t'aurai dépouillé de tes armes fameuses, je rendrai ton corps aux Achéens. Toi, fais de même. »

Mais Achille lui a jeté un regard noir :

« Hector, exécrable Hector, ne viens pas me parler d'accord. Entre les lions et les hommes il ne peut y avoir de pacte loyal, pas plus que loups et agneaux ne sont faits pour s'accorder. Sans cesse, au contraire, les uns méditent le malheur des autres. Eh bien, de même, toi et moi ne pouvons pas nous aimer. Il n'y aura entre nous aucun pacte avant que l'un des deux ne tombe et ne rassasie de son sang Arès, le dur guerrier. Souviens-toi maintenant de toute ta vaillance : il n'y a plus d'issue, et d'un seul coup tu vas payer tous les deuils de mes compagnons tués par ta pique. »

Alors Achille a brandi sa pique et l'a lancée sur Hector, mais Hector avait vu venir le coup et s'était accroupi.

Le bizarre, c'est que la pique s'était fichée au sol derrière Hector, mais que juste un instant après, Achille l'avait à nouveau dans la main. Hector ne s'en est pas aperçu, et il raillait Achille :

« Tu m'as manqué, tu n'es qu'un beau parleur, et maintenant je marche droit sur toi, évite ma javeline si tu peux ! »

Et il a lancé sa pique à lui, qui est arrivée en plein milieu du bouclier d'Achille et a rebondi loin de là.

Hector avait perdu son arme. Il restait là, ahuri, et après une seconde il a poussé un grand cri. Il appelait Déiphobe, pour qu'il lui apporte une autre pique.

Seulement, Déiphobe avait disparu.

Alors Hector a compris qu'un dieu ou une déesse l'avait trompé, et que c'était son destin, comme ils disent, qui venait à sa rencontre.

« Je le vois bien, dit-il, les dieux m'appellent à la mort. Je croyais avoir près de moi le valeureux Déiphobe, mais il est dans nos murs. Athéna s'est jouée de moi ! Mais moi, je ne mourrai pas sans lutte et sans gloire. Je veux d'abord accomplir quelque exploit que plus tard on voudra se raconter. »

Il a tiré son épée et s'est élancé, on aurait dit un aigle fondant sur sa proie. Achille aussi a bondi, furieux, avec sa pique luisante comme un feu dans la nuit. Seulement, *les armes d'Hector, Achille les connaissait très bien : c'étaient les siennes !* Il *savait* que tout le corps d'Hector était protégé, sauf un endroit, un seul, le bas du cou, au-dessus de la clavicule.

C'est juste là qu'il a visé et enfoncé sa pique.

Et il disait à Hector qui s'effondrait :

« Hector, tu croyais peut-être qu'en dépouillant Patrocle il ne t'en coûterait rien. Tu ne me craignais pas, car j'étais resté à l'écart. Insensé ! Toi, les chiens et les oiseaux te déchireront horriblement, tandis que lui recevra des Achéens les honneurs funèbres. »

Hector a mis un moment à mourir. Il avait encore un peu de force pour parler :

« Par ta vie, par tes genoux, par tes parents, je t'en supplie : ne laisse pas les chiens me déchirer près des nefs des Achéens ! Accepte du bronze et de l'or en suffisance, et les présents que mes parents t'offriront ; rends-leur mon corps afin qu'ils le ramènent chez moi et que les Troyens et leurs femmes puissent m'accorder le feu du bûcher. »

(Chez eux, comme chez les Grecs, les héros avaient besoin du « feu du bûcher » pour pouvoir ensuite aller chez les morts.)

Mais Achille :

« Chien, ne me supplie pas, ni par mes genoux, ni par mes parents. Tu m'as fait trop de mal. Même si Priam m'offrait ton propre poids en or, il ne sera pas dit que ta digne mère te déposera sur le lit funèbre. Non : les chiens et les oiseaux te dévoreront tout entier ! »

Et Hector qui expirait :

« Oui, je te vois et je te reconnais : tu es impossible à persuader, tu as dans les entrailles un cœur de fer… Mais maintenant, prends garde à ne pas exciter à cause de moi la colère des dieux, le jour où Pâris et Phoïbos Apollon te feront périr, si brave sois-tu, devant les portes Scées. »

La mort l'a saisi, et il était mort quand Achille lui a répondu :

« Meurs donc ! Pour moi, j'accueillerai la mort quand Zeus et les autres Immortels voudront me l'envoyer. »

Il a retiré du cou d'Hector la pointe de sa pique et commencé à lui ôter ses armes.

Derrière lui, les Grecs arrivaient. Ils venaient voir et toucher leur grand ennemi. Même mort, il restait aussi beau.

Je levai les yeux vers le rempart. Parmi les Troyens c'étaient larmes, cris et gémissements.

J'ai cherché Dumi dans la foule. Il était là, pas loin, l'air tout grave, et m'a fait un signe ; et à côté de lui, pas du tout dans un genre troyen, un homme jeune, très mince et très brun, et une fille vraiment jolie, avec une coiffure à l'africaine.

LXIII

Le droit des larmes

Tout le monde sait que le destin d'Hector, c'était de finir « dompté » par Achille. Et puis, tout le monde sait qu'Achille a fait avec Hector mort comme avec Hector mourant : il a été horriblement cruel. Ça aussi, je dois vous en parler.

Quand tous les autres Grecs sont arrivés devant les murs, Achille a commencé à parler à leurs chefs. D'abord il pensait qu'ils devaient faire le tour de la ville, pour voir si les Troyens tiendraient à tout prix. Mais ensuite il à pensé à Patrocle, « *étendu là-bas, près de nos nefs, et qui n'a encore été ni pleuré ni enseveli* ». Et donc, il voulait que tous ils retournent vers les nefs, mais en emportant le corps d'Hector, « *cet homme qui nous a fait, à lui seul, plus de mal que tous les autres réunis* », et « *à qui les Troyens s'adressaient comme à un dieu* ».

Alors il a fait quelque chose d'affreux : il a pris Hector par les pieds et lui a percé les deux tendons, entre la cheville et le talon ; et par les trous, il a passé une courroie qu'il a attachée à son char. Et c'est comme ça qu'il l'a emmené à travers la plaine, au grand galop, attaché par les pieds au char, la tête et les cheveux dans la poussière.

Il n'avait pas le droit. Entre guerriers, il y avait des règles sacrées.

Chez les Troyens, c'était l'horreur et l'épouvante. La reine s'arrachait les cheveux. Priam voulait sortir des murs pour supplier Achille. Andromaque, la femme d'Hector, n'avait rien vu du combat, elle était dans sa chambre et avait juste entendu de grands cris, mais en arrivant sur le rempart, elle a trouvé son mari attaché par les pieds au char d'Achille et traîné dans la poussière vers le camp grec. Alors elle s'était évanouie, et quand elle est sortie de l'évanouissement, on dit qu'elle a murmuré :

« Hector, quel malheur est le mien ! Maintenant, te voilà qui t'en vas dans la maison d'Hadès, et qui me laisses dans un deuil affreux, veuve en ton palais ! Et cet enfant que nous avons engendré tous les deux et qui est encore si petit ! Privé de son père, que d'épreuves l'attendent ! Et toi, près des nefs creuses, une fois que les chiens seront rassasiés, les vers grouillants te dévoreront tout nu… »

Et là-haut, sur le rempart, tous ils partageaient ses larmes.

Achille et les Myrmidons étaient déjà loin.

Moi, j'étais resté là, devant les murs, rompu, abasourdi.

Je regardais sur le rempart, Dumi et ses amis n'y étaient plus.

Que devais-je faire ? Attendre qu'on ouvre les portes, et me glisser dans Troie pour les chercher ? Ou bien traverser la plaine pour rentrer vers le camp grec ?

Revenir à Troie, j'aurais vraiment bien voulu, mais pas là tout de suite, c'était le pire moment. Et puis, Achille avait parlé de rentrer faire des obsèques à Patrocle. Il fallait que j'y sois. C'était vital.

Et donc, je suis revenu vers le camp. Mais c'était vraiment étrange.

Depuis l'assemblée du matin et le départ pour la bataille, tout s'était passé comme en un éclair, et le soir était déjà là. Aussi, quand je suis arrivé chez Achille, tous les Myrmidons étaient déjà à table. C'étaient les funérailles de Patrocle qui commençaient par un grand banquet, avec une montagne de viande grillée, des bœufs entiers qu'on mettait à rôtir, des moutons, des chèvres, des porcs… Et au milieu, Achille, toujours couvert de sang, qui ne voulait pas se laver avant d'avoir mis Patrocle sur le bûcher, et puis « *répandu sur lui la terre d'un tombeau* ».

J'ai goûté un peu de leur viande.

Ensuite, ils sont tous rentrés à leur campement, et j'ai retrouvé mon divan dans l'antichambre. Quand l'avais-je quitté ? La nuit d'avant, je l'avais passée à Troie. Donc c'était le matin d'avant, quand j'avais dormi si peu et si tard, avec Phénix à côté.

Achille n'était pas dans la tente. Il avait voulu rester seul sur le rivage, et c'est là, sur la plage, qu'il avait dû s'endormir. Vers le matin, il est rentré. Il a dit qu'il avait rêvé de Patrocle. Dans son rêve, Patrocle n'avait pas l'air changé, mais c'était seulement son âme qui était là, et elle disait :

« Achille, tu dors et tu m'oublies ! Quand j'étais vivant, tu avais souci de moi, et maintenant que je suis mort, tu m'abandonnes ! Ensevelis-moi au plus vite, que je franchisse les portes de l'Hadès ! Hélas, tous les deux nous ne tiendrons plus conseil, assis à l'écart de nos compagnons : l'abominable mort m'a pris dans sa gueule béante. Et toi, Achille, ton destin n'est-il pas aussi de périr sous les murailles des Troyens opulents ? Aussi, je voulais te demander : ne dépose pas mes cendres loin des tiennes ; au contraire, mets-les ensemble, puisqu'ensemble nous avons grandi... Qu'un seul vase, l'urne d'or que t'a donnée ton auguste mère, enferme nos cendres à tous les deux ! »

Et Achille, dans son rêve, lui répondait :

« Pourquoi, tête si chère, es-tu venu ici me commander toutes ces choses ? Sois-en sûr, j'accomplirai tout. Mais viens plus près, pour qu'un instant au moins nous jouissions ensemble de nos sanglots ! »

Et il ouvrait les bras, mais il n'embrassait que du vide : l'âme de Patrocle était redevenue comme une fumée, et elle se sauvait sous terre avec un cri perçant.

Quand Achille a raconté son rêve, tout le monde a encore pleuré.

Mais déjà il faisait jour, et il fallait préparer le bûcher.

Les hommes d'Agamemnon sont allés chercher une quantité de bois sur les pentes du mont Ida. Ils ont transporté le bois vers un endroit sur le rivage, et c'est là qu'on a amené le corps de Patrocle. En son honneur, tous les Myrmidons se sont coupé les cheveux et l'en ont couvert. Achille aussi a déposé dans les mains de Patrocle ses longs cheveux blonds.

Les cheveux coupés le changeaient beaucoup.

Ensuite, Achille a demandé que les hommes s'en aillent et que seuls les chefs restent avec lui. Ensemble, avec le bois, ils ont bâti un énorme bûcher qui faisait bien trente mètres de long. Ils ont mis au milieu le corps de Patrocle, avec autour des bœufs, des moutons, des jarres de miel et d'huile, quatre chevaux et aussi deux chiens qui étaient à lui. Tous ces animaux, on venait de les tuer.

Mais ce qu'il faut dire après ça, et c'est vraiment très dur, c'est que les douze jeunes Troyens qu'Achille, dans la bataille, avait tirés du fleuve et faits prisonniers – tous, on les a conduits là, devant le bûcher, et Achille les a tués de sa main, l'un après l'autre, pour qu'ils soient ensuite jetés au feu. Il offrait leur mort à Patrocle. Et pour le corps d'Hector, il insistait : les chiens devaient venir le dévorer.

Ça non plus, ça ne faisait pas partie du droit des larmes.

Et sûrement les dieux n'étaient pas d'accord, parce qu'autour d'Hector, les chiens ne venaient pas. Sur tout son corps on voyait comme une huile qui l'empêchait de s'abîmer ; et tout autour, un genre de nuage sombre qui le protégeait du soleil.

Et puis, le bûcher de Patrocle ne s'enflammait pas ! Pour qu'il s'enflamme, il a fallu qu'Achille se mette à prier les Vents, Zéphyr et Borée, qui étaient des dieux, en leur promettant toutes sortes d'offrandes. Et ça a dû marcher, parce que tout d'un coup, un vent incroyable s'est levé, et le bûcher s'est mis à brûler avec des flammes gigantesques !

On ne pouvait pas détacher ses yeux. Mais moi, je ne pensais pas seulement à Patrocle que j'aimais. Je pensais aussi aux douze jeunes Troyens.

Et là, c'était déjà la nuit d'après.

Deux nuits avant, j'étais à Troie. Quatre nuits avant, j'attendais « l'heure des audacieux » sur la grève. Six nuits avant, c'était ma première nuit au camp.

Je n'avais pas sommeil.

À l'aube, les flammes ont commencé à diminuer, et puis ont disparu.

Achille avait l'air épuisé. Il a demandé qu'on finisse d'éteindre le bûcher, et ensuite qu'on aille chercher au milieu les cendres de Patrocle. Il fallait les placer dans l'urne d'or de Thétis, et les rapporter sous la tente. Et puis, à l'endroit du bûcher, on allait dessiner un grand cercle, et y mettre une grande quantité de terre, pour faire un tertre qui suffirait comme tombeau.

LXIV

La distribution des prix

Le plus bizarre, ç'a été la suite : on avait à peine recueilli les cendres de Patrocle qu'on s'est mis à préparer les « jeux funèbres ». Ils devaient commencer juste là, dans l'après-midi.

Je vous ai déjà dit, c'étaient des concours en l'honneur du mort. Il y avait plusieurs épreuves. Achille faisait l'arbitre et il offrait tous les prix. Par exemple, pour la course de chars, il a fait chercher une captive « habile aux travaux impeccables », un grand trépied avec des anses, une jument qui était enceinte, un chaudron tout neuf, de l'or et puis un vase à deux poignées. C'étaient les prix pour le concours : il y en avait même un pour le dernier classé.

Je ne peux pas tout vous raconter. Pour la course de chars dans la plaine, il y a eu comme inscrits Ménélas, Diomède, Antiloque, Mérion et un nommé Eumèle. Ils ont préparé leurs attelages et la course a commencé. C'est Diomède qui avait les meilleurs chevaux, mais il restait derrière Eumèle. Les dieux ont dû s'en mêler : à un moment, Diomède a perdu son fouet, mais juste après il en avait un tout neuf, alors qu'Eumèle perdait son attelage et tombait dans la poussière. Ménélas et Antiloque se sont disputés en pleine course. Les Grecs étaient tous assis comme à l'assemblée, et ils poussaient des grands cris comme à un match.

C'est Diomède qui a gagné. Achille voulait donner le deuxième prix à Eumèle : même s'il était arrivé dernier, ç'avait été lui le meilleur ! Antiloque a protesté, lui était arrivé second ! Et comme Ménélas était arrivé juste derrière, ils ont recommencé leur dispute. Finalement Antiloque eut la jument, Ménélas le chaudron, et Eumèle une cuirasse de bronze qu'Achille avait ôtée à un Troyen.

Vous voyez que tout d'un coup, on s'amusait bien ! Même Achille présidait assez gaiement ! Sauf que moi, je ne comprenais pas comment ils pouvaient tous, comme ça, passer des horreurs de la bataille et du bûcher à des distractions dans ce genre-là. Je sais bien, chez nous, après un enterrement, on se retrouve chez quelqu'un de la famille, on mange, on boit et même on rit. Comme ça, on se réconforte, et on dit : « *la vie continue* ». Mais là, c'était autre chose. Tout était allé trop loin. Ils avaient beau dire que c'était en l'honneur de Patrocle, je n'arrivais pas à regarder leur parade sans une espèce de dégoût.

Après la course de chars, il y a eu le pugilat, qui était un genre de boxe. Après le pugilat, la lutte : Ajax s'est battu pour de faux avec Ulysse qui avait l'air guéri, mais aucun des deux n'a gagné. Ensuite, la course, avec Ulysse, Antiloque et Ajax le rapide : Ajax le rapide allait gagner, mais un dieu sûrement l'a fait glisser sur de la bouse de vache, et c'est Ulysse qui a gagné !

Après, combat en armes, avec le grand Ajax et Diomède. Et figurez-vous, tout d'un coup, ce n'était plus un jeu : ils se lançaient des regards terribles et cherchaient à se blesser ! Alors les Grecs ont eu peur et leur ont demandé d'arrêter, avec pour chacun une part égale des prix. Et ces prix, c'étaient les armes de Sarpédon, le fils de Zeus, que Patrocle avait tué !

Ensuite, lancer de disque, tir à l'arc, et puis lancer de pique, avec Mérion et Agamemnon en personne. Comme prix, il y avait une lance et un chaudron neuf. Mais là, l'épreuve n'a pas eu lieu : Achille a dit que le vainqueur, ce serait forcément Agamemnon, puisque dans ce genre-là il surpassait tout le monde. Il lui a offert le chaudron, et à Mérion la lance.

Voilà, les jeux étaient finis.

LXV

Douze jours après

On était à nouveau le soir. Deux jours avaient passé depuis la mort d'Hector, trois jours depuis celle de Patrocle. Et maintenant que les cérémonies étaient finies, Achille retournait à ses larmes.

Il a fait comme l'avant-veille après le banquet. Il n'est pas allé dîner. Il est allé pleurer tout seul sur la grève. Il y passait ses nuits. Et le matin, à l'aube, il a fait ce qu'il allait faire tous les autres matins pendant douze jours : attacher le corps d'Hector à son char, toujours par les pieds, sur le ventre, la tête face au sol, et le traîner trois fois de suite autour du tombeau de Patrocle. Heureusement, Apollon recouvrait le corps d'Hector d'une sorte de bouclier invisible, et il n'était pas abîmé.

Je savais ce qu'Achille allait faire, et combien de temps, parce qu'Émile, mon professeur, nous l'avait expliqué. Au début de *l'Iliade*, il y a les douze jours qu'Achille passe sur la grève à attendre que sa mère soit allée voir Zeus ; et à la fin, il y a les douze jours qu'il passe sur la grève à pleurer Patrocle, et à se venger sur le corps d'Hector. C'est ce qu'Émile appelle la « composition circulaire ». Pendant les jours du début, Achille attend ; pendant les jours de la fin, en principe, il n'attend plus rien, il est fatigué de tout, mais peut-être qu'en un sens il attend ce qui va se passer après.

Parce qu'après, les dieux ont pitié d'Hector. Pas seulement Apollon qui veille toujours sur son corps, mais aussi Zeus. Et donc, Zeus dit :

« L'un des dieux voudrait-il appeler Thétis auprès de moi ? Je lui dirais quelque sage parole, capable de faire qu'Achille accepte les présents de Priam et qu'il lui rende Hector. »

Alors la messagère de Zeus, Iris, va voir Thétis « au fond de la mer sombre ». Thétis la suit, et Zeus lui dit :

« Va vite au camp porter mon ordre à ton fils. Dis-lui que les dieux grondent contre lui, et que moi-même je suis plus en colère que tous les Immortels, à voir que dans sa fureur il retient Hector près des nefs recourbées, au lieu de le rendre. Nous verrons s'il aura peur de moi et s'il rendra Hector. »

Thétis obéit, elle descend voir son fils, et alors Achille sort de sa folie. Aussi, quand Priam arrive chez lui pour reprendre Hector contre une énorme rançon, il ne se jette pas sur lui pour le tuer. Au contraire, il le prend par la main et le fait asseoir, et ils pleurent ensemble et ils parlent de leurs douleurs. Achille fait détacher le corps d'Hector qui grâce au dieu est intact, il le fait laver et habiller et le porte lui-même sur un lit. Ensuite, Priam et lui s'asseoient pour dîner, et même Priam voudrait dormir là, dans la tente, avant de repartir avec le corps de son fils, et Achille lui fait préparer un lit comme il a fait l'autre fois pour Phénix. Ils parlent des dix jours que vont prendre les funérailles d'Hector, et Achille promet que pendant dix jours il restera tranquille. Le lendemain, avant le jour, Priam s'en va en emportant son fils, sans réveiller Achille qui dort avec Briséis. Voilà, c'est la suite, et c'est presque la fin de *l'Iliade*, qui se termine à Troie avec les funérailles.

Mais là, pour l'instant, juste après les jeux funèbres, on n'en était pas du tout là. Achille allait encore passer des journées entières dans les larmes et dans la fureur, parce qu'on lui avait pris son ami, et il ne voulait pas sortir de là. Avant, on lui avait pris Briséis, et sa colère avait duré et duré.

Là, on lui avait pris Patrocle, et c'était pire : presque rien d'autre n'existait, on dirait même que presque rien ne devait exister.

Alors moi qui savais un peu la suite, je me posais pas mal de questions.

LXVI

Le matin du départ

Le moment le plus sinistre pour moi, le plus sinistre de tout mon voyage, ç'a été le soir des jeux, le huitième. Patrocle était mort, Achille tout seul sur le rivage, Briséis, je ne savais pas où. Les seuls autres à savoir que j'étais là, c'étaient Machaon et Nestor. Même Phénix, Antiloque ou Eurypyle, a priori, n'étaient pas au courant. Est-ce que je pouvais aller leur parler ? Sûrement pas : je les connaissais à peine, il faudrait tout leur expliquer, et là, le soir des jeux, ils devaient être à leur banquet, au moins ceux qui n'étaient pas blessés.

Que faire alors ? Bien sûr je pensais à Briséis (elle devait être avec d'autres captives), et puis à Dumi et à ses amis à Troie. Pour aller à Troie, c'était trop loin et trop tard : les portes seraient fermées, et d'ailleurs je n'en pouvais plus. Briséis, j'aurais voulu qu'elle soit là, mais la chercher et venir la voir, pour quoi faire ? Rester invisible ? C'était triste et c'était dur. Me montrer ? Elle me dirait quoi ? Est-ce que je ne risquais pas d'être un peu ridicule ? De toute façon, la nuit d'avant, près du bûcher, je n'avais pas dormi, et là, maintenant, impossible de faire trois pas.

Donc je suis resté sous la tente, à peu près seul, avec deux servantes qui m'ont donné un peu à dîner, et Automédon, le cocher, qui m'ignorait. Il était en train d'astiquer les armes d'Achille, peut-être seulement pour passer le temps. J'aurais bien voulu aussi m'approcher du bouclier sculpté pour regarder tous les tableaux, mais je n'ai pas osé.

Je pensais sans arrêt au premier soir, quand j'avais dîné avec Achille et Patrocle, et qu'on attendait que le Songe vienne visiter Agamemnon. Comme c'était loin ! Que de douleur depuis !

Et puis je craignais tous ces jours qui allaient venir, ces jours vides. Est-ce que je trouverais quelque chose à faire ? Est-ce que je serais encore à ma place ?

À un moment, mes questions se sont endormies.

Au matin, ça n'allait pas beaucoup mieux. La veille, pour les jeux funèbres, il avait fait un grand soleil, mais là, j'entendais la pluie qui tombait. À moitié réveillé, je pensais à Achille sur son char, sous la pluie, tout seul, tournant autour de la tombe de Patrocle avec derrière lui le corps d'Hector. Peut-être qu'il avait fini et qu'il allait rentrer. Mais tout ça donnait mal au cœur.

Achille est rentré ; et même, il a mangé quelque chose et pris un bain. Mais il était inaccessible. L'épée d'Hector que je lui avais rapportée, ça remontait à trois jours avant : eh bien, depuis trois jours, pas un mot de lui ni avec lui. Ce n'était pas qu'il soit fâché. Il était seul tout au fond de sa chose à lui.

Avec Briséis, pareil. À un moment, au fond de la tente, j'ai entendu comme un frémissement, et tout d'un coup elle était là, avec deux autres jeunes femmes. J'ai eu l'impression qu'elle habitait tout près. Peut-être même, elle avait passé la nuit dans la tente, mais alors dans une pièce que je n'avais pas repérée.

Eh bien, pas plus avec elle qu'avec moi, Achille n'a ouvert la bouche. Ou plutôt si, il lui a dit à voix basse un mot ou deux, et ensuite, avec ses amies, elle s'est assise dans un coin pour broder. Mais je vais vous dire, elle brodait à contrecœur. Elle baissait les yeux, ou alors, comme elle avait fait dans la « maison » d'Agamemnon, elle s'interrompait pour regarder au loin. Seulement, là, sous la tente, il n'y avait pas vraiment de « loin ».

Même là, bien sûr, elle était magnifique. J'étais assis à peut-être trois mètres d'elle et je n'arrêtais pas de la regarder. À un moment, tout de même, elle a levé les yeux, et je pense qu'elle m'a vu, j'en suis même sûr, parce que ses yeux se sont arrêtés sur moi et elle a eu comme un petit plissement des lèvres que je n'ai pas bien compris. Sans doute elle se souvenait de ma visite. Mais l'instant d'après, elle était retombée dans ses pensées.

Près du cou, au-dessus de sa poitrine, à gauche, elle portait une autre broche.

Non, c'était sûr, je ne pouvais plus rester là.

Je veux dire : le soir, oui, je pouvais revenir, on verrait bien. Peut-être qu'Achille voudrait bien dîner là avec Briséis, et aussi que je dîne avec eux. Mais là, pour l'instant, la seule chose à faire, c'était de sortir et d'aller marcher. Sur la grève, près de la maison des captives, ou alors vers l'endroit où mon aigle s'était posé ? Mais ces endroits-là me faisaient repenser au « gardien » : je l'avais un peu oublié, mais peut-être il m'en voulait encore, et sûrement il était toujours dans les parages, même si c'était bizarre que depuis trois jours on ne l'ait plus vu.

Non, il fallait que je retourne à Troie.

Pour ça, je devais seulement avertir Achille.

J'ai rassemblé mon courage et suis allé le trouver.

– Vous savez, je pense que je vais aller faire un tour.

– Oui, m'a-t-il dit, tu fais bien. Tu n'as plus grand-chose à faire ici.

– Vous pensez que je vais bientôt rentrer chez moi ?

– Les voyageurs ne restent jamais longtemps.

– Quand l'histoire est finie, ils s'en vont ?

– Bien sûr. Et même avant.

J'ai failli lui dire que j'allais à Troie : peut-être aurait-il une mission pour moi, un message à transmettre ou quelque chose ? Mais l'instant d'après, j'ai pensé que non, il fallait surtout ne rien dire.

– Mais vous savez, ajoutai-je, je reviens ce soir.

– Tu feras comme tu l'entendras. Même si tu n'as presque plus rien à faire ici, tu es toujours chez toi.

Il me parlait gentiment, mais c'était clair, il n'aurait pas du tout besoin de moi.

Son visage était tout creusé.

Je n'osai pas lui prendre la main. Je lui souris et me dépêchai de sortir.

Plus tard, j'ai regretté, mais vraiment regretté, de ne pas lui avoir dit quelque chose de plus.

La pluie s'était arrêtée. Dans le camp, tout était calme. Un calme pareil, je n'avais jamais vu. Les guerriers devaient se reposer. Les soldats faisaient du ménage et réparaient ce que la bataille avait abîmé. Ils commençaient même à réparer le rempart, les portes qu'Hector avait forcées et le parapet arraché par Sarpédon. Bien sûr, ce rempart, on l'avait surtout construit contre Hector, et pour ça, il ne servait plus à rien. Mais la guerre n'était pas finie, et avec les dieux, qui pouvait savoir ?

J'ai traversé la plaine : plus un cadavre, pas trace du combat. Le Scamandre était calme aussi.

Comme la plaine était vide et qu'il n'y avait pas de Grecs en vue, les portes de la ville étaient ouvertes.

Cinquième cahier

LXVII

La colonie

Après les portes, j'ai pris sur la gauche et commencé à compter mes pas jusqu'à cent, comme Dumi l'avait dit. Partout, dans les rues, sur les escaliers, il y avait beaucoup de monde : des hommes, des femmes, des vieux, des enfants, des marchands, des soldats, des paysans avec leurs poules, enfin la foule d'une ville de Méditerranée. À nouveau il faisait soleil. C'était agréable. Et c'était vrai (je repensais à ce que Dumi m'avait dit), la guerre paraissait loin.

Ce qui était vrai aussi, c'est qu'à un peu plus de cent pas, à gauche dans le mur, on trouvait une espèce d'ouverture. On n'aurait pas dit du tout une entrée, plutôt un éboulis, mais derrière les pierres qui étaient tombées, il y avait un espace, et si vous vous mettiez là, vous aviez sur la droite un trou assez large pour servir de passage, et à l'intérieur, des marches qui descendaient. Vous descendiez, et vous étiez dans un couloir très étroit, étroit et long, on se serait cru dans une pyramide, mais il donnait sur une salle aux murs de pierre, assez grande, avec un très haut plafond. Sur un côté, dans la paroi, il y avait de fines ouvertures rectangulaires qui laissaient passer la lumière, pas assez larges pour qu'on y voie vraiment clair, mais suffisamment pour qu'on y voie. C'était sûr, on était à l'intérieur de la muraille. Qu'est-ce que c'était que cet endroit ?

Dans la pièce, presque pas de meubles. Toute une partie était occupée par des tapis, des peaux et des couvertures qui avaient l'air de former un grand couchage. Dans un autre coin, un peu de vaisselle, une ou deux cruches, des bols et quelques outres. Au milieu, une grande table en bois, pas très droite, et puis quelques tabourets, et c'était tout.

Là, il y avait un homme en train d'écrire, et il était seul.

Quand je m'approchai, il leva les yeux. C'était l'homme au visage mince que j'avais aperçu sur le rempart.

Et là, il portait des lunettes.

– Tu es l'ami de Dumi, me dit-il.

Il me regardait gentiment.

Je fis un signe de tête.

– Et vous, vous êtes Marwan.

Lui aussi inclina la tête.

– Je te demande un instant. Après, je suis à toi.

En m'approchant encore je vis qu'il écrivait sur du papier à musique. Il plaçait des notes sur les portées avec un crayon noir. Quand il se trompait, il gommait et recommençait.

Des lunettes, du papier, un crayon noir, une gomme.

Je continuai à regarder la pièce, mais je commençais à trouver le temps long.

– Vous composez de la musique ? demandai-je.

– Non, répondit-il. Je note leur musique.

Il parlait bien français, avec un accent assez curieux, dans le genre anglais.

– La musique des Troyens ?

– Celle des Troyens, celle des Lyciens, celle des Dardaniens, celle des Thraces, de tous les peuples qui sont là. Toutes celles que je peux trouver.

– Et vous avez pu apporter de quoi écrire… ?

– Sans difficulté.

– Vous voulez dire que vous aviez prévu ?

– C'est-à-dire qu'ici, je suis en mission.

– En mission ? Mais qui est-ce qui vous envoie ?

– Les Britanniques. Une société savante ; une association scientifique, si tu préfères.

Il me dit le nom, il y avait *British Society* et puis *History of Music* et encore quelque chose de plus compliqué.

– Et vous saviez comment venir ?

– Eh bien, oui, apparemment oui. C'est une chose qu'on racontait chez mes collègues et que j'ai prise au sérieux.

– Vous voulez dire ?

– Eh bien, qu'on pouvait venir par bateau.

– Par bateau ?

– Par bateau, depuis les îles grecques. De Lesbos. Ce n'est pas tout près.

– Et donc, vous avez trouvé un bateau ?...

– C'est un peu secret, mais comme tu es ici, je ne trahis rien. Il faut aller à Lesbos, la grande île près de la côte turque, tu vois peut-être où c'est. Il y a des avions pour ça. Tu arrives à la capitale, Mytilène. Il faut prendre un car pour le nord de l'île, un endroit qui a deux noms, Molivos ou bien Mithymna. C'est une petite ville sur la mer, jolie mais pas trop d'intérêt. Eh bien, sur le port, il y a un petit bureau avec une enseigne, *Kronos Tours*. C'est là qu'il faut s'adresser.

– En disant quoi ?

– En disant qu'on veut aller voir « le vieux chêne ». Ils sont au courant.

– Et ensuite ?

– On embarque assez tard dans la nuit sur un canot à moteur, tous feux éteints bien sûr parce qu'on entre dans les eaux turques. On remonte vers Troie (*aujourd'hui, vous savez, le site de Troie est en Turquie*) en faisant attention aux garde-côtes. Ça prend plusieurs heures. Il faut une bonne météo. Il y a un passage difficile, avec des tourbillons, quand on arrive vers l'île de Ténédos – le nom turc est Bozcaada. Après, on est sauvé.

– Il n'y a pas de moyens plus simples ?

– On n'en connaît pas. Tout le problème, c'est de trouver les passeurs. Il y en a peut-être depuis Bozcaada, ou depuis Gökçeada qui est l'ancienne île d'Imbros. Ce serait beaucoup plus court. Mais il faut des gens qui aient fait ça depuis très longtemps, et nous n'avons pas les noms.

– Et c'est cher ?

– Ah oui, cher. Gros risque quand même. C'est pour ça qu'il faut un financement.

– Et pour le retour ?

– Pour le retour, il y a un rendez-vous. On espère qu'ils seront là.

– Ce n'est pas sûr ?

– Mais non, comment veux-tu ? C'est l'autre côté du risque.

Il disait ça très calmement. Il n'avait pas l'air de s'inquiéter.

– Et vous avez pu emporter du matériel ?

– Un sac avec le minimum.

– Même un appareil-photo ?

– Des appareils jetables et un magnétophone de poche. On n'est pas sûr que les documents vont passer.

– Vous voulez dire ?

– On n'est pas sûr qu'au retour il restera quelque chose. Peut-être que tout aura été effacé, les images et les sons. C'est pour ça que le papier est plus sûr.

J'avais encore pas mal d'autres questions, du genre : pourquoi lui, Marwan, faisait ce genre de travail, et s'il étudiait aussi la musique des Grecs, et si c'était lui qui avait trouvé l'endroit où on était, et où il avait débarqué au juste. Il y a des choses de lui que j'ai sues plus tard : il venait d'Egypte, de la ville du Caire. Il était d'une famille assez riche. Après le lycée, on l'avait envoyé en Angleterre. À l'université, il avait étudié le latin, le grec, l'arabe ancien et puis l'histoire de la musique. Ce qui l'intéressait surtout, c'était la musique du Moyen-Orient. Il faisait des recherches sur les rythmes. Il savait jouer du piano, d'un instrument à cordes qui s'appelle l'oud, et aussi de la flûte à bec. Il en avait apporté une, et ce qu'il faisait avec était très joli.

Mais j'ai dû laisser mes questions, parce que Dumi arrivait avec les autres.

Ils avaient fait les courses.

– Tiens, qui voilà ! s'exclama Dumi, toujours d'aussi bonne humeur. Est-ce que vous avez fait connaissance, oui ? Au fait, quand est-ce qu'on s'est quittés ? Trois jours déjà ? Je pensais que tu viendrais plus tôt. Qu'est-ce qu'ils ont fait là-bas, avec Hector ?

Je lui expliquai en deux mots : Achille et ses larmes, le bûcher pour Patrocle, les jeux funèbres, Briséis.

– Tu as eu raison, me dit-il. Il y a des moments, il faut changer d'air. La vie est courte. Ici, tu verras, c'est très bien (*sûrement il pensait que je venais pour m'installer*). Alors (*il se tourna vers ses amis*), voilà Daphné, et lui, c'est Koshi, et elle, c'est Fujiko. Et lui (*il se retournait vers moi*), c'est Léo. Il est français.

Koshi et Fujiko, les deux Japonais, avaient dans les seize, dix-sept ans. C'est avec eux que j'ai le moins parlé : ils ne savaient pas un mot de français ; leur anglais n'était pas fameux, le mien non plus. J'ai regretté, parce qu'ils étaient vraiment sympathiques. Je leur demandais : « *Are you brother and sister or only friends ?* » (« *Just friends* », rectifiait Marwan), et ils répondaient : « *Friends ! friends !* » en riant beaucoup, je ne savais pas pourquoi.

Ce sont les autres qui m'ont expliqué : c'étaient des lycéens qui habitaient près de Tokyo et qui étaient des passionnés de cinéma. Ils avaient vu tous les vieux films sur les histoires de Grecs et de Romains, pas seulement *Ben Hur* ou *Gladiator*, mais les films sur Hercule, Jason, Thésée, Ulysse, Alexandre le Grand, Jules César, etc. Leur spécialité, quand on parlait d'un personnage, c'était de lancer le nom d'un acteur ou d'une actrice qui avaient tenu le rôle. C'était amusant, juste un peu ennuyeux à la fin.

Un jour, ils étaient allés à Tokyo pour une séance de *cinéma expérimental* avec un film sur Troie qu'ils ne connaissaient pas. Qu'est-ce qui s'était passé, ce n'était pas clair. Ça devait être un film en relief (du genre qu'il faut voir avec des lunettes bicolores), ou avec un « écran hémisphérique » (comme à la Géode, à Paris). Ou peut-être, le film était spécialement prenant. En tous les cas, ils s'étaient retrouvés là en bas, devant les portes, et heureusement, au bout d'une journée à ne pas savoir où aller, ils étaient tombés sur Marwan, autrement ils auraient été capables de se laisser mourir de faim.

À part ça, ils étaient très gais et très contents d'être là.

Daphné, je l'avais déjà vue. L'autre jour, au moment du combat d'Hector et d'Achille, elle aussi était avec Dumi sur le rempart. Elle avait changé de coiffure. Elle s'était fait des tresses. Elle avait dix-huit ans. Grande, mince, avec des yeux noirs, la peau mate, habillée tout en blanc d'une tunique et d'un pantalon. Elle venait de Baltimore aux États-Unis. Son père était noir, j'ai compris qu'il travaillait dans la police. Sa mère était blanche, à moitié française, professeur de danse, remariée avec un musicien. Elle, Daphné, n'avait ni frère ni sœur. Son idée, en Amérique, c'était d'aller étudier la littérature dans une université.

Elle aussi riait beaucoup. Avec sa mère à moitié française, bien sûr elle parlait français. Donc elle parlait anglais avec Marwan et avec les Japonais ; et puis avec Dumi et moi, dans un mélange.

Elle aussi, je voulais savoir comment elle était arrivée là. Je lui ai demandé, elle a souri, elle s'est penchée vers moi et m'a dit avec un air mystérieux :

– *Too long story. ' Tell you later.*

LXVIII

La promenade à l'acropole

Qui vient montrer Troie à Léo ? demandait Dumi.

Il proposait ça d'un air réjoui, et toujours avec son drôle d'aplomb.

Marwan avait son travail à finir. Les Japonais devaient s'occuper des poissons. Daphné a dit oui, qu'elle nous accompagnait.

Nous avons commencé par les remparts. Du parapet, on découvrait toute la plaine, et c'était autre chose que du rempart des Grecs, parce que la ville était sur une butte et qu'on voyait tout le cours des fleuves, le Scamandre et le Simoïs ; et puis, après la plaine, le camp, le rivage, la mer et les îles jusqu'à l'horizon ; et quand on allait de l'autre côté, les vergers, les villages et les montagnes autour de l'Ida. C'était magnifique.

Je repensais à la plaine couverte de soldats, à la mer de sang, au Scamandre qui débordait, et c'était comme si tout ça s'était passé des années avant. On aurait dit un paysage de paix, sauf que là-bas au loin il restait le camp grec, avec le mur en train d'être réparé, le fossé à moitié comblé, et les mâts des nefs qui dépassaient.

Qu'est-ce qu'Achille était en train de faire à présent ? Toujours pleurer ?

Et dans le palais de Priam, est-ce que c'était la désolation ?

Il faisait grand soleil.

Vraiment, Dumi adorait faire le guide. Il expliquait ce qui s'était passé ici, devant les portes Scées, et là plus loin, près du chêne, et là-bas, près du figuier. Il parlait d'Hector qui s'était pris pour le fils de Zeus, de sa femme Andromaque qui ne se consolerait jamais, de Pâris qui tirait si bien à l'arc mais qui n'était pas fichu de combattre quelqu'un en face, et d'Hélène – ah, sur Hélène, on ne pouvait pas l'arrêter !

– Demain, disait-il, c'est dimanche, je veux dire le dimanche de chez nous. Et sais-tu ce qu'on fait le dimanche ? On visite le palais. On y va à trois ou quatre, et c'est à qui visitera le plus d'appartements. On appelle ça « le jeu des chambres ». On note dans sa tête ce qu'on voit, et le soir, devant les autres, on essaie de le représenter. Eh bien toujours, dans chaque appartement, il se passe quelque chose d'intéressant.

– Oui, enchaîna Daphné, c'est *vraiment* curieux ! Quelqu'un de chez vous, un Français (*elle se tournait vers moi*), a écrit un roman très long, où on voit tout ce qui se passe dans toutes les pièces d'un immeuble. Eh bien, chez nous c'est un peu ça aussi mais *en manière troyenne*, et puis ça reste dans la même famille.

– Alors, continuait Dumi (et il imitait l'accent de Daphné), tu verras *vraiment* ce qui se passe et où ils en sont avec leurs secrets.

– Mais, demain…, commençai-je.

– Toujours des « mais » ! Il va nous dire (*il se tournait vers Daphné*) que demain il n'est pas sûr d'être là parce qu'il doit rentrer chez Achille !

– J'ai dit que je rentrerais ce soir ; bien sûr je peux revenir…

– Voyez ça, il a dit qu'il « rentrerait », comme un petit garçon… Et qu'est-ce qu'on appelle « rentrer », ici, dis-moi ? Et qu'est-ce qu'a dit Achille ?

– Il m'a dit de faire comme je voulais.

– Tu vois bien ! On fait comme on veut !

– Oui, mais toi (*il commençait à me mettre en colère*), tu n'as pas passé la semaine entière sous la tente d'Achille ! tu n'as pas connu Patrocle ! tu n'as pas vu les choses que j'ai vues !

– C'est vrai, dit-il avec l'air de vouloir éviter les disputes, chacun son histoire. N'empêche, tu sais, que tu « rentres » ou pas, ça ne change rien de rien, parce que leur histoire à eux, elle est faite !

Il avait peut-être raison, mais quelque chose dans ce qu'il disait m'attristait beaucoup.

Je contre-attaquai.

– Et votre jeu, là, le « jeu des chambres », vous n'êtes pas un peu gênés ?

– Gênés ?

– Oui, parce que c'est quand même rudement indiscret !

– Ça dépend. On ne va pas leur faire de mal. On ne va pas s'en servir contre eux. Et puis, est-ce qu'on n'est pas là pour *voir* ? Est-ce que tu te rends compte comme on en saura plus quand on partira d'ici ?

Je ne répondis rien. Il fallait que je réfléchisse.

Nous étions redescendus du rempart et remontions vers le palais.

– Ici, continuait Dumi, tu crois que c'est le grand deuil, mais non. Priam est inconsolable, Hécube aussi, Andromaque aussi. Priam sait que c'est bientôt la fin. Les autres, il faut voir. Tu sais ce que c'est. Cassandre adorait son frère. Hélénos l'aimait beaucoup aussi. Mais Pâris, qu'est-ce que tu penses, avec la façon dont Hector le traitait ? Et Déiphobe ? Et Politès ? Et Pammon, tu connais Pammon ? Trop nombreuse, la famille. Je vois d'ici Priam quand il voudra apporter à Achille la rançon pour Hector. Pas un ne viendra l'aider ! Ils seront trop occupés chacun de leur côté, et le vieux sera obligé de leur sonner les cloches : « *Dépêchez-*

vous, mauvais enfants, têtes vides ! Pourquoi ne vous êtes-vous pas fait tuer tous, au lieu d'Hector, près des fines nefs ! Quel malheur est le mien ! De tous les excellents fils que j'avais engendrés dans la vaste Troie, pas un ne me reste ! Mestor, rival des dieux, Troïlos qui combattait sur son char, Hector qu'on aurait dit fils d'un dieu plutôt que d'un homme, tous ceux-là, Arès me les a pris ! Seuls me restent ceux qui me sont des objets de honte, menteurs, danseurs, excellents pour frapper le sol en cadence… » C'est dans l'histoire, tu paries ? Enfin tu verras demain…

Il imitait très bien Priam.

On montait encore, parce qu'au fond de la place du palais, il y avait encore des escaliers, et ils menaient tout en haut de la ville, c'est-à-dire à l'acropole. Et là, il y avait encore une place, on peut dire une esplanade, avec plusieurs temples tout décorés, magnifiques, et sur le devant, le grand chêne, le fameux chêne où Athéna et Apollon étaient venus discuter.

C'était encore mieux que sur le rempart. Tout le paysage autour était déployé comme du sommet d'une montagne, avec en plus les proportions de la place, les colonnes, les statues, les fresques, le grand arbre. C'était un endroit pour les dieux. Même de l'Ida qui était son endroit préféré, Zeus ne pouvait pas avoir une plus belle vue.

En arrivant vers l'acropole, Dumi n'avait plus rien dit.

Daphné aussi se taisait. Elle avait l'air pensive. Tous les trois, on s'est assis sous le chêne, et on est restés à regarder les temples et la ville, la plaine, le fleuve, le camp au loin, la mer immense.

À un moment, pourtant, elle a dit assez bas, comme en se parlant à elle-même, pourtant c'était en français :

– La dernière vue du monde, voilà…

J'ai compris qu'elle aussi aimait bien les énigmes. Mais ce qui était sûr et certain, c'était que bientôt cette vue-là n'existerait plus, parce que la ville serait prise et l'acropole détruite.

Ensuite, avec un joli mouvement de la tête, elle a rejeté ses cheveux en arrière et fermé les yeux pour tourner son visage vers le soleil.

LXIX

Le cheval maudit

Nous sommes redescendus dans notre abri (est-ce qu'on pourrait trouver un autre mot ? « cave », non, « sous-sol », non, « caverne », non, « chambre » ou « appartement » ou « logement », non plus ; « dans notre muraille », difficile ; « notre repaire », peut-être...). Le repas était prêt. Et comme Marwan avait apporté un réveil qu'il avait plus ou moins réglé sur le soleil, j'ai pu vérifier : il était déjà six heures du soir.

« *Je ne dois pas trop tarder* », me suis-je dit.

Les poissons des Japonais étaient délicieux. Tout le monde avait bon appétit, et le dîner était très gai.

Ils m'ont posé beaucoup de questions sur moi et sur ma semaine chez les Grecs. Le bizarre, c'est qu'aucun d'eux cinq n'avait osé faire une visite là-bas. Ils étaient arrivés à Troie, ils y restaient. Ils voyaient les choses du côté troyen. Et ce qui les intéressait, côté grec, ce n'étaient pas du tout les batailles, c'étaient les discours : comment ils se parlaient les uns aux autres et ce qu'ils avaient en tête, surtout Achille qui les fascinait.

À un moment, je leur ai demandé, à eux, s'ils comptaient rester là longtemps et comment ils voyaient la suite. Et la question, c'était surtout : *jusqu'à quand est-ce que tout cela allait tenir, puisque Troie devait finir par être détruite ?*

Là-dessus, c'est Marwan qui en savait le plus long. C'est simple, il avait tout étudié. Pas seulement *l'Iliade* et *l'Odyssée*, mais *l'Énéide* de Virgile, le poème latin très célèbre qui raconte l'histoire d'Énée après son départ de Troie, et aussi une quantité d'autres choses. Tous les textes qu'on avait gardés, parce que beaucoup étaient perdus.

Je n'ai pas retenu tous les titres. Il y avait les tragédies d'Eschyle, de Sophocle et d'Euripide (ces noms-là, je les avais entendus). Il y avait un poème appelé *Alexandra*, et puis surtout un grand poème en quatorze parties, qui s'appelait *La Suite d'Homère*, et qui avait été écrit au temps de l'empire romain, au IIIe siècle après Jésus-Christ (Homère, c'était mille ans avant !) par un nommé Quintus de Smyrne, un Grec qui était né sur la côté turque et qui portait un nom latin.

C'est surtout ce Quintus que Marwan avait l'air de très bien connaître. Comme poète, il n'était pas du tout génial. Ce qu'il avait fait de bien, c'était de raconter dans tous les détails les choses qui devaient se passer depuis les funérailles d'Hector jusqu'à la prise de Troie par les Grecs. Et c'était ça qui nous intéressait, parce que *l'Iliade* finit avec les funérailles, et que même dans *l'Odyssée*, qui raconte le retour d'Ulysse vers chez lui, on parle bien sûr de tout ça, mais en désordre et sans bien raconter.

Le problème, disait Marwan, c'est que ce Quintus avait voulu faire comme dans *l'Iliade*, où toute l'action se passe en quelques jours. Et donc, on n'était pas sûr qu'en reprenant dans son histoire tout ce qu'on avait raconté depuis des siècles, il avait bien respecté la chronologie.

– Sérieusement, ajoutait-il, le temps qui nous reste (*il voulait dire : avant la prise de Troie*), on ne peut pas savoir. Ça peut aller de quelques semaines à plusieurs mois. D'abord il y a les Amazones qui viennent au secours des Troyens : c'est par là que commence Quintus. Il y a le combat entre Achille et la reine des Amazones, Penthésilée. Achille ne sait pas à qui il a affaire, et il la blesse à mort, mais quand il découvre en lui ôtant son casque qu'il s'est battu contre une femme, et que cette femme est belle comme une déesse, il se prend de passion pour elle et pleure sa mort presque autant que celle de Patrocle ! C'est très connu.

« Ensuite il y a la mort de toute une série de héros, des Troyens ou de leurs alliés comme Glaucos ou Memnon, le roi des Ethiopiens, mais aussi des Grecs : Antiloque, tué par Memnon (*j'étais épouvanté*) ; Achille bien sûr (*pareil*), et puis le grand Ajax qui se suicide après sa crise de folie (*pareil*). Ensuite il y a les dix-sept jours pendant lesquels les Grecs pleurent Achille, avec ses funérailles et les jeux funèbres. Après, Ulysse part pour l'île de Skyros, ce n'est pas tout près d'ici, pour chercher le fils d'Achille, Néoptolème (les Romains l'appellent Pyrrhus).

« Dans l'histoire, Néoptolème, qui est tout jeune, prend un peu la place de son père, avec la colère en moins : c'est un guerrier magnifique, et quand il prend la parole dans les assemblées, il se fait entendre un peu comme Ulysse ou Nestor. On dit qu'il est le premier à entrer dans le cheval, et qu'il reviendra du sac de Troie sans la moindre blessure. (*Il marqua une pause.*) À mon avis, tout ça est une affaire de trois à six mois.

– Et sur ce maudit cheval, demanda Dumi, tu peux nous en dire un peu plus ?

– C'est une idée qui vient aux Grecs quand ils se rendent compte que même après la mort d'Hector, et même avec Néoptolème et d'autres héros, ils n'arriveront pas à prendre Troie. Achille y serait arrivé s'il avait vécu un peu plus, mais il est tué d'une manière un peu mystérieuse. Chez Quintus, le premier à proposer ce genre de chose, c'est le devin Calchas, qui réunit les chefs et leur dit : « *Cessez cette immobile guerre de siège sous les remparts et cherchez en vos cœurs un autre moyen, stratagème ou ruse.* » Et comme Calchas dit toujours des choses vraies au bon moment, les Grecs approuvent. Mais il faut trouver le stratagème, et ça, c'est la partie d'Ulysse, qui a l'idée presque aussitôt.

« Vous connaissez le principe : on construit avec du bois un cheval gigantesque, et une partie des guerriers grecs entrent dedans. Puis on abandonne le camp : on met le feu aux tentes, et tous les vaisseaux partent se cacher vers l'île de Ténédos (Bozcaada), qu'on ne voit pas bien depuis Troie. On laisse seulement sur place le cheval et un homme, un volontaire, que les Troyens ne connaissent pas.

« Quand les Troyens, d'ici sur le rempart, voient que le camp grec est en feu et que les nefs ont disparu, ils n'en croient pas leurs yeux et ils se précipitent. Ils trouvent cet homme, et cet homme leur explique que le cheval est une offrande des Grecs à Athéna qui a fini par se fâcher contre eux ; que lui, cet homme, les Grecs voulaient le sacrifier pour avoir l'assurance de retourner chez eux (tout comme dix ans avant, quand ils attendaient le vent pour aller vers Troie, ils avaient voulu sacrifier Iphigénie, la fille d'Agamemnon), mais il s'est enfui et il a trouvé refuge près du cheval, d'où les autres n'ont pas osé le déloger.

« À ce moment-là, les Troyens se méfient et le tourmentent, physiquement même, pour lui faire dire la vérité, mais il tient bon dans son histoire. Alors ils le prennent en pitié et l'emmènent en ville avec le cheval. Et c'est lui, cet homme, qui va indiquer aux Grecs qui sont enfermés dans le cheval le moment où ils doivent descendre. Ce doit être la nuit, une fois que tous les Troyens dorment : alors les Grecs n'auront pas de mal à se répandre dans la ville, pour commencer à massacrer et surtout pour ouvrir les portes à tous les autres qui attendent sur leurs bateaux. Voilà l'idée d'Ulysse, vous la connaissez.

– Mais quand il propose ça, demanda Dumi, est-ce que tous les Grecs sont d'accord ?

– Pas tous. Il y en a deux qui trouvent que la ruse est un peu déshonorante, mais deux seulement : Néoptolème et Philoctète, le héros qui a blessé Pâris à mort (parce que Pâris aussi meurt, d'une flèche à l'aine, pas longtemps avant cette assemblée). À part ces deux-là, Néoptolème et Philoctète, tous les autres sont d'accord.

– Y compris Nestor ? demandai-je.

– Y compris Nestor.

– Et ensuite ? reprit Dumi.

– On confie la construction du cheval au meilleur charpentier des Grecs, Épéios. Mais pour un travail pareil, il faut du génie, autrement dit, il faut l'aide d'un dieu. Et ici, l'aide vient d'Athéna, qui connaît déjà Épéios (on dit que c'est auprès d'elle qu'il a appris son métier). Athéna vient voir Épéios en rêve et lui donne la science qu'il faut. Ensuite, des centaines d'hommes vont couper des sapins sur les flancs du mont Ida. Dirigés par Épéios, ils découpent les troncs pour en faire des pièces à assembler. Ils commencent l'assemblage, et le cheval prend forme : d'abord les pattes, puis le ventre, ensuite le dos, la croupe, l'encolure. Ils lui confectionnent même une crinière et une queue. Enfin, ils ajoutent la tête, avec des oreilles et des yeux brillants. D'après Quintus, le cheval est presque vivant.

– Et pour tromper les Troyens, ils trouvent quelqu'un ?

– Oui, un nommé Sinon. On ne sait rien de lui à part son nom. Pourquoi s'est-il dévoué, celui-là ? C'est une mission très périlleuse, et même plus que ça puisqu'on s'expose à la torture…

– Dans l'*Énéide*, on ne parle pas de torture, dit Daphné, qui avait l'air de s'y connaître aussi.

– Non, dans l'*Énéide*, on se contente de l'interroger un peu violemment, mais dans *la Suite d'Homère* les Troyens lui coupent le nez et les oreilles ! Et de plus il faut qu'il joue la comédie jusqu'au bout. On pense à un genre de martyr. Mais chez les Grecs, le seul motif, c'est le désir de gloire.

– Et donc ?

– Donc, les meilleurs guerriers, sauf Agamemnon qui commande et Nestor qui est trop vieux, montent et s'installent dans le cheval : Néoptolème, Ménélas, Ulysse, Diomède, Ajax le rapide, Idoménée, Mérion…

– Machaon, ajouta Daphné.

– … Machaon, Eurypyle, Teucros, Sthénélos, Philoctète, Mégès, des dizaines d'autres. Épéios monte en dernier, parce qu'il sait comment tirer les échelles et actionner la trappe. Les autres, conduits par Nestor et par Agamemnon, incendient le camp, ils embarquent sur les nefs et font voile vers Ténédos. Pour eux tous, il faut bien s'en rendre compte, c'est un énorme pari. Ou bien ils vont triompher, ou ils vont tout perdre.

– Et tout va se passer comme prévu ?

– Tout comme prévu. Sauf que chez les Troyens, qui arrivent en foule pour voir le cheval, il y en a deux qui ne croient pas du tout ce que raconte Sinon. Ce sont Laocoon, un prêtre d'Apollon, et puis Cassandre, la fille de Priam, celle qui prédit toujours les catastrophes. Dans l'*Énéide*, Laocoon s'écrie : « *Malheureux citoyens ! quelle folie est la vôtre ! Vous croyez les ennemis partis ? Ou bien ce bois renferme et cache des Grecs, ou bien quelque autre piège est caché là-dessous. Troyens, méfiez-vous de ce cheval ! Je crains les Grecs, même quand ils apportent une offrande aux dieux !* » Et de toutes ses forces, il lance une pique dans le flanc du cheval, et tout le bois se met à résonner. Mais tout d'un coup, Laocoon n'y voit plus rien : un glaucome lui fait éclater les yeux. Et alors qu'il s'obstine dans son discours, deux dragons sortis de la mer se précipitent vers lui et vont l'étouffer, lui et ses deux fils.

– Et en voyant ça, les Troyens… ?

– Ils sont épouvantés mais ne changent pas d'avis. Au contraire, ils pensent qu'en frappant le cheval Laocoon a commis un sacrilège, et que c'est Athéna qui l'a châtié. Ils croient ce que leur dit Sinon, que la déesse est maintenant de leur côté. Et comme, sous les pieds du cheval, il y a des roues mobiles ou bien des troncs d'arbres qu'on peut faire rouler, ils remontent lentement le cheval vers Troie en le tirant avec des cordes. Plusieurs fois, le cheval rend un bruit d'armes, mais ils ne s'en inquiètent pas ! Et même, pour le faire entrer dans la ville, étant donné qu'il est très haut, ils n'hésitent pas à abattre une partie du rempart, au-dessus des portes.

– Et ils l'amènent… ?

– Tout en haut, sur l'acropole, devant le temple d'Athéna (*juste l'endroit où on venait de s'arrêter*), pour le lui offrir à leur tour, et s'assurer de sa protection !

– C'est l'heure de Cassandre, dit Daphné.

– Oui : ils sont tous là à banqueter et à se réjouir, parce qu'ils pensent que la guerre est finie, et Cassandre, elle seule, s'aperçoit que dans la ville, tout d'un coup, tout va de travers : les animaux qu'on met au feu pour les offrir aux dieux ne grillent pas ; les autels s'écroulent ; le vin des libations est changé en sang ; les statues pleurent ; l'air est rempli de sanglots mystérieux ; les loquets des portes s'ouvrent tout seuls. Brusquement, c'est la nuit ; dans le ciel, pas un nuage et pourtant pas un astre, pas une étoile ; les oiseaux de nuit crient dans le lointain ; et la muraille, là, ici même, est tout entière en train de craquer ! Mais personne ne s'inquiète, sauf elle ! Elle crie : « *Ah, malheureux, nous voici au sein des ténèbres ! Vous avez perdu la tête ! Un funeste malheur est caché ici ! Ceci est votre dernier banquet !* » Elle tâche même de mettre le feu au cheval ! Mais rien n'y fait : on se moque d'elle et on l'éloigne.

– Et ensuite ?

– Eh bien, c'est la nuit. Les Troyens dînent au son des flûtes (*et là, Marwan sortit la petite flûte qu'il avait sur lui et joua juste quelques notes*). Les banquets durent tard. Tous, ils sombrent dans un sommeil profond. Alors Sinon, qui ne dort pas, allume une torche. C'est le signal !

Marwan reposa sa flûte. Il en avait assez de parler. Il but un peu d'eau.

Là, je m'aperçus que la nuit était tombée. Au réveil de Marwan il était neuf heures passées. Pour rentrer au camp, ça allait faire tard ! Traverser toute la plaine, tout seul…

– Je vais peut-être rentrer quand même, dis-je à Dumi.

– Rentrer ? ! tu n'y penses pas ! à cette heure-ci ? Mais, mon bon, les portes sont fermées ! fermées ! Et aujourd'hui, ce n'est pas soir de bataille ! il n'y aura pas de char pour rapporter les armes d'Hector ! On va dormir ! Et encore, je t'épargne les loups, les chacals et les autres animaux sympathiques qui sortent de partout pour venir rôder toute la nuit dans la plaine ! Non, non, tu restes ici ! Demain, Achille, demain !

Mais ce n'était peut-être pas plus mal, parce qu'avec ce que Marwan venait de raconter, je me voyais mal revenir à la table d'Achille et reprendre ma place d'avant. On n'était plus à la même date. Pour aujourd'hui ce n'était pas bien grave, Achille avait l'air de m'avoir donné congé pour la soirée aussi. Pourtant, il fallait absolument que je revienne le voir. Oui, je verrais demain, c'était le mieux.

LXX

Les expériences de Daphné

Un peu plus tard, nous étions toujours dans l'abri et c'était l'heure de dormir. Dumi et les Japonais étaient gentiment allés me chercher dans une maison pas loin un tapis pour servir de matelas et une couverture pour la nuit fraîche. Les couchages contre le mur faisaient comme un dortoir. Les Japonais dormaient déjà. Dumi, déjà allongé lui aussi, avait encore l'air de répéter son théâtre. À la lueur d'une torche qui finissait de brûler dans le fond, Marwan lisait un livre qu'il avait apporté.

Je me trouvais près de Daphné.

– Tu m'as promis de m'expliquer, lui dis-je à voix basse, comment tu as fait pour te retrouver ici.

– *Oh, yes, sure I'll do !*, répondit-elle en souriant toujours.

Elle me regardait sérieusement, comme pour me dévisager.

– Est-ce que toi aussi tu as pris le bateau ?

– Non, non, pas du tout, rien.

– Alors c'est une affaire de cours de théâtre ?

– Non plus.

– Un film un peu magique ?

– Bien sûr que non.

– Une boule de cristal ? ça te dit quelque chose ?

– Pas plus, non vraiment.

– Alors un autre moyen ?

J'étais peut-être en train de l'ennuyer.

– C'est juste une affaire de méthode, me dit-elle.

– De méthode ? quelle méthode ?

– Chez nous, je vais beaucoup à la bibliothèque. C'est calme, comme endroit. C'est ouvert tard. Chez moi, il n'y a pas tellement de place. On n'a pas beaucoup d'argent. Pour l'université, j'ai une bourse. Et puis, à la bibliothèque, tu trouves une quantité de choses que tu ne t'attends pas. Ce n'est pas comme la télévision par exemple où tu as toujours les mêmes choses, les annonces, les *reality shows*, les jeux stupides, les séries sentimentales, les histoires de *serial killers*, le temps qu'il fait.

– ...

– Alors un jour je me suis amusée avec un livre qui était à la bibliothèque, et le titre, c'était *How to Dream*, « comment rêver », tu comprends ? Au départ je ne pensais pas que c'était intéressant, on fait des méthodes pour tout, pour avoir confiance en soi, pour perdre du poids, etc., et c'est toujours plus ou moins idiot et mal écrit, les gens achètent seulement pour se rassurer. Mais là, d'abord le titre était très simple, et puis l'idée me plaisait parce que tout le monde pense que les rêves, c'est une chose à part. Il n'y a que le sous-titre qui était idiot, sûrement une invention de l'éditeur : *Multiplier les bons rêves, éviter les mauvais*.

– Qui est-ce qui l'a écrit ?

– Un nommé Knopff, Jonathan Knopff. Allemand, autrichien, suisse peut-être. Ou belge. Je ne crois pas qu'il a écrit directement en anglais. De toute manière personne n'a l'air de connaître. Aucun succès.

– Et alors ?

– Alors, *il dépasse la psychologie*.

– Ça veut dire ?

– D'abord il explique que le problème n'est pas de faire des rêves agréables, il est de faire des rêves intéressants. Tu vas dire qu'il y a les cauchemars et que c'est un souci. Oui, mais il y a cauchemars et cauchemars. Les pires, ce sont les cauchemars *quelconques*, ils laissent un goût terriblement amer. Les cauchemars *intéressants*, on peut les apprivoiser. Je me souviens très bien de quelques cauchemars *intéressants* que j'ai faits petite, eh bien, j'y réfléchis toujours et maintenant je les aime bien.

J'attendais de voir où elle voulait en venir.

– … Qu'est-ce que c'est qu'un rêve *intéressant* ? C'est un rêve avec un sentiment spécial. Un rêve où on voit des choses qu'on ne trouve nulle part ailleurs. Un rêve qui vous transporte complètement. Et contrairement à ce qu'on pourrait croire, quand on fait des rêves *intéressants*, ce qu'on vit dans la journée paraît plus intéressant aussi.

Je ne voyais toujours pas.

– Alors, pour faire des rêves intéressants, il y a trois conditions, donc il y a trois points dans la méthode. D'abord la préparation physique : régime sain, gymnastique, respirer, tout ça. Alcools, drogues : totalement contre-indiqués ; ça *écrase* les rêves et ça les transforme en bouillie élastique. Pas d'excès de discipline quand même : tout en souplesse. Avant de s'endormir, il y a des règles mais je ne te dis pas. *Second*, que tu maîtrises ton attention ; le très important, c'est d'arriver à *consommer une image*, si tu veux. Tu regardes longtemps, longtemps, je veux dire quand tu es en veille, et l'image s'accroche à toi, mais seulement quand elle est intéressante. Les images que tu as consommées, c'est ce qu'il appelle *the dream shop*, « la boutique du rêve ». Et puis la troisième chose, c'est ce qu'il appelle les *structures lointaines*. C'est un peu plus compliqué.

– Qu'est-ce que c'est ?

– Eh bien, disons que pour lui, dans les rêves il y a une forme ou une composition comme dans les poèmes, donc plus tu connais les poèmes *majeurs*, et mieux tu rêves. C'est là qu'il dépasse la psychologie.

– Et donc ?

– Donc, j'ai appris pas mal de choses, je veux dire par cœur. Pas n'importe quoi, des poèmes *majeurs* ; et quand je dis « poèmes », ça veut dire aussi des pièces ou des morceaux d'épopées ou de romans.

– Par exemple ?

– Par exemple (*je ne connaissais que très peu de noms*), les poèmes d'Edgar Poe et d'Emily Dickinson ; les *Sonnets* de Shakespeare ; beaucoup de Thomas Hardy ; des Russes (*je n'ai pas retenu les noms*) ; des Espagnols : Garcia Lorca, très bien ; des Français ? Rimbaud, la *Saison en enfer*, *Le Bateau ivre* ; un peu de Baudelaire aussi. Et aussi tout *Hamlet* et la moitié du *Purgatoire* de Dante, et d'autres choses.

– Mais en combien de temps ?

– Ça doit faire deux ou trois ans. Deux ans et demi. Je me souviens quand j'ai commencé, on avait énormément de neige.

– Mais tu y as passé tout ton temps !

– Non, non, ça vient comme ça, de plus en plus facile.

– Et les rêves ?

– Merveilleux. Je m'en sers pour ma poésie.

Sa poésie, elle me dirait plus tard.

– Mais ça ne m'explique toujours pas…

– Pourquoi on se trouve là ? Eh bien, à partir de là, j'ai développé ma méthode à moi, j'appelle ça les *NFE, Near Fiction Experiences* (*les « expériences d'approche de la fiction »*). Ce n'est pas du théâtre ni des jeux de rôles, du tout, mais pas non plus de la simple lecture. Tu prends des poèmes qui sont narratifs, tu les explores à fond et tu te les rappelles sans arrêt. Tu y penses, tu y penses et ça finit par faire comme un tissu.

– Et alors ?

– Alors, on peut sauter d'un monde à l'autre, ou vivre en même temps dans les deux.

– Et là… ?

– Eh bien, là, *j'attends pour* l'Énéide.

– Tu veux dire… ?

– J'attends que Troie soit détruite et ensuite j'embarque avec Énée vers l'Italie.

Elle ajouta après un instant :

– Pour le moment, c'est très agréable.

Je n'ai pas su quelle chose elle trouvait *la plus agréable.* Mais la torche était éteinte, on était dans le noir complet, je n'avais plus que le son de sa voix, et je me suis endormi doucement.

LXXI

Les sources calmes

Le lendemain, on était le « dimanche », et j'ai compté, c'était mon dixième jour. Une semaine avant, j'allais passer la nuit à attendre « l'heure des audacieux ». J'avais fait tous mes calculs avec le « jour le plus rond ». J'avais compté qu'on était le « dimanche 10 juin », et donc, là, on était le « dimanche 17 juin ».

Au déjeuner, j'ai demandé aux amis comment ils voyaient cette affaire de temps. Bien sûr c'était lié à la question du retour : comment nous allions faire pour rentrer chez nous. Je leur ai cité l'expression d'Achille qui parlait de la « perpendiculaire du temps » : ça leur a beaucoup plu. « De mon côté », disait Marwan, « je pensais *diagonale*, mais ça revient au même. » « *Ah, yes, that's it !* », disaient les Japonais. Il n'y avait que Daphné qui n'était pas tout à fait d'accord : elle voulait des temps *parallèles*.

Pour le retour, ça dépendait. Marwan avait son rendez-vous. Daphné voulait embarquer sur le vaisseau d'Énée, et donc c'était encore bien loin, mais elle disait que la question ne se posait pas : avec sa méthode, elle *rebasculerait* quand elle voudrait, et d'ailleurs elle pouvait très bien être *en même temps* chez elle à Baltimore. Les Japonais ne savaient pas très bien ; tout ce qu'ils pensaient pouvoir faire, c'était attendre la fin de leur film, qui sûrement se terminerait avec la prise de Troie.

Quant à Dumi, il n'était pas pressé du tout. « La vie est belle ici », répétait-il. Il parlait des difficultés à Bucarest et de sa sœur aînée, une fille formidable, qui était partie pour le Canada. Avant, elle jouait du violon, mais elle avait dû arrêter la musique parce qu'elle n'avait *pas d'endroit où s'exercer*. Chez eux, impossible : ils étaient dans un HLM avec des murs en carton (un dictateur fou de chez eux avait voulu raser toutes les maisons pour faire des HLM), et les voisins lui faisaient la guerre. Depuis quelques années, pour sa famille, c'était un peu moins dur. N'empêche, le Canada le tentait lui aussi.

– Vous savez, disait Daphné, il y a un côté affreux de l'Amérique aussi.

Et moi, demandaient-ils, qu'est-ce que je prévoyais ? Eh bien, en fait, j'étais dans le flou. Et même, peut-être parce que c'était le dixième jour, peut-être à cause de la ville qui allait être détruite, peut-être parce que j'étais vraiment bien avec eux ou que je me faisais du souci pour Achille, tout d'un coup, cette affaire de retour me rendait un peu nerveux.

Mais ça n'a été qu'un moment, parce que c'était une belle journée.

La veille, à propos de l'emploi du temps, Dumi ne m'avait pas tout dit. Là, plus tôt dans la matinée, on était à peine réveillés qu'il s'écriait : « *aujourd'hui, dimanche, un bon bain !* » De quoi parlait-il ? Dans l'abri, pour la toilette, rien n'était vraiment prévu. Mais sûrement, dans Troie, il y avait un édifice avec des bassins, ce qu'on appelait des bains publics, ou chez les Romains des thermes ? En tous les cas, au palais de Priam, puisque c'était le jour du « jeu des chambres », on trouverait des fontaines ou d'autres endroits pour se rafraîchir ?

Non, il parlait d'un bain dans le Scamandre.

C'était encore une habitude à eux.

On prit des draps en guise de serviettes et on sortit tous les six. Il fallait traverser la ville et passer par les portes Dardaniennes, qui étaient de l'autre côté du rempart par rapport aux portes Scées. Ensuite, on faisait le chemin par les vergers jusqu'aux sources du fleuve.

Comme le matin d'avant, Troie était pleine de monde. On jouait à se faufiler et à se poursuivre dans les ruelles. Être invisibles à six, c'était beaucoup plus amusant !

Puisque c'était la première fois que j'étais dans la foule *avec plusieurs*, vous vous demandez peut-être si on se distinguait des gens de là-bas seulement par la tête ou par le teint ou par la taille ou les vêtements, ou s'il y avait une différence de *chair*. Ce n'est pas une question facile. Je vais vous dire, il y avait une *légère différence de reflet,* et à mon avis c'était tout.

On se trouva dans la campagne au milieu des oiseaux, et on arriva près du fleuve.

Là, c'était très curieux car il y avait deux sources, une très chaude avec plein de vapeur, l'autre glacée, qui donnait presque des grêlons. Et en-dessous, l'eau brûlante et l'eau glacée se mélangeaient dans une espèce de bouillonnement, et puis c'était un grand bassin calme, avec au bord de grandes pierres plates.

Les femmes de Troie venaient là pour leur lessive. Peut-être qu'elles viendraient plus tard dans la journée. Pour l'instant, nous étions tout seuls.

On étendit les draps et on enleva les habits. Marwan qui était très pudique se fit une espèce de pagne. Les autres allèrent tout nus. Je les suivis.

On entra dans l'eau qui par endroits était chaude, par endroits fraîche. On se servit des dalles de pierre comme plongeoirs. On s'éclaboussa, on se fit la chasse à travers le bassin. Ensuite, on s'étendit sur les draps pour se sécher.

C'était comme des vacances à Troie.

Plus tard, on repassa par le marché pour chercher de la viande et des fromages, et on déjeuna.

L'après-midi, après la sieste, tout le monde se mit en route vers le palais, sauf Marwan qui préférait rester travailler.

Je dis « l'après-midi », mais déjà le soleil baissait. Il était peut-être cinq heures, je n'avais pas regardé au réveil.

Ici, ce n'était pas comme à la bataille ou au camp : le temps passait très vite.

Je me posais des questions sur le retour – pas le même que tout à l'heure, mon retour au camp. Je *devais* rentrer chez Achille. Même si c'était pour lui dire, en gros : « *voilà, j'ai trouvé des amis, on fait une sorte de bande, alors j'ai eu du mal à les quitter, et si je les ai quittés, c'est pour vous, parce que je veux rester avec vous, parce que pour moi vous êtes quelqu'un d'immense, et que je ne sais pas comment vous remercier, et que moi aussi je pense tout le temps à Patrocle, mais là, ça fait vraiment du bien d'être avec eux, alors est-ce que vous permettez que demain je retourne les voir ?* » Pour qu'il comprenne, il fallait que je retourne le voir, lui.

Seulement, est-ce que pour aujourd'hui ce n'était pas à nouveau trop tard ? Bien sûr, les portes Scées devaient être encore ouvertes ; d'ailleurs, d'où j'étais (sur les escaliers), je les apercevais. Mais après, il y avait toute la plaine à la nuit tombante, avec les loups et les chacals, et je ne savais pas si on était invisibles aussi pour les animaux, et d'ailleurs, même si on l'était, peut-être qu'on avait gardé notre odeur, et pour les animaux, l'odeur, c'est ça qui compte.

Demain matin, ce serait mieux. *Il valait bien mieux rentrer le matin.*

Un peu tranquillisé, avec ma décision en tête, je pressai le pas pour rejoindre les autres.

LXXII

Le regard d'or

Les portes du palais étaient gardées. Il fallait faire attention. Dumi entra le premier, puis les Japonais, puis moi, enfin Daphné. On se retrouva dans la première grande salle, celle où Dumi m'avait trouvé endormi contre un pilier le matin d'après la mort de Patrocle.

– Des souvenirs, hein, déjà ! me disait-il. Aujourd'hui, je vous propose (*il se tourna vers les autres*), on ne fait pas le jeu complet, d'ailleurs il est tard. On montre juste à Léo.

Ils approuvèrent.

– Et par où veux-tu qu'on commence, puisque c'est à toi qu'on fait les honneurs ?

Je lui dis que c'était plutôt à lui de voir, parce que, même chez les Grecs, je n'avais jamais fait ce genre de visite.

– Mais non, mais non, dit-il, tu vas voir, c'est très amusant. Veux-tu qu'on commence par Priam ? Au moins un coup d'œil aux appartements ?

Je murmurai que j'étais d'accord.

Dumi prit la tête du groupe et nous amena dans une cour tout près.

Les portes de Priam étaient ouvertes. La salle était immense et magnifique, avec tentures, meubles précieux, vaisselle d'or et d'argent. Et là, Priam et sa femme Hécube étaient seuls. Pas une visite. Ils étaient assis tous les deux sur un genre de trône à deux places, la reine penchée contre le roi, la tête sur son épaule, et lui l'entourant de ses bras. Ils se lamentaient.

– Quatre jours, disait Priam. Quatre jours et quatre nuits ! Qu'avons-nous fait aux dieux pour endurer ce supplice – notre fils aîné mort, le guerrier sans pareil, la lumière de notre cité, l'orgueil de nos jours, l'appui de notre vieillesse – abattu non par un plus fort que lui, car dans la bataille le Péléide et lui se valaient, mais par l'œuvre d'un dieu ! Et lui, le Péléide, qu'il ne faudrait pas appeler son vainqueur, mais son meurtrier, même après l'avoir frappé, le couvre d'injures, et non content de ses injures, il outrage sa dépouille, il refuse de la rendre et veut la déchirer contre la terre, et on dit que tous les matins, en fou furieux qu'il est, il reproduit sa macabre cérémonie !

– Il y a plusieurs choses, poursuivait Hécube, qui n'auraient pas dû se produire, nous le savons bien. Notre fils Pâris, que nous chérissons pourtant, n'aurait pas dû vivre, il porte avec lui le malheur. Devant les trois déesses, il aurait dû répondre en homme avisé, en vrai prince, et trouver les mots ambigus qui les auraient contentées toutes ! Ou dans tous les cas, donner le prix à l'épouse du roi des dieux plutôt qu'à sa fille, pour ne pas attirer sur lui et sur nous tous une trop puissante colère ! Avec les dieux, il faut peser les choses et ne rien prendre à la légère… Mais il a manqué d'esprit…

– Oui, continuait Priam, et notre Hector, un héros si divin, quelle folie l'a pris de se rendre au combat revêtu des armes d'un autre ? Entre les mains d'Achille, ces armes étaient divines, et déjà moins pour celui à qui elles étaient prêtées… Mais celui qui les avait prises, comment pouvait-il espérer leur aide ? Elles n'étaient qu'un piège tendu par les dieux… Ô Immortels ! ô Zeus tout-puissant ! Pourquoi faites-vous la folie des hommes ? Nous-mêmes, qu'avons-nous fait ? N'y aura-t-il pas un seul d'entre vous pour nous entendre ? Quatre jours, quatre jours et quatre nuits…

Nous étions devant eux, Priam et Hécube, et c'était comme s'ils nous parlaient à nous, mais c'était si triste que je murmurai à l'oreille de Dumi :

– Non, viens, je crois qu'il faut les laisser, allons ailleurs…

Est-ce que des voyageurs leur auraient fait du bien ?

– Bon, dit Dumi pendant qu'on quittait la salle, un tour chez Cassandre, alors ?

Personne ne dit rien. Un instant après, on était devant la porte de Cassandre, à attendre l'occasion pour entrer.

Une servante passa, laissant la porte entrouverte. Nous nous sommes faufilés tous les cinq.

C'était un appartement un peu comme chez Hector, une très grande pièce claire avec un genre de balcon sur la ville, et il devait y avoir d'autres chambres.

Cassandre était jeune, très brune et vraiment belle, avec quelque chose de sauvage, surtout dans le regard, un regard terrible qui devinait tout sur vous (comme celui de l'homme sans sourcils), et qui en même temps vous repoussait.

Elle était assise sur le bord de son balcon à regarder la ville. Près d'elle, il y avait son frère Déiphobe.

Déiphobe expliquait à sa sœur qu'après la mort d'Hector, c'était lui qui devait devenir le vrai chef. Pâris, bien sûr, restait l'aîné, mais c'était un faible et un incapable, à part pour deux choses, l'amour et le tir à l'arc. Après tous les ennuis qu'il avait attirés sur tout le monde avec son Hélène, ce ne serait jamais lui le roi de Troie.

– Mais toi, lui répondait sa sœur avec son air sauvage, sur quoi penses-tu que tu vas régner ? Si les dieux te conservent la vie et la liberté, tu régneras sur des chiens et sur des vautours, sur des mouches et sur des vers, sur des pierres écroulées et sur des champs dévastés.

– Je le sais bien, répliquait son frère, *les jours de cette ville sont comptés* : voilà ce que tu dis depuis trop longtemps ! Mais quoique jusqu'ici toutes tes prédictions se soient accomplies, il n'est pas encore impossible que tu te trompes en celle-ci ! Regarde notre cité : trop grande, trop riche, trop aimée des dieux ! Vois-tu Apollon nous abandonner ? Et sa sœur

Artémis ? Et Aphrodite, sans qui jamais Hélène n'aurait abordé sur ces rivages…

Ils continuèrent ainsi. Je restais mal à l'aise.

– Est-ce que ça va durer longtemps ? demandai-je à Dumi, toujours à l'oreille.

– Peut-être oui, peut-être non, me répondit-il. Pourquoi, tu ne trouves pas ça intéressant ?

– Pas très.

Dumi nous regarda tous.

– Bon, allez, dit-il, sortons.

Les autres n'avaient pas l'air contre.

Nous avons fait très, très doucement. Et dehors, dans la cour :

– Alors non, me dit-il, ça ne te plaît pas ?

– Ils sont sinistres, tous. Entendre ces discours-là quand il y a beaucoup de monde, ou quand quelque chose vient d'arriver, d'accord, mais aller les chercher chez eux, dans leur chambre, à quoi est-ce que ça sert ?

– Tu peux me croire, les autres fois, c'était beaucoup plus amusant.

– Oui, parce que c'était avant la grande bataille, et avant la mort de leur grand héros. Mais là, pour eux, tout est changé. (*Je me tournai vers les trois autres.*) Qu'est-ce que vous en pensez ? *What do you think ?*

Tous les trois, Daphné et les Japonais, hochèrent la tête.

– Je pense que Léo a raison, dit Daphné.

– *Bon*, répéta Dumi qui gardait son idée. Mais on ne va pas partir d'ici sans une petite visite à Hélène ?

Hélène, j'avais pensé à elle bien sûr. Peut-être même que ce « jeu des chambres », c'était surtout pour la voir ?

– Comme tu veux, lui dis-je. On essaie juste encore une fois.

Et donc, nous nous sommes retrouvés devant la porte noire.

Elle était aussi fermée que la première fois.

– Normalement, dit Dumi, vers cette heure-ci, elle doit sortir. C'est ce qu'elle a fait toutes les autres fois.

Mais là, on avait beau attendre, rien ne se passait.

– Écoute, dit Dumi, on va faire très attention.

Il a mis la main sur le loquet, et très doucement, encore plus doucement que pour sortir de chez Cassandre, il a ouvert la porte. Elle n'a pas grincé. Pas un bruit.

– Maintenant vas-y, me chuchota-t-il, n'aie pas peur, fais juste silence.

– Tout seul ?

– Bien sûr, tout seul ! Les autres connaissent. Ce n'est pas la peine d'encombrer.

On entrait dans une première pièce qui servait seulement d'antichambre. Sur le mur d'en face, un peu sur la droite, il y avait une autre porte qui était ouverte.

Je m'avançai vers la porte, et je la vis.

J'étais à sept ou huit mètres d'elle. La chambre était vaste et luxueuse. Devant moi, à nouveau un mur. La lumière venait de côté.

Devant le mur, un petit meuble pour se maquiller, je crois qu'on appelle ça une coiffeuse.

Elle était assise là, de dos. Devant elle, une quantité de flacons. Elle avait l'air occupée avec ses flacons, bref, en train de se parfumer.

Elle avait des cheveux roux relevés avec des épingles, et sur son dos très blanc, ou plutôt sur ses reins, un voile bleu, dans une espèce de soie, un bleu vif comme je n'avais jamais vu.

Je ne peux pas vous dire, c'était un dos divin. Plus fin, plus dessiné, plus blanc, c'était impossible. Elle n'avait pas d'ailes, et pourtant c'était un dos ailé.

Et ses cheveux roux très foncés faisaient une espèce de forêt.

Je restais là. Tout était silencieux. J'avais peur que les autres, là dans la galerie, cessent de faire attention et fassent un geste.

À un moment, ce qui s'est passé, je ne sais pas. Un bruit minuscule. Moi, je n'avais pas bougé d'un millimètre, je respirais à peine. Pourtant, elle a entendu quelque chose. Elle a tourné la tête. Elle s'est retournée. Alors j'ai vu son visage, et j'ai eu sur moi son regard.

J'ai vu son nez, ses pommettes, son front, ses sourcils, son menton, sa bouche, ses yeux d'or, tout ça ensemble, comme les éclats d'une lumière très douce et aveuglante en même temps.

Est-ce qu'elle m'a vu, elle ? Sûrement non. Elle aurait sursauté, poussé un cri, ou elle aurait appelé une servante, ou la « suivante » qui lui tenait compagnie. Mais de quelle voix ? Je n'ai pas entendu sa voix.

N'empêche, elle a regardé vers moi fixement. Son regard d'or m'a traversé. Dumi me l'avait dit, c'était un regard très sérieux, très retenu, mais c'était plus fort que lui, il brûlait.

Je me suis mis à brûler. Je brûlais sur place. Je n'étais plus moi.

Après quelques secondes, une heure, elle s'est retournée vers ses parfums.

Était-ce fini ? Non, je brûlais encore ! Mais, comme un somnambule, j'ai pu reculer vers la porte.

LXXIII

Le jeu avec les lettres

C'était le soir après dîner. J'étais un peu remis. À nouveau je parlais avec Daphné.

– Et alors, demandais-je, ta poésie, tu disais que tu faisais de la poésie ?

– La poésie, oui… Tous les jours, sauf ici où c'est difficile. J'ai oublié mon cahier. Je note dans ma tête.

– Tu pourrais demander du papier à Marwan…

– Bien sûr, il m'a proposé. Il est toujours si gentil. Mais j'aime bien un papier spécial où je calligraphie un peu. Les lettres, c'est très important.

– …

– Est-ce que tu connais le *multilittéralisme* ?

– Pas du tout.

– C'est un mouvement dans la poésie. Il dit qu'il faut respecter les droits de chaque lettre.

– Et ça veut dire… ?

– Eh bien, par exemple, il faut qu'un poème utilise *l'alphabet tout entier*. Les vingt-six lettres. C'est encore mieux quand chaque lettre apparaît un nombre donné de fois.

– Mais toutes les lettres n'ont pas la même importance !

– Non bien sûr, enfin, ça dépend ce qu'on veut dire. Il y a des lettres plus fréquentes et d'autres moins.

– Eh bien alors, quel intérêt ?

– C'est juste un procédé pour l'invention, et puis ça a un sens philosophique. C'est pour ça que j'ai été *multilittéraliste* pendant un bon moment.

– Philosophique ?

– Oui, parce que tu vois, les gens sont *loin* d'utiliser toutes les lettres qui sont à leur disposition.

– Mais, quand on parle, ou même quand on écrit, on ne contrôle pas…

– *Sure.* Mais le point, c'est que, quand on *écoute* les gens, on a *l'impression* que dans ce qu'ils *disent*, ils utilisent toujours les mêmes lettres ; et au contraire, il y a des lettres qui leur *manquent*. C'est symbolique, si tu veux. Est-ce que tu vois ?

– Pas sûr.

– Eh bien, si on prend chaque lettre comme un symbole pour un certain genre de pensées. Je sais, c'est difficile de préciser. Par exemple, tu *sens* seulement que telle personne *manque de la lettre w*, qui a un grand rôle en anglais. Ou bien, il y en a une autre qui ne fait à peu près que des *i* et des *o*, alors là c'est une catastrophe. Mais c'est très variable, tout le monde a des lettres différentes et c'est très, très rare de les avoir toutes.

– Mais il faudrait ?

– Bien sûr qu'il faudrait ! Pratiquement c'est l'essentiel dans la vie ! Enfin voilà, je t'explique juste la raison pourquoi pendant longtemps, j'ai trouvé ces affaires de lettres *vraiment* importantes. D'ailleurs, tu sais, chez vous, il y a des écrivains qui s'en sont beaucoup occupés. Par exemple, il y en a un qui a fait tout un roman sans la lettre *e*, trois cents pages sans un seul *e*, alors qu'en français, elle compte plus que toutes les autres ! (*J'ai demandé à Émile : c'est le même écrivain qui avait fait le livre avec les histoires de tous les gens d'un immeuble. Et son nom, je crois, c'est Perec.*) Maintenant, j'ai surtout gardé la calligraphie.

– Moi, lui dis-je, j'ai du mal à trouver ça « vraiment important ». La poésie, c'est bien, mais pourquoi est-ce qu'on passerait des heures à chercher comment changer une lettre dans un poème ? L'important, c'est plutôt les vraies histoires…

– Oui, mais je vais te dire : dans la vie, il faut toujours avoir des gammes à faire, comme les musiciens qui répètent. Tu en vois, ils s'acharnent des heures sur trois notes. Alors, ça peut être des notes, des lettres ou autre chose. J'aime bien les lettres à cause des phrases à inventer. (*Elle se tut un instant.*) Le premier qui m'a montré ces choses, ce n'est pas un professeur, c'est mon père qui est dans la police. Tu ne sais pas ce qu'il peut voir tous les jours, tu ne sais *vraiment pas*. Surtout d'ici, on n'imagine pas, parce que la folie des Grecs ou celle des Troyens, c'est une chose que les dieux leur envoient, et ensuite ils en reviennent, mais la folie de chez nous, c'est tout un bain, c'est un monde, c'est industriel, tu vois ?… Alors c'est mon père qui m'a dit : *si tu ne lis pas et n'écris pas, si tu ne fais pas par toi-même un peu de musique avec quelque chose, et si tu ne vas pas la chercher aux meilleures sources, tu es perdue*. Lui, c'est ça qui le fait tenir. Une des fois où il a été sauvé dans sa vie, il était tout jeune, c'est quand on lui a mis dans les mains Mark Twain, *Les aventures de Huck Finn*. Ça date du dix-neuvième siècle et il connaît ça toujours par cœur.

Avec Daphné, on ne savait pas toujours bien où on allait. Dans ce qu'elle disait, il y avait ses réflexions, des choses qu'elle croyait vraiment, et d'autres qui étaient seulement pour rire, et souvent elles étaient mélangées. Mais c'est ça qui était bien.

Il était tard. Marwan, Dumi et les Japonais avaient fini une partie de cartes avec un jeu que Marwan avait apporté.

– Au fait, demandai-je à Daphné, les mouvements à faire avant de dormir pour *bien rêver*, tu peux me les montrer ?

Elle me les a montrés, j'ai essayé de faire pareil et elle n'a pas fait pas trop de critiques.

On s'est mis sous les couvertures. Il n'y avait plus de lumière. Je repensais aux choses de la journée.

– Encore une chose, lui dis-je, même si tu n'as pas ton cahier, j'aimerais bien connaître un de tes poèmes, est-ce que tu en sais un par cœur ?

– Je les sais tous, dit-elle.

– Un de ceux que tu préfères ?

– Celui sur *Nausicaa* ? J'y penserai demain.

– Mais demain, je retourne voir Achille. Je ne suis pas sûr d'être là de la journée.

– Bon, d'accord.

Et là, dans le noir, elle a commencé à me réciter son poème en anglais. Ça tournait autour d'Ulysse qui rentrait chez lui et faisait naufrage, et d'une fille de roi qui le découvrait sur le rivage, tout nu. Je n'ai pratiquement rien compris, je ne peux pas vous en redire un seul mot, mais c'était vraiment magnifique, une musique sans notes, avec toutes les lettres.

Ah si, un mot m'en est resté, je ne sais pas pourquoi, c'est le mot *whisper*.

LXXIV

Le rêve le plus long

Je m'endormis, et dans la nuit j'eus mon rêve le plus long. Dans mon rêve, j'étais de retour dans le camp grec, mais Achille avait l'air d'être mort. La preuve, c'était qu'à sa place, dans sa tente, il y avait son fils Néoptolème. Autant Achille avait été beau, autant lui, Néoptolème, était affreux, et, pour un guerrier grec, beaucoup trop gros et gras. Je m'étonnais qu'Achille ait eu un fils comme lui. D'ailleurs, il détestait les voyageurs.

Néoptolème discutait avec Ulysse et Agamemnon. Ensemble, ils parlaient d'un cheval. Je comprenais qu'ils voulaient prendre Troie par la ruse, et je m'inquiétais pour mes amis là-bas.

Dans le camp, je rencontrais Machaon qui était remis de sa blessure. Il me reconnaissait, et même il avait l'air content de me voir. Je lui demandais ce qui s'était passé pour Achille. Il me répondait : « *Mais comment, tu n'es pas au courant ? Achille est parti pour Troie avec Patrocle.* » Sur le moment, je n'y comprenais rien. Je disais à Machaon : « *Comment ça, parti pour Troie ? Mais il a tué Hector, qui a tué Patrocle !* » Et Machaon répondait : « *Non, c'est dans une autre histoire. Là, Hector est resté à Troie, il est malade, et sans doute ils lui rendent visite.* »

J'étais rassuré d'apprendre que tous les trois étaient vivants, et qu'en plus de ça ils étaient amis. Achille à Troie, ce n'était pas si étonnant. Chez les Grecs, en un sens, il avait été prisonnier. Prisonnier d'Agamemnon et des autres.

Mais il fallait qu'Achille, Patrocle et tous les autres sachent ce que les Grecs préparaient. Et donc, je me dépêchais de quitter le camp.

Pourtant, dans la plaine, ça n'avançait pas. Je marchais, je marchais, et les murs de Troie étaient toujours aussi loin. J'étais de plus en plus inquiet. Tout me faisait peur : le fleuve qui était calme mais qui pouvait se réveiller d'une seconde à l'autre ; la nuit qui allait venir avec les loups et les chacals ; et les Grecs : si je tardais trop, ils me rattraperaient avec leur cheval !

(Là, dans mon rêve, j'avais cessé d'être invisible.)

Après des heures de marche, j'arrivais à Troie. C'était le soir, mais heureusement les portes étaient encore ouvertes. J'allais tout droit à l'abri, et là, je trouvais Achille avec mes amis. Achille avait pris la place de Marwan – je veux dire, Achille et Marwan étaient la même personne. Je demandais où était Patrocle. Ils me disaient : « *Il est déjà reparti* », et c'était impossible d'avoir plus de détails. J'étais affreusement triste de l'avoir manqué.

Achille avait l'air tout content. Il était bien plus détendu qu'au camp. Je lui demandais : « *Et Hector ? Il paraît qu'il est malade et que vous allez le voir ?* » Il me répondait : « *Oui, il est très faible. Nous avons rendez-vous demain. Mais sais-tu, j'aime beaucoup sa sœur Laodicé.* » C'était curieux, il avait perdu sa pudeur. Et puis, la guerre, Agamemnon, il paraissait avoir tout oublié.

J'étais pourtant obligé de lui dire, et aux autres, pour le cheval. Achille répondait : « *Ne vous en faites pas, j'ai mes nefs qui nous ramèneront en Phthie.* » La Phthie devait être une belle région, mais comme destination, ça ne me disait pas trop. Dumi et Daphné pensaient qu'il fallait avertir des Troyens. Ils expliquaient la situation aux Japonais, qui avaient l'air un peu au courant (« *Oh, yes, the horse, the horse !* »).

Pendant ce temps, Achille s'absentait pour aller voir ses bateaux qui n'étaient pas loin.

Tout d'un coup, il y avait un bruit terrible, comme dans un bombardement. Les murs de l'abri se mettaient à trembler et s'écroulaient presque sur nous. Nous nous dépêchions de sortir, l'un après l'autre, dans le couloir minuscule.

Eh bien, c'était trop tard : le cheval arrivait ! Il était immense, une vraie tour, et même un paquebot, une ville entière qui entrait dans la ville ! Des centaines d'hommes étaient en train de le tirer. Ils y étaient allés très fort : pour faire entrer le cheval, ils avaient défoncé les portes Scées ! À la place, il n'y avait plus qu'un grand trou, une brèche énorme ! Par rapport, la brèche de Sarpédon dans le mur des Grecs, ce n'était rien ! Et là, c'étaient eux, les Troyens, qui venaient de tout casser !

Dans la foule, il y avait un homme, plus tout jeune mais baraqué, accompagné de deux jeunes de mon âge. Sûrement, c'était le prêtre Laocoon. Il s'était mis avec ses fils juste en face du cheval, il avait une lance à la main, et il levait les bras en criant à tous d'arrêter. « *Mais regardez !* », s'écriait-il, « *Ce n'est pas du tout un cheval ! C'est tout un bâtiment, une grossière construction en bois ! C'est une cachette géante, c'est une machine à malheur, qui n'a rien à voir avec les dieux !* » Mais là, tous ces gens autour du cheval étaient comme fous. Plusieurs répliquaient, comme si lui, Laocoon, était le dernier des derniers : « *Mais non, imbécile ! C'est un cadeau ! un cadeau, tu entends !* » Sans doute ils voulaient dire : « *un cadeau pour Athéna* », mais on comprenait : « *un cadeau pour nous, les Troyens, après toutes ces souffrances, tu ne peux pas nous en priver !* »

Et pendant ce temps, les hommes continuaient à tirer ! Alors Laocoon frappait le cheval de sa lance, et ensuite il restait en place, mais le cheval avançait toujours sur ses rondins (ces gros troncs de bois bien ronds qui roulaient sous lui), si bien que lui et ses deux fils finissaient écrasés sous les rondins – et pas étouffés, comme on racontait, par des dragons sortis des flots !

Tous les cinq, Dumi, Daphné, les Japonais, moi, nous regardions, épouvantés.

Les hommes tiraient, tiraient, et le cheval montait vers l'acropole. Il ne montait pas par les rues, sur le côté des places ; non, il montait droit par les escaliers ! C'est-à-dire qu'en fait, il n'y avait plus d'escaliers : les rondins écrasaient tout, même les marches !

À un moment, Daphné disait : « *Mais où sont les gens du palais ? Il n'y a personne !* » Elle avait raison ! Est-ce que tous, autour de Priam, ils étaient encore dans leurs chambres à faire la sieste ?

Nous courions vers le palais, et déjà il avait l'air abandonné. On était en juin, mais partout dans les galeries, le vent faisait tourbillonner les feuilles mortes. Nous nous séparions, chacun dans une direction, pour voir s'il resterait quelqu'un. Et aussitôt, une pensée me glaçait : *comment faire maintenant pour se retrouver ?*

Je repassais devant la porte noire : elle était grande ouverte, et à l'intérieur, rien, seulement la coiffeuse avec un siège et des flacons vides… On avait déménagé la chambre !

Un peu plus loin, chez Hector, il restait quand même quelqu'un : la grosse servante que j'avais vue s'occuper d'Astyanax. Elle avait l'air d'une Antillaise. Elle me disait : « *Mais qu'est-ce que vous cherchez ? Vous ne savez pas que le cheval arrive ? Ça fait longtemps qu'ils sont partis !* »

Je ne comprenais pas : est-ce qu'ils étaient partis *à la rencontre* du cheval, ou est-ce qu'ils fuyaient ? S'ils fuyaient, c'est qu'ils *savaient* que le cheval était un piège, mais alors pourquoi n'avaient-ils rien fait ? Et s'ils étaient partis voir le cheval, pourquoi étaient-ils introuvables ? Et Hector qui était si faible, qu'était-il devenu dans tout ça ?

En ressortant, je tombais sur les Japonais, Koshi et Fujiko. C'était une chance ! Mais Dumi et Daphné, que faisaient-ils ? Les minutes passaient. Ce n'était pas possible, ils étaient partis en avant ! Il fallait les rejoindre, là-haut, sur l'acropole, où le cheval devait être arrivé !

Sur l'acropole, le cheval écrasait les toits des temples. Toute la place était occupée. Le soir tombait. Pas de Dumi ni de Daphné. Par contre, il y avait Cassandre avec sa beauté sauvage. Elle aussi avait l'air d'une folle. C'était le cheval qui la rendait comme ça. Dans sa main, elle tenait une torche. Il fallait entendre ses imprécations ! Elle voulait mettre le feu au cheval, et de tous côtés les gens faisaient une haie pour l'empêcher d'approcher ! Nous étions tout près d'elle, vraiment tout près. Les gens ne faisaient attention qu'à elle. À un moment, son regard à elle se posait sur nous. « *Mais qui êtes-vous ?* », demandait-elle. « *Que faites-vous là ?* » Alors Koshi répondait : « *Travellers ! Travellers !* » Et elle avait l'air de comprendre. Et comme elle voyait que les gens ne la laisseraient pas s'approcher, voilà qu'elle me mettait la torche dans les mains ! « *Infortunée que je suis !* », disait-elle. « *Ce n'est pas pour la fille du roi, c'est pour un voyageur !* » Et elle se laissait entraîner loin du cheval. Et moi, une fraction de seconde, j'hésitais : *est-ce que moi, Léo Cerzanne, j'allais mettre le feu au cheval ? Avec tous les héros à l'intérieur : Ulysse, Diomède, Ménélas, Ajax le rapide, Idoménée, Machaon, Eurypyle… ?* C'était terrible. Ma tête éclatait. D'ailleurs, je pensais que les gens autour allaient se précipiter, puisque je n'était plus invisible et les Japonais non plus, et nous mettre tous les trois en miettes, comme Laocoon et ses fils sous les rondins !

Ça durait peut-être une demi-seconde. En fait, ils avaient tous l'air d'attendre quelqu'un. Et ce quelqu'un arrivait ! Il fendait la foule, il se dressait devant moi et m'arrachait la torche. Ça faisait longtemps que je ne l'avais pas vu et que je l'attendais. Il ne hurlait pas. Il ne menaçait pas. Il n'avait aucune arme, juste son bâton qu'il ne levait même pas vers nous. En fait, il n'avait aucune expression. Mais c'était pire ! Et lui, C'ÉTAIT LE GARDIEN DE L'HISTOIRE, C'ÉTAIT L'HOMME SANS SOURCILS !

Je crois que jamais, ni en rêve ni même en vrai, je n'ai eu peur comme à cet instant-là.

Et pourtant, ce « gardien », *peut-être qu'il nous protégeait nous aussi !* Car dès qu'il avait la torche en main, l'étau autour de nous se desserrait, et nous commencions à fuir ! Koshi, Fujiko et moi, nous fuyions de toutes nos forces, à travers la foule des Troyens qui continuaient à monter vers le cheval ! Nous descendions quatre à quatre les marches écroulées, en risquant dix fois de nous casser les chevilles ! Et voilà, nous étions aux portes, ou plutôt à cet endroit béant qui *avait été* les portes Scées !

Mais là, il y a une chose qui n'est pas claire.

Dans mon rêve, Troie était une ville qui donnait sur la mer. Peut-être pas sur la mer, mais au moins sur le Scamandre, qui était large comme une petite mer – comme le Nil en Egypte, ou le Mississipi en Amérique, ou la Loire à Saint-Nazaire. Et donc, en descendant des portes Scées, les Japonais et moi tombions sur un quai avec des bateaux, et là, il y avait toute une foule qui se pressait pour embarquer.

C'est ça qui n'est pas clair : pourquoi est-ce qu'on se pressait là-haut, autour du cheval, et aussi là en bas, pour fuir ? *Sans doute est-ce que ce n'était pas au même moment, ou bien que juste au moment où nous descendions, la catastrophe était arrivée.* Voilà : les Grecs étaient sortis du cheval et avaient commencé à tuer tout le monde. Ou bien, ils arrivaient en masse de Ténédos, et comme les portes n'existaient plus, il n'y avait plus moyen de les arrêter !

Donc, les Troyens affolés se bousculaient pour fuir sur les bateaux, et c'était curieux parce qu'avec la nuit qui était tombée, on avait un peu changé d'époque : quelques-uns avaient des valises, et les femmes des foulards noués sur le cou comme dans les vieux films des années soixante. Et sur le quai, devant nous, il y avait un navire très haut qui était une nef noire, mais aussi un peu une caravelle de la Renaissance, et même un genre de ferry-boat. C'était le bateau d'Énée, celui que Daphné voulait prendre !

Alors je regardais si je voyais Daphné, et en effet elle était là, accoudée à la balustrade, et me faisait signe ! Seulement, elle n'était pas sur le bon bateau, ou alors à nouveau je n'y comprenais rien, parce que parmi la foule qu'il y avait sur ce bateau, on voyait quand même qui était le capitaine, et le capitaine, ce n'était pas Énée, c'était Achille ! Alors je criais à Daphné : « *Qu'est-ce que vous faites ? Je pars avec vous !* » Mais elle me répondait : « *Too late ! Cast off ! Les cordes, on les a détachées !* » Alors je lui criais : « *Tu as bien une adresse, un mail, quelque chose ?* » Et elle me criait : « *Yes, ' course, will you remember ?* euterpe@melpomene.com *!* » Elle m'épelait, et l'adresse se fixait dans ma mémoire. Mais le bateau partait !

J'étais fou de douleur. Heureusement, quelqu'un venait de nous rejoindre en fendant la foule à son tour : c'était Dumi ! Lui aussi était furieux de voir le bateau partir. Mais il avait toujours l'œil à tout, et il nous disait tout d'un coup : « *Regardez ! Voilà nos bateaux à nous ! Suivons-les !* » Seulement, c'était encore une chose curieuse, car ce qu'il nous montrait comme bateaux, c'étaient de vraies coquilles de noix (enfin, de la taille d'une personne !) qui flottaient le long du quai, sans mât, sans voile, sans gouvernail et sûrement sans dérive ! « *Mais non* », répétait Dumi, « *n'ayez pas peur, montez ! Vous voyez ce que c'est ! Ce sont des bouts du ventre du cheval ! Ça nous portera bonheur !* » Alors, tous les quatre, l'un après l'autre, sans réfléchir, nous sautions chacun dans une coquille de noix. Et quelques moments après, alors que nous étions déjà loin sur l'eau, Troie se mettait à brûler à partir de l'acropole.

LXXV

La nuit noire

Tous les quatre nous étions sur nos coquilles de noix, et Troie brûlait. Nous voguions sur une eau calme. Seulement, suivre le grand bateau d'Achille et de Daphné, c'était impossible : de minute en minute il s'éloignait devant nous ! Pire encore : de minute en minute, moins vite mais quand même, nos coquilles s'éloignaient les unes des autres. Le courant nous emportait où il voulait !

D'ailleurs la nuit qui était d'abord claire n'arrêtait pas de s'épaissir. Je criais à Dumi : « *Tu es toujours là ?* ». Il me répondait, déjà d'assez loin : « *Oui, mais tout ça est bien bizarre, je crois qu'on est en train de rentrer !* » Et aux Japonais : « *Koshi, Fujiko, are you well ?* » Et ils criaient, d'encore plus loin : « *Yes, but it's dark, very dark !* ».

Au bout d'un moment, on n'y vit plus rien du tout. Troie avait disparu, la nef d'Achille aussi, et nous, ça y était, dispersés, perdus de vue. Ciel de plomb, comme on dit, pas une étoile. La seule chose que je pouvais sentir, c'était le floc-floc de l'eau sous la coquille.

Il faisait toujours assez chaud.

J'avais tous les sens en éveil et rien ne répondait.

Le noir total, est-ce que vous connaissez ? Quand on est dans l'obscurité, c'est très rare qu'il n'y ait pas un petit filet de lumière, l'ombre d'un reflet, quelque chose. Et quand on n'en trouve pas, on sait qu'on est dans une pièce entièrement fermée. Mais là, j'étais à l'extérieur, en plein air, peut-être déjà plus sur le Scamandre, mais alors sur la mer Égée !

C'était comme une éclipse de la nuit.

Eh bien, dans ce genre de noir, vous perdez la notion du temps, et comme vous n'arrivez pas à sentir, vous n'arrivez pas non plus à penser.

Dans ma tête, il n'y avait de place que pour une seule chose, et ça n'avait rien à voir avec Troie ni avec la rue Marat.

C'était Arthur Gordon Pym, le héros du livre que je lisais avant de partir de chez moi. Il est parti à la chasse à la baleine, et il se retrouve affamé, perdu, en train de devenir fou, au milieu des glaces de l'Antarctique.

Edgar Poe, c'était l'auteur. Edgar Allan Poe. Et Baudelaire, Charles Baudelaire, d'où venait ce nom ? Ah oui, Daphné : « *Un peu de Baudelaire aussi* ». Il avait traduit le livre en français.

Des heures ont passé. Des heures dans le noir complet, sur le clapotis.

Je ne dormais pas. Cette fois, pas une seconde je n'ai eu sommeil. Au contraire, j'étais tout dehors.

De temps en temps je mettais ma main dans l'eau : toujours du courant. J'avançais vers quelque part.

Des heures, je vous dis, avant cette espèce de choc, ce choc auquel je m'étais préparé de tout mon corps.

LXXVI

L'écluse

J'étais tout contre du métal. L'air était tiède. Et maintenant *la nuit se levait*. Une nuit sans lune, mais on y voyait quand même un peu quelque chose.

Sous le choc, ma coquille de noix avait failli verser. Mais ce n'était pas grave. J'étais dans un bassin.

Oui, d'ailleurs, je reconnaissais. C'était le bassin d'une écluse, on appelle ça un sas. Il y avait des écluses, là où j'étais.

Et là, à droite, on aurait dit l'île de la Loge.

Quand même, il fallait faire vite. Si un bateau arrivait, une manœuvre ? J'allais être écrasé par le vantail (la porte en métal qui retient l'eau). Il fallait monter dessus.

Ce n'était pas trop haut. Je suis monté en me hissant. J'ai rampé jusqu'à la passerelle. J'étais trempé par les éclaboussures.

Et la coquille de noix, le morceau du cheval, là, dans le sas ? Il aurait fallu pouvoir le tirer ! Mais où trouver de l'aide, à cette heure-ci ?

Sûrement il dériverait vers un recoin des berges. Je verrais plus tard.

Quelle heure pouvait-il être ? « L'heure des audacieux » ?

Oui, c'est sûr, c'était bien l'île de la Loge. Je reconnaissais les bureaux du port.

Dans les maisons, les gens dormaient. Plus loin vers Saint-Germain, quelques faibles lumières. Partout ces saules pleureurs.

Bougival. Les écluses de Bougival. La Seine.

Je rejoignis la route. Je titubais.

L'île de la Loge, je disais. Le pont sur le barrage. Les énormes portes en métal. Les détritus en contrebas. Chance d'être arrivé par l'autre côté.

Maintenant, la rampe qui descendait vers le quai. Le restaurant Chez Clément, on y était allés quelquefois. Les grands arbres du quai. La Résidence Les Lions.

Une voiture de temps en temps, un camion, phares allumés.

Je n'aime pas trop ce coin qui est assez glacial.

Je marchais sous les grands arbres, pieds nus, avec ma tunique trempée.

La station d'essence. Passer sous le grand pont. Le garage. Le restaurant marocain. Ah, voilà. Rue du Général Leclerc.

Je n'allais pas loin. Remonter la rue. À cent mètres, la place avec le café Le Central. Là, à gauche et tout de suite à droite. Rue Jomard, 53 bis.

Le petit jardin. Tout dormait. La grille n'était pas fermée. La clé sous le dernier pot de fleur. L'escalier qui grinçait. Ma chambre, ma chambre de Bougival.

J'ôtai ma tunique et m'écroulai sur le lit.

LXXVII

Dimanche après-midi

J'entendais ma mère qui était très inquiète. Derrière elle, mon père et ma grand-mère. À côté, penché vers moi comme Machaon chez Achille, le docteur Clos qui est le médecin de ma grand-mère.

– Vous comprenez, disait ma mère, on n'a jamais vu ça. Il s'est endormi dans la voiture. Il est monté directement dans sa chambre, sans dîner. Et là, depuis hier soir, pas moyen de le réveiller. Il grogne un peu, dit trois mots, et puis se rendort.

Le docteur m'examinait. Je me réveillais à moitié.

– Je ne vois rien, disait-il. Pas de fièvre. Pouls normal. Réflexes normaux. Pas de signe hépatique ou quoi que ce soit. Vous savez, à cet âge-là, les gros coups de fatigue, ça arrive. Il était sûrement en manque de sommeil. Est-ce qu'il dort bien, en général ?

Ma mère répondait qu'elle n'avait rien remarqué.

– Écoutez, poursuivait le docteur. Vous le laissez tranquille encore une journée. Si demain matin, demain après-midi au plus tard, il ne se lève pas de lui-même, alors ça voudra dire que c'est sérieux, et on fera des examens.

Je me rendormais. Je dormis jusqu'au lendemain. Pas un seul rêve : de pas un seul rêve je ne me souviens. De temps en temps je me réveillais, et alors j'avais des flashes. Mais un flash, ce n'est pas un rêve. La seule chose, c'était la fatigue qui m'écrasait.

Ma mère, mon père et ma grand-mère venaient me voir à tour de rôle, y compris la nuit.

Le lendemain après-midi, tout d'un coup, j'émergeai. Je me levai, descendis dans la cuisine et demandai si je pouvais avoir mon petit-déjeuner. Au bout d'une demi-heure, tous les trois, mes parents et ma grand-mère, ils commençaient à être un peu rassurés.

– Qu'est-ce qui s'est passé ? demandai-je. Je ne me souviens de rien.

– Eh bien, dit ma mère, quand nous sommes partis, vendredi soir, tu étais déjà un peu chose, vraiment distrait, et dans la voiture, tu t'es endormi. Tu t'es un peu réveillé en arrivant, mais tu as filé dans ta chambre. Deux jours à dormir ! Dis-nous un peu, qu'est-ce qui s'était passé *avant* ? Tu as pris un produit ou quelque chose ?

– Non, non, pas de produit, rien, juste la Viellos qui faisait un drôle d'effet.

– La Viellos ?

– Oui, la boule de cristal. Elle faisait un peu tourner la tête, voilà.

– Je ne sais pas si ce cadeau était une très bonne idée, dit mon père.

– Si, si, au contraire ! lui dis-je. C'est magnifique !

– Ah bon, magnifique ? À ce point-là ?

– Et donc, c'est la boule qui t'a étourdi ? reprit ma mère.

– Oui, enfin je crois.

– Et ça prenait quelle forme, cet étourdissement ?

Je réfléchis : qu'est-ce que j'allais pouvoir leur dire ?

– Eh bien, j'ai rêvé. Rêvé que j'étais à la guerre de Troie.

Qu'est-ce que vous auriez préféré ? Que je leur explique tout ?

– Et c'était bien, au moins, comme rêve ?

– Oh, oui, *très*. Le *plus intéressant* que j'aie jamais fait.

Pour leurs questions, ç'a été terminé. Mais c'était vrai, *pour eux*, rien ne s'était passé, sauf que j'avais dormi pendant deux jours.

À un moment, pourtant, j'eus un éclair :

– Maman, à côté de mon lit, tu n'as pas trouvé quelque chose ?

– Oh oui, un genre de grande chemise dans un état lamentable, et mouillée en plus ! Justement, où es-tu allé chercher ça ?

– Tu ne l'as pas jetée, au moins ?

– Bien sûr que si, à la poubelle, direct !

– Est-ce qu'on peut la récupérer ?

– Non, non, sûrement pas, absolument pas ! Qu'est-ce que c'était, ce linge, enfin ?

Ma mère répétait la question, mais la réponse n'avait pas l'air de l'intéresser. Je crus qu'il valait mieux laisser tomber.

Je restais assez fatigué.

J'ai envoyé des messages à tous mes amis, mais je n'étais pas à l'aise. Bien sûr ils allaient s'exclamer, mais après, est-ce qu'ils me croiraient ? et même, est-ce qu'ils écouteraient mon histoire ? À eux aussi, bien sûr, je pourrais dire que j'avais rêvé…

Avec mon père on s'est assis devant un match. Mais je n'arrivais pas à regarder. *J'étais encore là-bas*. À la bataille. Sous la tente. Aux jeux funèbres. Avec Daphné.

Et là, j'ai eu un autre éclair :

– Ça ne vous ennuie pas que j'aille faire un tour ?

Je voulais retourner à l'écluse.

– Sortons tous les trois si tu veux.

– Non, non, j'ai besoin d'être seul.

– Tu crois que c'est sage ? Dans ton état ?

– Non, non, je t'assure, ça me fera du bien.

– Reviens vite alors. On ne va pas tarder à rentrer.

« Rentrer », c'est-à-dire rentrer rue Marat.

J'ai couru à l'île de la Loge, un bon kilomètre. Il y avait des familles qui se promenaient. J'ai revu l'endroit, et ensuite regardé partout sur les berges. Ma coquille avait disparu. Je ne savais même pas vraiment à quoi elle ressemblait. Pourtant, je la voyais flottant sur la Seine : elle passait Maisons-Laffitte, Poissy, Vernon, Rouen, tous ces endroits-là, et finalement, en arrivant vers Le Havre, elle se jetait dans la mer. Et de là, où est-ce qu'elle allait ?

Et moi, comment étais-je rentré ? Avais-je *descendu* la Seine, ou bien l'avais-je *remontée*, et en venant d'où ?

Peut-être au fond que la coquille était *rentrée vers Troie* ?

Je revins rue Jomard. C'était l'heure de partir.

– Mon Léo, me dit ma grand-mère devant la grille, s'il te plaît, ne nous fais plus des frayeurs pareilles !

J'allais lui répondre qu'il ne fallait pas me demander à moi, plutôt à son Monsieur Nestor qui avait apporté la boule. Mais ça l'aurait un peu troublée.

– J'essaierai, lui répondis-je.

Vers sept heures, on est rentrés rue Marat. Bien sûr rien n'avait bougé. Il y avait l'interphone à l'entrée, l'ascenseur, le paillasson, la clé dans la serrure, l'odeur de la maison, les fauteuils dans le salon, les plantes, le piano, la vue sur les toits, les provisions dans la cuisine, les savons dans la salle de bain, les images au mur, mon ordinateur, mes livres et mes cahiers, mes vêtements dans mon placard, mon lit, et puis la Viellos qui brillait.

La retrouver faisait un drôle d'effet. Je n'étais pas sûr de pouvoir m'en approcher.

De toute façon j'étais sonné. Au dîner, je pensais toujours tout le temps à Troie et ne disais pas un mot. Quand même, à un moment, j'ai fait un effort.

– Mais vous, ai-je demandé à mes parents, est-ce que ça vous est déjà arrivés d'être *vraiment transportés* dans quelque chose que vous lisiez ?

Ma mère répondit que quand elle avait vingt ans (« le bon âge pour lire ça »), elle avait beaucoup aimé un roman en plusieurs volumes, *Le Quatuor d'Alexandrie*, et que pendant qu'elle le lisait, elle avait un peu vécu en Égypte.

– Vécu *physiquement* ? ai-je insisté.

– Physiquement ? Bien sûr que non, hélas ! J'aimerais toujours beaucoup aller en Égypte. (*Elle se tournait vers mon père.*) Et toi, Bernard ?

– L'Égypte ? Oui bien sûr, l'Égypte. Pour dans un an ou deux, il faut prévoir ça.

– Mais les lectures ?

– Ce qui m'a le plus frappé ? Difficile à dire. Sherlock Holmes, quand j'avais douze ans, ces atmosphères victoriennes vraiment terrifiantes…

– « Victoriennes » ?

– Oui, à cause de la reine Victoria, qui a régné sur l'Angleterre pendant soixante-quatre ans. Au départ elle avait dans les dix-huit ans, et à la fin, vers 1900, presque quatre-vingt-deux…

Il me racontait le genre d'époque que c'était, surtout vers la fin, avec des gens très durs les uns avec les autres, très rigides, beaucoup de misère, et puis des crimes affreux à Londres, Jack l'Éventreur, etc.

C'était intéressant, mais j'écoutais à peine.

Je retournai dans ma chambre. À nouveau j'avais bien sommeil. Mais tout d'un coup, je me souvenais qu'on avait du travail pour le lendemain, lundi ! Pas trop, parce que c'était bientôt la fin des cours. N'empêche, je repensais à ce qu'Émile nous avait demandé, et justement c'était : relire un épisode de *l'Iliade*, celui qu'on préférait, pour « mettre en commun » ceux qu'on aurait retenus. C'est bien à ça que je réfléchissais juste avant d'être envoyé chez les Grecs !

Retrouver Émile, j'y avais pensé tout le temps. Mais là, ce qu'il demandait, est-ce que j'en étais capable ?

Drôle de question, vous me direz. Mais non ! D'abord, comment choisir, avec toutes ces scènes que maintenant j'avais au fond de moi ? Et puis surtout, ces scènes, comment les raconter ? Bien sûr elles étaient dans l'histoire, on pouvait toujours en lire des passages. Mais arriver devant les autres, et dire comme ça : « *eh bien voilà, ce qui se passe à tel moment, je vais vous l'expliquer* » ? Si vous ne connaissiez pas à fond, vous alliez passer à côté. Mais pour moi, ça n'était pas plus facile. Il fallait préparer des phrases. Ça dépassait mes forces.

Enfin, si on m'interrogeait, je verrais bien.

LXXVIII

La loi du silence

Le lendemain matin, ça allait beaucoup mieux. Il faisait un beau soleil. J'étais en forme et impatient de revoir mes amis. Les scènes de Troie ne s'effaçaient pas, j'y pensais à chaque minute. Mais au moins je n'étais plus complètement dans cette folie du retour.

Devant le collège, j'ai retrouvé Cyrus, Nicolas, Pierre et Karim. Bien sûr eux non plus n'avaient pas changé ! Ils m'ont demandé ce que j'avais fait du week-end.

– Eh bien, leur dis-je, j'ai eu une drôle d'expérience.

– Raconte !

– Ma Viellos, vous savez, la boule de cristal que j'ai eue pour mon anniv.

– Et alors ?

– Elle m'a envoyé chez les Grecs.

– Tu veux dire ?

J'y allai prudemment.

– Eh bien, c'était comme si j'étais chez eux, au siège de Troie, avec Achille et tous les autres.

– Ça s'appelle halluciner !

– Oui, sauf que ç'a été très long. Ça durait dix jours.

– Dix jours ! et qu'est-ce qu'il y avait, en dix jours ?

– Tout. Toute l'histoire, sauf la fin. *Plus* des vacances à Troie. *Plus* le retour.

– Bizarre, ton truc. Jamais entendu parler d'un trip pareil.

– Oui, justement, c'est ça mon problème. Qu'est-ce qui m'est arrivé, je n'en sais rien. Après, j'ai dormi tout le temps.

Que dire d'autre ? Pour eux aussi, je crois, j'avais « pris un produit ». L'intérieur de l'histoire, ils s'en moquaient. J'étais plutôt vexé. En même temps, ce n'était pas leur faute. C'était même plus simple comme ça.

Quand même, une ou deux heures après, j'en ai reparlé à Cyrus :

– Tu sais, cette histoire de Troie, j'y étais *vraiment* !

– Oui, oui, sûr, me dit-il, je te crois !

En fait, il ne croyait rien du tout. Il croyait juste que j'avais *vraiment* halluciné.

Et moi, je n'avais aucune preuve.

Il fallait que je tire un trait. Il y avait *ici* et *là-bas*. *Ici*, j'étais avec eux ; pour *là-bas*, j'étais tout seul. Ou plutôt, pour *là-bas*, j'étais tout seul *ici*, parce qu'*ailleurs* il y avait Dumi et Daphné. Mais où ? Si je pouvais savoir !

Je réfléchissais.

L'après-midi, on avait cours avec Émile. Sur *l'Iliade* il nous a fait tout un rappel, puis il a demandé quels passages on avait relus. Relire les mêmes choses quelques mois après, il trouvait ça très important. Il disait qu'on découvrait toujours autre chose que ce qu'on avait lu la première fois. Bien sûr il y en avait qui n'avaient rien relu. Il y en avait même qui n'avaient rien lu tout court. Moi non plus, je n'avais rien relu. Mais il y en avait pas mal qui avaient relu quelque chose, surtout des scènes du début : la colère d'Achille, la première assemblée avec Thersite (le bouffon qu'Ulysse assomme à coups de sceptre), la scène entre Ménélas et Pâris, ou Hector avec sa femme et son fils.

Entendre parler de tout ça me donnait le vertige.

À un moment, Émile s'est tourné vers moi :

– Et toi, Léo, tu veux nous parler de quelque chose ?

Je balbutiai que oui, peut-être, par exemple la mort de Patrocle.

Une seconde avant, je n'y pensais pas.

Émile dit que c'était une excellente idée. « Comme ça », ajouta-t-il, « nous voyagerons un peu dans la légende ».

Il voulait dire que ça changerait des premiers chants (puisque dans *l'Iliade* il y a des « chants », pas des chapitres).

Mais par où commencer ?

– Eh bien, dis-je, à un moment, dans *l'Iliade*, les Troyens qui marchent derrière Hector ont réussi à entrer dans le camp des Grecs. Ils ont fait une brèche dans le rempart que les Grecs ont construit autour, et même Hector a réussi à enfoncer la plus grande porte. Alors ils sont là devant les nefs, c'est-à-dire devant les bateaux des Grecs, mais ça ne veut pas dire qu'ils soient allés jusqu'à la plage…

Je sentis un murmure monter du côté de ceux qui n'avaient rien lu.

– En fait, continuai-je, il y avait des rangées de bateaux presque jusqu'au rempart, et ça parce que les Grecs les avaient tirés jusque-là quand ils étaient arrivés, et c'était bien avant que le rempart soit construit.

Le bruit augmentait.

– Silence, dit Émile. Léo nous explique pourquoi il y a des bateaux à l'intérieur du camp grec et pas simplement sur le rivage. C'est ça ?

– Oui, c'est bien ça.

– C'est important pour tous les lecteurs de *l'Iliade*, parce que ça explique les expressions : « *devant les nefs* », ou « *arriver jusqu'aux nefs* », d'accord ? Quand on n'a pas cette chose en tête, il y a d'autres choses dans le récit qu'on ne saisit pas.

Le silence revenait.

– Maintenant, Léo, tu reviens à ce dont tu voulais nous parler ; je crois que ce sont les circonstances dans lesquelles Patrocle part au combat.

– Oui, tout à fait.

– Et donc ?

– Donc, les Troyens sont arrivés jusqu'aux nefs, et en voyant ça, Patrocle va trouver Achille qui est toujours sous sa tente ou sur ses nefs à lui, enfin dans son quartier, et il lui dit : « *Achille, fils de Pélée, premier des Achéens, ne t'irrite pas : terrible est la douleur qui presse…* »

Mais là, impossible de continuer : *Patrocle était devant moi. C'était trop dur.*

– Oui, Léo, disait Émile, continue !...

– « *Terrible est la douleur…* »

Je m'arrêtais à nouveau.

– Excusez-moi, je n'y arrive pas.

– Mais tu sais le texte par cœur !

– Justement. Justement.

J'avais des larmes dans les yeux et dans la gorge.

Dans la classe, on se demandait ce qui m'arrivait. J'en voyais qui ricanaient.

– Bien, dit Émile. Léo nous racontera plus tard l'épisode entier. Qui veut nous parler d'un autre épisode ? Gladys ?

Je passai le reste du cours plongé dans mes pensées.

Les deux heures de français terminaient la journée. À la fin du cours, Émile me fit signe de rester un instant.

– Quelque chose ne va pas ? me demanda-t-il. Je n'ai pas bien compris.

– J'ai un peu un problème avec *l'Iliade*, lui dis-je.

– Je vois bien, mais c'est nouveau ! Est-ce que tu peux m'expliquer ?

Alors, dans ma poitrine, une sorte de digue céda, et je lui racontai tout ou presque : l'affaire avec la Viellos, et comment j'étais arrivé chez les Grecs ; l'accueil que m'avaient fait Achille et Patrocle ; comment c'était là-bas, l'assemblée, les batailles ; l'espèce de mission que j'avais remplie ; ma journée avec Patrocle, sa mort au combat ; comment j'étais allé à

Troie et qui j'y avais trouvé ; comment était Achille après la mort de Patrocle ; comment était la vie à Troie dans l'abri ; mon grand rêve de la fin, et le retour sur la coquille.

Je fis aussi court que que je pouvais, mais ça dura bien vingt minutes, une demi-heure. De temps en temps, Émile me posait une question.

À la fin, il croisa les doigts.

– Eh bien, dit-il, ce n'est pas rien. C'est même, je dois dire, une des choses les plus singulières que j'aie jamais entendues. Il faut que j'y réfléchisse. En tous les cas, ce qu'il faudrait, c'est que tu gardes en mémoire cette expérience-là, et en même temps qu'elle ne devienne pas un sujet d'obsession, tu comprends ? Il y a beaucoup de questions sans réponse, auxquelles on a tort de trop s'attacher. N'hésite pas à m'en reparler. Tiens-moi au courant.

– Mais vous pensez que c'est une chance que j'ai eue ?

– Oh oui, une chance, pas sans risques bien sûr, mais une vraie chance.

En bas, à la sortie, les autres ne m'avaient pas attendu.

LXXIX

Le mystère d'Achille

Encore quelques jours de collège, et on a été pratiquement en vacances à cause des épreuves du brevet. Vers la fin du mois, il y avait à nouveau classe pour une semaine, mais il fallait vraiment avoir des raisons spéciales pour venir.

C'étaient de belles journées. Souvent, j'étais seul à la maison. Avec les amis, on allait les uns chez les autres, ou on se retrouvait au square ou sur la place de la mairie.

Côté *Iliade*, parler à Émile m'avait libéré d'un poids. J'étais vraiment content d'être allé *là-bas*, et, en un sens, content d'être rentré.

Il n'y avait que les amis de là-bas qui me manquaient beaucoup. Une après-midi, le cœur battant, j'essayai d'écrire à l'adresse qui m'était restée de mon rêve : *euterpe@melpomene.com*. Mais j'avais beau changer l'orthographe, les messages me revenaient toujours. Euterpe et Melpomène, d'où ces noms m'étaient-ils venus ? J'ai regardé, c'étaient deux Muses, celle de la flûte et puis celle de la tragédie. Qu'avais-je espéré ? C'était bien l'adresse d'un rêve !

N'empêche, je cherchai sur Internet, sur Facebook, partout. Il y avait bien une *Daphné West* qui avait écrit une méthode de russe, et une qui louait une maison à Nice avec quatre chambres, mais la mienne n'était pas là. Pour *Dumitru Miroveanu*, rien du tout (sauf un *Miroveanu* dans des affaires du XIXe siècle avec un autre prénom). Peut-être dans l'annuaire de Bucarest ? Mais non, c'était trop compliqué, je n'y arriverais pas. *Eux*, peut-être, sauraient me retrouver ? Mais les jours passaient sans nouvelles.

Pour ma Viellos, les premiers jours, je n'avais pas osé y toucher : j'avais peur qu'elle m'envoie quelque part ailleurs, comme ça, sans prévenir. À Baltimore, je voulais bien (et encore, il y avait des conditions), mais surtout pas dans les glaces de l'Antarctique, ni dans n'importe quel endroit ! Vers le jeudi, quand même, comme je n'allais pas *revoyager* de sitôt, sauf pour les vacances (et là, pas en Grèce : au Portugal, et ensuite chez des amis en Belgique), j'ai pris ma décision : j'ai soulevé la Viellos avec précaution et l'ai rangée dans mon placard, tout en haut, derrière les affaires d'hiver.

À nouveau j'avais de la place sur mon bureau.

Côté *Iliade*, je dis que j'étais libéré d'un poids, mais j'y pensais presque sans arrêt. Aussi, j'ai voulu vérifier l'histoire, relire tout ce que j'avais lu, et aussi lire les choses que je n'avais pas lues.

Je ne sais pas comment vous dire. Un jour j'ai vu un livre sur la ville de Jérusalem où on montrait toujours deux fois les mêmes endroits : en noir et blanc sur des photos anciennes, et en couleur sur des gravures qui dataient d'encore avant. Eh bien, c'était un peu comme ça. Dans le livre, il y avait presque tout ce que j'avais vu. Quelques détails étaient différents. Mais il y avait une quantité d'histoires en plus : ce qui se passait chez les dieux, d'autres légendes, des histoires de guerriers. Des paroles que je n'avais pas entendues, et beaucoup de mots de poésie qui faisaient tout resplendir. Et bien sûr, ce qui m'était arrivé à moi n'y était pas. Donc, d'un côté, ça correspondait, c'était même entièrement ça, et d'un autre côté, tout était différent. C'était la même histoire, et c'était une autre : toute la lumière était changée. Et entre les deux, il y avait comme un écho, très long, très net, très fort, qui ne me quittait pas.

Après *l'Iliade*, je me plongeai dans *l'Odyssée*. Ce n'était pas la même ambiance. On retrouvait Achille et Patrocle aux Enfers. Achille s'ennuyait beaucoup. À un moment, Agamemnon lui reparlait de la bataille, quand il l'avait trouvé, lui, Achille, à terre, mort : « *dans un tourbillon de poussière, ton grand corps étendu, tes chevaux délaissés, et ce fut un combat de tout un jour, qui n'aurait pas connu de fin sans l'orage déclenché par Zeus !* » Autour du corps d'Achille aussi, on s'était battu. Mais comment était-il mort ? L'histoire n'en disait rien.

Marwan avait dit : « *d'une manière un peu énigmatique* ». Est-ce qu'on pouvait en savoir un peu plus ?

Chercher dans le livre qu'il avait dit, Quintus de Smyrne, *La Suite d'Homère*, voilà ce qu'il fallait.

Quand le collège fut rouvert aux élèves, j'allai voir la documentaliste, Mlle Sigol. Elle me regarda, un peu surprise : le titre ne lui disait rien, l'auteur non plus. À la bibliothèque municipale, pareil. On me conseilla de me commander l'ouvrage à la librairie, ou d'essayer dans une bibliothèque d'université.

Pour l'université, je ne savais même pas si à mon âge on avait le droit d'entrer dans les murs. Alors je cherchai des renseignements sur Internet. Je trouvai le livre. On pouvait l'acheter. Il y avait trois volumes, avec le texte en grec et en français. Mais c'était vraiment cher, dans les 90 euros en tout.

Je demandai à mes parents : ils me dirent qu'autant pour les livres en poche il n'y avait pas de problème, autant là, c'était impossible. Alors je retournai voir Mlle Sigol pour voir si le collège pourrait faire la commande. Elle me dit que non : l'année était finie, elle avait fait ses commandes pour la rentrée, et un livre pareil, qui est-ce qui viendrait l'emprunter en dehors de moi, et même moi, est-ce que j'en lirais plus de trois pages ? J'ai protesté que si, bien sûr, je lirais tout, mais ça n'a servi à rien.

Au collège d'à côté, au CDI, je savais qu'ils avaient des livres un peu rares. Seulement c'était le collège d'à côté, et c'était trop compliqué de demander à un ami de demander.

Finalement, je me dis qu'Émile pourrait m'aider. Je revins à son cours, nous étions trois ou quatre. Il me répondit que Quintus de Smyrne, oui, le nom lui disait quelque chose, mais qu'il n'avait pas le livre chez lui, autrement il me l'aurait prêté. Il allait voir s'il pouvait, lui, l'emprunter à quelqu'un.

Au cours suivant, il m'annonça que ça pouvait s'arranger avec un professeur qu'il avait eu à l'université, un très vieux monsieur maintenant, qui devait avoir dans les quatre-vingt-dix ans. Il s'appelait M. Vernes, Maurice Vernes. C'était un spécialiste de la Grèce antique. Il avait écrit beaucoup de livres qu'Émile avait presque tous lus. Émile lui était très attaché et lui écrivait encore chaque année. Là, il avait téléphoné à M. Vernes, et bien sûr M. Vernes possédait le livre, et il était d'accord pour le prêter, à condition qu'on vienne le chercher chez lui et qu'on le lui rende quelques jours après. Il disait qu'il serait très content de revoir Émile, et que si Émile voulait venir avec le jeune collégien qui s'intéressait à Quintus de Smyrne, il serait très content aussi.

LXXX

Le rendez-vous avec Émile

Donc, un jour du début juillet, un mercredi, j'ai eu rendez-vous avec Émile devant le collège. Il m'a fait monter dans sa vieille Renault un peu cabossée, et nous sommes allés à Sceaux, pas loin du parc. Là, dans une rue étroite et calme, il y avait une propriété entourée de murs assez hauts. Et quand on passait le porche, on trouvait une belle grande maison au milieu d'une pelouse, avec des bâtiments sur les côtés.

Émile m'expliqua que plusieurs familles habitaient là, depuis assez longtemps, des familles d'artistes et de professeurs. Il me disait aussi que M. Vernes n'était pas seulement un grand savant, mais qu'il avait été aussi un combattant très courageux, surtout comme résistant pendant la deuxième guerre mondiale.

Je pensais qu'à son âge et après tout ce qu'il avait fait, M. Vernes serait quelqu'un de très fatigué, avec qui on pourrait à peine parler. Pas du tout. Il vint nous ouvrir la porte qui donnait sur le perron. Il nous fit entrer dans une grande pièce toute tapissée de livres, avec un très haut plafond. Il demanda à Émile s'il voulait un café, et à moi si je prendrais un soda, et il alla lui-même nous les chercher dans sa cuisine. Il faisait un peu homme de la mer, très carré, assez bronzé, tranquille. On n'aurait pas pensé qu'il avait quatre-vingt-dix ans, plutôt dix ou quinze de moins.

Il nous fit asseoir dans la bibliothèque. Il commença par demander à Émile des nouvelles de lui et de sa famille. Ils parlèrent ensemble des problèmes de l'enseignement. Puis il se tourna vers moi.

– Émile m'a dit un mot de ce qui t'est arrivé. Il paraît que tu cherches des renseignements sur la mort d'Achille ?

– Oui, c'est bien ça, répondis-je.

– C'est une vraie grande question, me dit-il. Mais dis-moi, qui est-ce qui t'a dit que pour ça, il fallait regarder chez Quintus ?

– Eh bien, un ami égyptien qui avait presque tout lu et que j'ai rencontré à Troie.

– Je vois. Et sur ce qu'on trouve chez Quintus, il a dit quelque chose ?

– Il nous a surtout expliqué ce qu'on trouvait sur l'histoire du cheval. La mort d'Achille, il a dit qu'elle était arrivée « *d'une manière un peu mystérieuse* ». Mais comme ça a l'air d'être le livre le plus complet sur tout ça, je voulais un peu voir.

– Tu as raison, mais je ne suis pas sûr que tu trouves ce que tu cherches. Quintus dit seulement qu'à un moment donné, dans la bataille, Achille commet un tel massacre dans les rangs troyens qu'Apollon – le dieu qui protège les Troyens – se met en colère. Il apparaît à Achille et le menace, mais alors Achille lui répond : « *Va-t'en d'ici, va rejoindre les Bienheureux* (c'est-à-dire les dieux) *dans leur demeure, ou crains que je ne te frappe, tout immortel que tu es* ». Alors Apollon trouve qu'Achille doit être puni pour son orgueil démesuré (ce que les Grecs appellent l'*hubris*) : il remonte dans un nuage et lui tire, lui, le grand archer, une flèche dans le talon. Achille met du temps à mourir : il a le temps de tuer plusieurs autres Troyens. Mais c'est tout. Chez d'autres auteurs, comme Ovide… Tu connais Ovide ?

– De nom.

– C'est le plus grand poète latin avec Virgile. Eh bien, dans les *Métamorphoses* d'Ovide, c'est Pâris, guidé par Apollon, qui envoie sur Achille la flèche fatale. Mais ce qui frappe dans ces versions, c'est leur côté un peu artificiel. On le sait bien, et Achille le sait lui-même : à partir du moment où il décide de rester à la guerre, son destin est de mourir assez vite, et même avant la chute de Troie. Si, dans un film ou ailleurs, on présente les choses autrement, ce n'est pas seulement une erreur, c'est un genre d'offense à la légende.

« En même temps, la mort d'Achille reste un événement très abstrait : à la limite, on ne peut pas se la représenter. Patrocle, Hector, Ajax, plus tard Agamemnon meurent dans des circonstances bien précises et très dramatiques. Au contraire, la mort d'Achille a quelque chose de gratuit : un jour, quelqu'un, un dieu, un homme, un homme aidé d'un dieu, tire une flèche sur lui, à son point sensible, et il meurt. À quel moment au juste ? À la suite de quoi ? Chez Quintus, il y a un acte d'*hubris*, une offense faite à un dieu. Chez Ovide, c'est Poséidon qui presse Apollon d'en finir, parce qu'Achille, dix ans avant, a tué son fils qui s'appelle Cygnus. Il y a aussi l'histoire de la passion d'Achille pour Polyxène, une des filles de Priam, dont Pâris et Déiphobe se seraient servis pour l'abattre. Rien de tout cela n'est très convaincant. C'est le silence d'Homère qui est le plus parlant.

« Et donc, ton ami n'avait pas tort de parler de mystère : seulement, il faut bien comprendre qu'il n'y a pas d'énigme à percer. D'un côté, il faut absolument qu'Achille meure ; d'un autre côté, c'est un héros tellement magnifique (bien supérieur encore à Hector, parce qu'Achille, lui, combat seul, pas avec l'aide d'un dieu, et il n'emprunte pas les armes d'autrui), qu'il ne peut pas mourir comme les autres hommes, en souffrant. Dans *l'Odyssée*, comme tu as vu, il se plaint beaucoup d'être chez Hadès. Il dit à Ulysse : « *Oh, ne me déguise pas la mort ! J'aimerais mieux vivre en service comme bouvier chez un pauvre fermier que de régner sur ces morts, sur tout ce peuple éteint !* » Ne plus pouvoir combattre, c'est une chose qui le scandalise. Eh bien, nous restons scandalisés avec lui. Par rapport à sa mort, nous restons à la fois désolés et incrédules. Et ça s'explique par sa naissance. Est-ce que tu sais pourquoi Achille a pour mère une déesse, Thétis, et pour père un simple mortel ?

– Non, je ne crois pas.

– Il y avait une prédiction concernant Thétis. Zeus était amoureux de Thétis, et son frère Poséidon aussi. Mais si Zeus (ou Poséidon) faisait un enfant à Thétis, il était dit que cet enfant deviendrait un dieu très fort, qui détrônerait Zeus comme Zeus avait détrôné son propre père Cronos. C'est pour ça qu'on s'est arrangé pour donner Thétis en mariage à un mortel, et que ce mortel, Pélée, a été comblé de cadeaux. Mais Achille, qui naît de leurs noces, garde quelque chose du dieu qu'il a failli être. C'est un être plus divin qu'il n'est permis à un homme. C'est pour cela qu'il doit mourir : sa mort est un pur arrêt du destin, et si elle a une cause, on trouvera cette cause dans l'inimitié que certains dieux lui portent. Seulement, dans ce qu'il a de divin, Achille ne meurt pas. Comme dit Ovide, « *du grand Achille il reste un je ne sais quoi qui pourrait à peine remplir une petite urne, mais sa gloire toujours vivante remplit l'univers entier.* »

Ce qu'il disait là me faisait beaucoup de bien.

– Mais tu en jugeras par toi-même, poursuivit-il. Voici les volumes de Quintus que je t'ai préparés (*ils étaient là, près de lui, sur une table basse*). Si tu peux me les rendre dans dix jours, c'est bien. J'ai aussi ce petit cadeau pour toi.

Le cadeau était un petit livre de lui sur la mythologie grecque. Je lui dis : « *oh ! merci beaucoup !* », et mis les livres sur mes genoux.

– Émile m'a dit aussi que tu avais un peu de mal à parler de ce qui t'est arrivé. Je pense que c'est normal. En réalité, tout le monde a ses voyages. Et même, les gens ne parlent guère que de ça. Seulement, ils ne se rendent pas toujours compte eux-mêmes du *degré* auquel ils ont voyagé. Ils se soucient soit trop, soit trop peu des frontières, et souvent la précision les rebute. Il faut vivre avec ça. Ce que je te conseille, si tu t'en sens la force, et même pour trouver ou retrouver d'autres « voyageurs » : tu prends un cahier ou tu ouvres ton ordinateur, à ton choix, et tu racontes ta guerre de Troie, en détail et à partir du début. Voilà. Tu seras le bienvenu dans dix jours si tu viens avec Émile me rendre l'ouvrage.

Est-ce que j'avais tout bien compris ? Je n'en sais rien. Est-ce qu'il y a des fois où on comprend vraiment tout de ce que les autres vous disent ? Je réfléchirais. Est-ce que ça arrive souvent qu'on vous dise autant de choses à la fois ? Pour moi, pas longtemps avant, Achille l'avait fait. Encore avant, j'ai l'impression, personne.

M. Vernes s'était levé. Il nous a raccompagnés jusque sur le perron. Je lui ai encore dit merci pour tout, vraiment pour tout (« tout » : son accueil, son soda, Quintus, son livre à lui, ses explications, ses conseils). Ensuite, Émile m'a fait remonter dans sa voiture et m'a déposé chez moi.

Dans la voiture, j'ai ouvert le livre sur la mythologie. Sur la première page, il y avait une dédicace : « *À Léo, pour l'accompagner dans ses voyages. Amicalement, M. Vernes. Sceaux, le 4 juillet 20*** »

À la maison, je me suis précipité sur Quintus. C'était très intéressant, même si ça n'était pas du tout la même chose que *l'Iliade*. J'ai lu le passage sur Achille et j'ai trouvé que M. Vernes avait raison. J'ai lu le livre de M. Vernes qui était passionnant et qui expliquait d'une manière vraiment très claire des affaires assez compliquées. Puis, peu à peu, même si c'était difficile au départ et si ça devait me prendre beaucoup de temps, j'ai décidé de faire comme il avait dit, de raconter « ma guerre de Troie » à partir du début, et je m'y suis mis.

FIN

L'ILIADE, CÔTÉ LIVRES

Les éléments de dialogue entre guillemets, ainsi que certaines formules désignées comme telles, sont des citations de *l'Iliade*, parfois abrégées. Le texte en a été mis au point après consultation d'une série de traductions françaises modernes, au premier rang desquelles il faut placer, outre la version classique due à Paul Mazon (Les Belles-Lettres, Folio), la version très poétique de Frédéric Mugler (Babel), celle, remarquablement limpide, de Louis Bardollet (Laffont-Bouquins) et enfin celle, très impressionnante, de Philippe Brunet (Seuil, 2010).

On a également tiré profit des introductions et notes dues à Jean Métayer (traduction d'E. Lasserre, GF), Louis Bardollet (Bouquins) et Hélène Monsacré (traduction Mazon, Les Belles-Lettres).

La *Suite d'Homère* (*Ta meth'Homeron, Posthomerica*) de Quintus de Smyrne existe en français en trois volumes bilingues (texte édité, traduit et annoté par Francis Vian, Les Belles-Lettres, Collection des Universités de France, 1963, 1966 et 1969).

Plusieurs éléments de l'explication finale sont tirés du merveilleux ouvrage de Jean-Pierre Vernant, *L'Univers, les dieux, les hommes* (Seuil, 1999; rééd., coll. Points), ouvrage auquel ressemble beaucoup le cadeau fait au narrateur.

Entre l'Iliade et nous

à la mémoire de Nicole Loraux,
qui relisait l'Iliade *en grec tous les étés.*

Soyons justes, qui d'entre nous – non pas vous, jeunes lecteurs, mais nous, adultes qui vous avons mis ce livre entre les mains – a jamais *vraiment* lu *l'Iliade* ? Sans doute une poignée de vrais amoureux des textes antiques. Nous, tous les autres, n'avons en général des poèmes d'Homère qu'une connaissance indirecte ou partielle, à base de résumés, d'extraits ou d'adaptations.

Ce n'est pourtant pas rien. Nous avons beau nous souvenir de peu de choses, et confondre les histoires en croyant par exemple que l'*Iliade* va jusqu'à la prise de Troie par les Grecs : nous sommes en atmosphère de familiarité. La colère d'Achille à qui l'on va prendre Briséis, le dialogue tendre et triste d'Hector et d'Andromaque sur le rempart de Troie, le départ de Patrocle à la bataille, revêtu des armes d'Achille : ces scènes et d'autres habitent au moins en esquisse un coin de notre mémoire, et si un jour nous allons les lire chez Homère, nous avons l'impression de les y *retrouver.*

Les images de l'enfance y sont pour quelque chose. Avec les contes de Perrault ou de Grimm, *l'Iliade* fait partie de ce petit nombre d'œuvres qu'on peut dire *archi-illustrées.* Il suffit que nos parents nous aient mis entre les mains un album de bonne qualité pour que nous en ayons gardé l'empreinte, qui se ravive à chaque évocation. Sous ce rapport, Achille, Hector, Ulysse sont nos compagnons de toujours, et l'aventure de Léo Cerzanne n'a rien d'absolument surprenant : ces figures de héros, qui nous accompagnent, en un sens nous les accompagnons aussi ; et ne serait-ce qu'à un faible degré, leur installation dans notre mémoire signifie notre installation dans leur monde.

Les images y font quelque chose, mais non les images seulement.

Si peu que nous sachions de l'intrigue de *l'Iliade*, nous savons qu'elle est longue et qu'elle implique au moins un retournement. Au départ, il y a la colère d'Achille, qui renonce au combat jusqu'à ce que l'offense reçue d'Agamemnon soit vengée. Aux deux tiers, pressé par le danger, il accepte que Patrocle aille à la bataille à sa place, avant d'être, à la mort de son ami, saisi d'une furie guerrière. À la fin, il y a l'apaisement, quand le roi Priam vient chercher le corps d'Hector : Achille, guéri de sa fureur, vient au-devant de lui et lui offre, avec le couvert et le lit, l'échange des mots et le partage des larmes.

Même très éloignés du texte d'Homère, nous avons une idée de ces retournements, et reconnaissons en Achille une figure complexe. À des degrés divers, la même complexité se retrouvera dans tous les personnages de premier plan : Hector, « tueur d'hommes » mais pilier de sa famille ; Agamemnon, chef ombrageux mais capable de reconnaître ses torts ; Hélène, qui reste fidèle à Pâris tout en mesurant son erreur. Complexes aussi, toutes les sortes de relations, y compris entre adversaires ; ainsi au chant VII, lorsqu'après un combat sans merci, Hector et Ajax échangent leurs armes, pour qu'on dise d'eux : « *Tous deux ont combattu pour la querelle qui dévore les cœurs, mais ils se sont aussi séparés unis dans l'amitié* ».

Dans *l'Iliade*, cette complexité des âmes et des relations n'est pas une donnée accessoire. Combinée avec l'action proprement guerrière et avec les querelles des dieux, elle fournit la substance même de l'épopée. En aucun cas elle n'est pour nous un obstacle : c'est par elle, au contraire, que cette histoire de temps très anciens – très anciens déjà pour les anciens Grecs – nous reste merveilleusement présente.

Il faut lire, au chant IX, la longue réponse d'Achille aux « ambassadeurs » dépêchés par Agamemnon. Il faut entendre, au chant XVI, le même Achille changer de langage au moment où Patrocle vient le supplier. Il faut voir Hector, au « jour fatal » du chant XXII, pris d'un dernier doute en attendant son grand adversaire sous les murs de Troie. Ces héros parlent dans leur cœur. Ils discutent avec eux-mêmes et réfléchissent sur leur propre destin. Même en proie aux passions les plus violentes, ils en gardent l'intelligence, et beaucoup du théâtre et de la littérature à venir est issu de leurs paroles.

C'est dans et par cette vie, cette intelligence, cette humanité que nous pouvons les accompagner. Par elles, ces héros de légende, sans comparaison « plus grands que nous », sont autre chose que des figures lointaines : plutôt des êtres avec qui nous pouvons encore discuter en nous-mêmes et de qui nous pouvons apprendre quelque chose. C'est là ce que le jeune Léo, mis en présence d'Achille, perçoit instantanément.

Tout est dû ici au poète. À partir d'une riche matière issue de siècles de tradition orale, il a tissé sa toile avec un mélange de rigueur et de liberté, un sens des symétries et des dissymétries qui restent de l'ordre du stupéfiant. Si nous pouvons encore aujourd'hui nous installer dans *l'Iliade*, c'est qu'Homère nous conduit par la main, d'un bout à l'autre, comme font ses personnages avec ceux qui entrent chez eux.

Cette hospitalité a ses lois. Nous pouvons bien sûr lire de *l'Iliade* ce que nous voulons, et par exemple sauter les détails sanglants de ses trois batailles - même si la poésie va jusque là, et l'intrigue aussi dans ses plus fins maillons. Mais la ligne générale de cette intrigue a quelque chose d'immuable et de contraignant. Nous le savons, la matière de *l'Iliade* est légendaire et non historique ; il n'empêche : elle s'impose à nous avec une autorité comparable à celle de l'histoire.

Supposons alors que nous ayons non seulement à lire *l'Iliade* (ce n'est pas proprement un devoir), mais à la *raconter* : notre devoir sera de ne pas la raconter n'importe comment. Supposons même qu'un poète, écrivain, dramaturge ou scénariste conçoive une œuvre « inspirée de *l'Iliade* » (on en compte des dizaines à travers les siècles) : il faudra ou bien que le cadre homérique soit respecté, ou bien que la distance créatrice soit d'emblée marquée avec la netteté nécessaire. Autrement, avec le vieux maître d'Émile, on pourra parler d'une « offense à la légende ».

Au début des années 2000, l'industrie hollywoodienne a produit un *blockbuster* intitulé *Troy* et présenté par le générique de fin comme « inspiré de *l'Iliade* d'Homère ». Agamemnon y figure en despote à qui tous les rois grecs obéissent - y compris, à contre-cœur, Achille, dont l'insolence, dit Agamemnon, « mérite le fouet ». Pour cet Agamemnon-là, l'enlèvement d'Hélène est un pur prétexte pour « prendre le contrôle de l'Égée ». Son frère Ménélas est d'ailleurs tué par Hector dès le lendemain du débarquement des Grecs, sans que le siège de Troie perde son sens. Briséis (plus ou moins confondue avec Chryséis) est une cousine d'Hector et prêtresse d'Apollon, le « dieu Soleil » (?) qui protège les Troyens : elle est capturée par les Myrmidons lors du tout premier assaut, au cours duquel le temple d'Apollon est saccagé, et ses statues décapitées par Achille (n'est-ce pas le dieu des ennemis ?). C'est ensuite par pur caprice qu'Agamemnon enlève Briséis à Achille (d'ailleurs pour la laisser à ses soldats), et tout aussi légèrement qu'il lui permet de la reprendre, dès avant que le camp grec soit assiégé.

Patrocle est ici un jeune cousin d'Achille, et son élève dans les arts de la guerre. C'est de son propre chef et à l'insu d'Achille qu'il lui emprunte ses armes pour monter à la bataille. À la fin (juste après les funérailles d'Hector), il y a la prise et l'incendie de Troie. Achille, descendu du cheval de bois (une réussite), cherche partout Briséis que Priam avait ramenée à Troie. Priam meurt embroché dans le dos par Agamemnon, qui veut ensuite s'emparer de Briséis, mais Briséis le poignarde au cou. Achille la rejoint et va la délivrer des soldats grecs lorsque Pâris lui décoche au talon la flèche fatale. Le tout s'achève avec le bûcher d'Achille, sur l'acropole de Troie noircie par la fumée.

Comme l'a souligné Daniel Mendelsohn dans une critique des plus acérées[1], le scénariste de *Troy* s'est accordé toutes les libertés, jusqu'à placer Sparte au bord de la mer. Une once d'ironie aurait peut-être ici introduit la dimension du songe ou de la fantaisie, mais non : ce paquet d'aberrations est asséné avec l'aplomb « recréateur » d'une production visuellement somptueuse. Un vague message anti-impérialiste (tout le mal est en Agamemnon, dont le frère Ménélas n'est qu'un soudard), mêlé toutefois de signes ambigus (célébration grandiloquente de la force d'Achille), laisse le spectateur désarmé devant l'évidence d'une humanité schématique (et, côté grec, semi-barbare), où les passions nobles se bornent au sens de la famille et aux vertus guerrières, incluant au mieux un certain respect de l'adversaire. Quant aux dieux, ils ont presque disparu : ils ont des temples et des statues du genre le plus massif, mais leurs rôles et attributs restent indéfinis, leur volonté, purement abstraite, et leur action auprès des mortels, introuvable.

Il faut imaginer un ancien Grec, transporté par quelque prodige dans ces années 2000, et placé, sous-titres aidant, devant un pareil spectacle. Il faut imaginer son effroi, qui ne tiendrait pas au sang des batailles, mais au défaut dans cette humanité-là de toute vraie relation aux dieux et de toute conscience des usages, comme aussi de toute

1. « A Little Iliad », *The New York Review of Books*, 24 juin 2004. Cette critique vient d'être traduite en français dans un recueil tout entier admirable (*Si beau, si fragile*, Flammarion, 2011 ; voir p. 113-127).

l'inquiétude morale et de tout le raffinement de pensée dont les héros d'Homère étaient porteurs.

Tous les écoliers de la Grèce antique étaient nourris d'Homère, et tous les personnages d'Homère avaient en tête des histoires merveilleuses de dieux et d'hommes, capables non seulement de les divertir, mais de les instruire pour l'action. Achille lui-même, avant la visite des ambassadeurs, chante de telles histoires en s'accompagnant à la cithare. De cela, le *blockbuster* n'offre plus la moindre idée ni la moindre trace. En réduisant le temps homérique aux normes des industries du divertissement, il enferme ses publics de tous âges dans le cercle du présent.

Gardons-nous d'idéaliser quoi que ce soit, vie des temps anciens, « miracle grec », vertus de l'éducation classique, etc. Mais avec cela, qui donc viendra dire que rien ici ne s'est perdu, ou plutôt qu'on n'a rien laissé perdre et qu'il n'y a *pas* ici de mauvaise action ? Homère, en pareil cas, demandait à être écouté. Ne pas l'écouter, c'était prendre la matière de ses poèmes comme *quelconque*, c'était la mépriser et contribuer à la rendre inaccessible – elle, si extraordinairement accessible – en tendant aux esprits d'aujourd'hui des leurres en forme de miroirs. C'était casser le fil du temps.

La voie suivie par Daniel Kammer est exactement inverse. Dès que le jeune Léo arrive sous la tente d'Achille, il sait qu'il est entré dans une « histoire » qu'il connaît déjà dans ses grandes lignes, qu'il continuera de découvrir sur place et qu'il vérifiera encore à son retour. Beaucoup de détails de cette histoire lui échappent : ni son invisibilité, ni ses « jumelles ultra-puissantes » ne lui permettent d'accéder à l'ensemble de ses plans. Mais son récit en respecte les épisodes aussi bien que les enchaînements, et c'est précisément devant l'intangible de cette histoire que ses initiatives pour servir Achille et Patrocle finiront par le replacer.

Que cette histoire ait rang de donnée objective n'en fait pas quelque chose de froid et de lointain. Certes, à bien des moments, Léo reste perplexe, et le noble langage des personnages d'Homère n'est pas précisément le sien. Mais du même fait qu'il veut honorer la confiance d'Achille et de Patrocle, il n'a de cesse de réduire *ou du moins de mesurer* la distance qui le sépare d'eux. L'expérience de « l'histoire » représente donc pour lui toute une maturation, dont le séjour final à Troie constituera non l'interruption mais la première récompense.

Pour une telle expérience, il n'y a qu'une condition : qu'on veuille sortir du cercle du présent, et qu'on apprenne à remonter le fil du temps et à le redescendre. On ira alors de rencontre en rencontre, et dans la même mesure où cette expérience est singulière, on y trouvera beaucoup de compagnons. Puisse l'aventure de Léo Cerzanne guider à travers *l'Iliade* et faire entrer dans sa société enchantée ceux mêmes et celles parmi les jeunes lecteurs à qui les noms d'Achille et de Briséis ne seraient pas d'emblée familiers.

Denis Kambouchner

LES PERSONNAGES DE L'ILIADE

ACHILLE, fils de Thétis, déesse marine, et de Pélée, roi de Phthie (en Thessalie, sur la côte nord-est de la Grèce). Dit aussi **LE PÉLÉIDE**. Immense guerrier, « preneur de villes », c'est le personnage central de *l'Iliade*. Sa colère au moment où Agamemnon lui prend sa captive Briséis est à l'origine des malheurs des Grecs (30). À la mort de son ami Patrocle, il renonce à sa colère et retourne à la bataille pour tuer Hector. Il mourra avant la prise de Troie (289, 342).

AGAMEMNON, fils d'Atrée, dit aussi **l'Atride**. Roi d'Argos et de Corinthe, frère de Ménélas, roi de Sparte. Chef de l'expédition grecque qui doit ramener de Troie sa belle-sœur Hélène (30).

AGÉNOR, fils d'Anténor. Guerrier troyen (249).

AJAX, fils de Télamon, dit **LE GRAND AJAX**. Guerrier grec d'une force exceptionnelle. Affronte Hector en combat singulier (92), et défendra seul les nefs grecques contre l'assaut troyen (194).

AJAX, fils d'Oïlée, dit **AJAX LE RAPIDE**. Guerrier grec, chef des Locriens. Combat au côté du grand Ajax (181, 184).

ANDROMAQUE, fille d'Éétiôn, roi de Thébé en Asie Mineure. Épouse d'Hector et mère du petit Astyanax (73). Avant de tuer son mari, Achille a tué son père et ses frères.

ANTILOQUE, fils de Nestor. Guerrier grec, jeune et valeureux (145, 147).

APHRODITE, fille de Zeus et de Dionè, déesse de l'amour, mère d'Énée et protectrice de Pâris.

APOLLON, dit **PHOÏBOS APOLLON** (*phoïbos* : brillant, lumineux), dieu olympien, fils de Zeus et de Létô, grand archer, protecteur des Troyens.

ARÈS, fils de Zeus et d'Héra, dieu de la guerre. Avec Aphrodite, il aide les Troyens (87), mais son fils Ascalaphe est tué par Déiphobe (187).

ASTYANAX, fils d'Hector et d'Andromaque, encore tout jeune enfant (73).

ATÈ, fille de Zeus, déesse qui inspire aux hommes leurs plus grandes erreurs (237).

ATHÉNA, fille de Zeus, grande protectrice des Grecs (82, 87).

AUTOMÉDON, cocher d'Achille. Conduit les chevaux immortels,

Xanthe et Balios, cadeau de Zeus au père d'Achille (199).

Briséis, fille de Brisès, captive préférée d'Achille, qui l'a emmenée après la prise de Lyrnesse (236, 240). Agamemnon la prend à Achille (30), puis la lui rend après la mort de Patrocle (237).

Calchas, fils de Thestor, grand devin des Grecs (50).

Cassandre, fille de Priam et d'Hécube, sœur d'Hector. A le don de prédire les catastrophes (75, 225).

Chiron, centaure (mi-homme mi-cheval). Précepteur d'Achille et de Patrocle (23) et expert en remèdes pour les blessures (81).

Chryséis, fille de Chrysès (prêtre d'Apollon à Chrysé près de Troie). Captive d'Agamemnon, rendue à son père Chrysès (30).

Déiphobe, frère d'Hector. Guerrier troyen (75). Tue le fils d'Arès, Ascalaphe (187). Athéna prend son apparence pour tromper Hector (253).

Diomède, fils de Tydée. Grand guerrier grec. Protégé par Athéna (87). S'oppose régulièrement à Agamemnon (151, 187).

Énée, fils d'Aphrodite et d'Anchise. Le meilleur guerrier troyen après son cousin Hector (87). Protégé par Aphrodite et par Apollon. Après la prise de Troie, prendra la mer vers l'Italie avec les survivants (voir Virgile, *Énéide*)

Les Érinyes, divinités infernales. Poursuivent les criminels et les auteurs de faux serments (237, 239).

Euphorbe, guerrier troyen. Premier guerrier à frapper Patrocle (205). Est tué par Ménélas (209).

Eurypyle, guerrier grec. Blessé par Pâris (170), il est secouru par Patrocle qui s'attarde auprès de lui (176, 194).

Glaucos, guerrier lycien (allié de Troie). Combat avec l'autre chef des Lyciens, Sarpédon (202).

Hadès, frère de Zeus et de Poséidon. Règne sur le monde des morts (« l'Hadès », « chez Hadès »), sous la terre.

Hector, prince de Troie, fils aîné de Priam et d'Hécube, époux d'Andromaque et père du petit Astyanax. Dit aussi **le Priamide**. Plus grand guerrier et chef du camp troyen (73), protégé par Zeus puis par Apollon. Conduit les Troyens jusqu'aux nefs grecques. Sera tué par Achille après avoir tué Patrocle. Les dieux veillent sur son corps qu'Achille finira par rendre à son père Priam.

Hécube, reine de Troie, épouse de Priam, mère d'Hector, de Pâris et de nombreux enfants.

Hélène, fille de Tyndare (en fait de Zeus) et de Léda. « La plus belle des mortelles ». Femme de Ménélas, enlevée par Pâris, elle est l'objet de la guerre de Troie (17, 30, 48). Après la prise de Troie, elle repartira vers Sparte avec Ménélas.

Hélénos, frère d'Hector. Devin comme sa sœur Cassandre (91).

Héphaïstos, fils de Zeus et d'Héra, dieu du feu et de la forge. A fabriqué les armes d'Achille (offertes à son père Pélée) et lui en fabrique de nouvelles, encore plus merveilleuses (197, 242).

Héra, sœur et femme de Zeus. Déteste Pâris. Parle et agit en faveur des Grecs (30, 48, 82, 188).

Idoménée, fils de Deucalion et petit-fils de Minos, roi de Crète. Fait partie des principaux chefs grecs (71, 84, 147).

Iris, messagère de Zeus auprès des autres dieux, mais aussi des mortels (70).

Laodicé, fille de Priam et d'Hécube, sœur d'Hector.

Lycaon, guerrier troyen, fils de Priam, demi-frère d'Hector. Tué par Achille (246).

Machaon, fils d'Asclépios, grand médecin des Grecs (81).

Ménélas, fils d'Atrée, frère d'Agamemnon et roi de Sparte. Premier mari d'Hélène (17, 29, 47). Après la prise de Troie, Hélène reviendra à Sparte avec lui.

Mérion, guerrier crétois. Combat au côté d'Idoménée (211).

Néoptolème, dit aussi **Pyrrhus**. Fils d'Achille et de Déidamia, fille du roi de Skyros. Est resté en Phthie. Selon certaines traditions, viendra se battre après la mort d'Achille (241, 289).

Nestor, fils de Nélée, roi de Pylos. Le plus vieux et le plus sage des chefs grecs (51). Ses conseils sont toujours suivis : construction d'un mur devant le camp grec (107), ambassade à Achille, intervention de Patrocle auprès d'Achille (175).

Pandaros, guerrier lycien (allié de Troie), champion du tir à l'arc. Athéna l'incite à tirer sur Ménélas (82).

Pâris, dit aussi **Alexandre** (ou **Pâris Alexandre**), fils de Priam et d'Hécube, frère d'Hector. L'homme par qui la guerre arrive. Pris comme juge pour le concours de beauté entre les trois déesses, Héra, Athéna et Aphrodite, il a choisi Aphrodite qui lui promettait « la plus belle des mortelles » (48). Lors d'une ambassade à Sparte, enlève Hélène, femme du roi Ménélas (17, 47). Combattant peu courageux (75) mais excellent archer (170). Sera tué avant la chute de Troie (291).

Patrocle, fils de Ménœtios. Compagnon d'Achille depuis l'enfance (29). Aîné d'Achille, il a mission de le conseiller (174), en même temps qu'il est son « servant » (200). Part au combat revêtu des armes d'Achille (199). Sauve l'armée grecque, avant d'être tué par Hector (205).

Phénix, fils d'Amyntor. Vieux précepteur d'Achille. S'est occupé d'Achille tout enfant ; a été chargé par Pélée d'accompagner son fils auprès d'Agamemnon (160).

Polydamas, guerrier troyen. Prend la parole pour donner des avis qui diffèrent de ceux d'Hector (179, 251).

POLYDORE, guerrier troyen, plus jeune frère d'Hector. Tué par Achille (244).

POSÉIDON, dieu des mers et « Ébranleur de la terre », frère cadet de Zeus. Déteste les Troyens dont il a construit le rempart et qui ne l'ont pas remercié (186). Après s'être irrité contre les Grecs (110), il vient les aider dans la bataille (186).

PRIAM, fils de Laomédon, roi de Troie, mari d'Hécube. Père d'Hector, de Pâris, de Cassandre, et de très nombreux enfants (73).

SARPÉDON, fils de Zeus et de Laodamie, chef des Lyciens (alliés de Troie) avec Glaucos. Guerrier d'une taille et d'une force extraordinaires (181). Zeus se résigne à le laisser mourir dans un combat contre Patrocle (201).

LE SCAMANDRE, dit aussi **LE XANTHE**, dieu du fleuve qui traverse la plaine de Troie (243).

THERSITE, bouffon du camp grec (49).

THÉTIS, divinité marine, fille du dieu marin Nérée. Mère d'Achille, dont le père est un mortel, Pélée (24, 343). Intervient pour son fils auprès de Zeus (31) et d'Héphaïstos (242), tout en sachant que s'il retourne à la bataille, il mourra (158).

ULYSSE, fils de Laërte, roi d'Ithaque, connu pour son ingéniosité. A un rôle très important parmi les chefs grecs (46, 154). Aura l'idée du grand cheval de bois (290). Après la prise de Troie, mettra dix ans à rentrer chez lui (voir *l'Odyssée*).

ZEUS, fils de Cronos, dit aussi **LE CRONIDE** et appelé **ZEUS PÈRE** (« **PÈRE DES HOMMES ET DES DIEUX** »). Roi des dieux, avec pour attributs l'aigle (100), la foudre et le tonnerre, ainsi qu'une balance d'or (144). Reste soumis dans une certaine mesure aux divinités du destin (145). Sensible à la demande de Thétis, il réserve aux Grecs toutes sortes d'épreuves, mais consent à la mort de son fils Sarpédon (201), à celle d'Hector (253) et à la destruction de Troie (82).

UN MOT ENCORE

Ce livre doit beaucoup à de nombreuses personnes qu'il faudrait pouvoir nommer toutes. Merci notamment à Vincent, pour le début ; aux premiers jeunes lecteurs, David, Lila, Augustin, Adam, Clara ; à Hélène, Caroline, Renaud, Paul, Judith, Laurence, Richard, Eglal, Patricia, F. et M. pour leurs encouragements et leurs conseils ; à C., pour son vœu de longue date ; à Benoît Peeters enfin, qui a vu ce qu'il fallait faire, et à Mélanie Dufour, qui a veillé sur le texte.

TABLE

PREMIER CAHIER

DEUXIÈME CAHIER

TROISIÈME CAHIER

QUATRIÈME CAHIER

CINQUIÈME CAHIER

Achevé d'imprimer en mai 2011
sur les presses de Laballery - Clamecy (France)
ISBN 978-2-87449-116-0 - EAN 9782874491160
Dépôt légal : août 2011
Numéro impression : 105020